散文中国 精选

SanWen zhongguo

人生听雨客舟中

杨献平 主编

天津出版传媒集团

天津人民出版社

图书在版编目(CIP)数据

人生听雨客舟中 / 杨献平主编.——天津:天津人民出版社,2013.1(2019.7重印)
(散文中国精选)
ISBN 978-7-201-07899-1

Ⅰ.①人… Ⅱ.①杨… Ⅲ.①散文集-中国-当代
Ⅳ.①I267

中国版本图书馆CIP数据核字(2013)第000682号

人生听雨客舟中

RENSHENGTINGYUKEZHOUZHONG

出　　版	天津人民出版社
出 版 人	刘　庆
地　　址	天津市和平区西康路 35 号康岳大厦
邮政编码	300051
邮购电话	(022)23332469
网　　址	http://www.tjrmcbs.com
电子信箱	tjrmcbs@126.com
责任编辑	孙　瑛
装帧设计	汤　磊
印　　刷	天津兴湘印务有限公司
经　　销	新华书店
开　　本	700 毫米×960 毫米　1/16
印　　张	13
字　　数	150 千字
版次印次	2013 年 1 月第 1 版　2019 年 7 月第 3 次印刷
定　　价	32.00 元

目录

序

大地是我们的最初和最终

杨献平

我们为什么出生在这里？又为什么生活在这里而不是那里？出生地与我们究竟是怎样一种关系？在过去、现在和未来，我们的出生及生活的地方又处在什么样的状态？我们自己又是处于怎样的状态？——大地是我们的开始，也是我们的最终，在享受或体验的过程当中，"我"和另一个我，"你"和另一个你，"他"（她）和另一个他（她），肯定都是宝贵的、不可或缺的，我们在大地上同行却可能永不谋面，也可能擦肩而过，此后终生不复再见。每一个人的禀性、信仰与处世态度都与自己的出生地、自己成长生活的经历密不可分。

青年河（孙光新）对自己出生和至今生活的山东惠民县城作了提纲挈领、针对"要害"的发现和书写。从青年河这些文字当中，我个人得到的惊喜主要源于三个方面。一是他的写作是淡定的。我在几年前看到他的作品，就认定这是一种"宁静致远"、"从容不迫"、"排斥功利"和"绵里藏针"的写作，就认定他的写作是富有潜力和提示意义的。再几年，打开他具有鲜明特点的文章，不看署名，也知道文字的作者是哪一个。二是青年河的散文写作体现了一种平民知识分子的风度与良知。在我看来，这种用文字建立起来的"风度"，是基于个人才智与身边物象的"独立判断"和"丰裕展现"。三是青年河的写作往往格物及心，有着强烈的悟道意味。如他的《心灵史》，历数乡贤，勾其肖像，说其事迹，述其品质，是对自我的一种审视和关照，在先辈及乡贤的故事陈迹当中，梳理内在的那个"我"。

老湖（陈守湖）是一个心怀美德，并在现实生活当中彰显美德的人，他可能是隐忍的，也可能是天性所致。数年前，老湖就以系列文章《老家植物志》为人所称道（《草木书》，湖南文艺出版社，2007年11月第一版）。在那些作品中，我看到了一些不事张扬，在天地之间卑微而又自在的生命景观，有着强烈的民间气息和纯正的精神韵律。这一次，老湖依旧写的是自己所熟悉的那片地域——贵州天柱县——地妹——一个侗族人聚居地，当然也是作者出生地。相对于汉民族在某些方面的共通性，侗族可能有着自己的信仰及对事物的认知态度和方法。陈守湖对村庄"地妹"的倾情书写，本质就是对自己民族文化、精神和思想的一种推广和张扬。老湖是一个十足的自然主义者，对事物保持着最大限度的尊重，以同等甚至同类之心，去揣度和发现它们的生活和秘密，从各种角度，呈现大地之物及性灵生存的某种状态和变化。王国维在评纳兰容若词时说他："以自然之眼观物，以自然之笔写情。"把这句话赠与陈守湖，是恰当的。

几年前，李存刚就开始了他的医生、医事作品，我将之称为"职业写作"，并一直以为，这是大有前途的，像政府机关可以勘破诸多高层玄机一样，医生距离人性最近，也距离生与死最近，几乎每一天，都可以看到诸多面目雷同而表现不一的生命形状。存刚先生对此深有体悟，在文字当中表现了许多我们平素难以见到的生命景象。存刚兄在这本书中的文字，带有强烈的自传性质，他打量往事和风物的视角是平和的，观察和书写人事"融物入心"。在稳扎稳打的叙述当中，呈现的是一个人对大地的用心摩挲与热爱之情。他写自己及亲人，还有身边的人事，不面面俱到，但追求特征鲜明，并且力图从那些蛛丝马迹与片段场景中找出某些命运的轨迹，在如水岁月中捕捉到了时光的波光水影。他笔下的故乡风物，都与个人生命历程及内心体验紧密相关，它们在时光的河流载沉载浮，而人却渐行渐远。这种物我失之交臂的况味，显然包含了更多的隐喻与注解。

李天斌是黎族人，有着一股子不竭的激情，文字有着一种强烈的冲突与崛起力量。天斌是神速的，尽管那时候他可能激情迸发，而使得文字稍有疏忽。从那时起，我就觉得，天斌一定会走出来——文字是最好的证明。在本书中，天斌写的是自己的出生地——贵州关岭县的一个村庄。阅读的时候，似乎能够感受得到天斌为自己的出生地及某个地域立传的雄心。他从农历的角度观察农事，用"我"的真实体验，对自己的乡村进行了全方位的观察、发现和书写。比如他写神秘的罗氏后裔，写"像一种天籁"的布谷鸟，写母亲对庄稼的深深依赖，写村庄的谚语、"泥土上的春天"(农历节气)、神灵、时间在大地某处的痕迹和村庄简历(简史)，都用一种独特角度，或者说中国的角度，立春、谷雨、白露、霜降等等节气，其本身就是中国岁月的年轮齿痕，那些与自己朝夕相处、相伴生活的事物与人，无论从哪个角度看，都与作家自身有着深刻的关系。李新立是甘肃静宁人，那里有着极其鲜明的文化源流、地域风情。新立作文很勤奋，有股陇地人的倔强与韧性，不妥协的精神和内在的"狡黠"。新立的文字有时候给人一种大智若愚的感觉。他书写，把所有的都给你拿出来，让人在阅读当中，自己去判断和理解，他从不强加于人，总是以那种不紧不慢的方式，去书写周围的一切。这一次，新立所展现的，还是他的静宁大地。这组文字整体上是素朴的、雅致的和自由的。读起来像是站在夕阳下历数家事、村事的倾诉者。一事一物，一点一滴，不慌不忙，细细道来，有家常话的亲切，也有诗歌的韵味。他写官院、长路咀、漫花儿的村庄、村庄的年轻人和衰老、葬礼等等，真实展现了一方地域人群的喜怒哀乐。在这些文字当中，所有的喜怒哀乐其实就是李新立本人的，他将整个地域纳入自己的血脉，为那片地域注入了异于他人的"魂魄"，他们是紧密相连的。

这一次，东湖带来的是他位于安徽安庆——古雷水退出后形成的冲积平原当中的村庄，名字叫湖东。至此，我才知道了东湖笔名的由来，李俊平——东湖——湖东，像是一个暗示，将自己与地域——出生的村庄有意识地联系在一起。在文字书写当中，东湖只说自己知道的、懂得的，以及与自己有着这样那样联系的人、事、物及循环不停的变迁（消失与诞生）。东湖是真诚的，他对周围事物有着强烈的关切之心，并身体力行做着一些暖人暖己的事情，比如对亲人、对邻里命运的关切，对周身事物的细心呵护与温和关照，都体现了一种由此及彼的思想素质与万物同心的平等态度。除此之外，东湖总是能够很敏锐地观察和捕捉，时常于日常所见与琐事当中找到某一些人习以为常但却深含意味的东西，把微妙的琐碎的用文字作出准确、客观、细致甚至特别的陈述，把强大的糅合成易于传达和接受的具体之物，显示了作家极强的"颖悟"与"化解"能力。

陈瑶散文有沈从文之风。她的诗意可能与生俱来，呈现在文字间，极其细致，且有着一种弥漫的气息和妖娆意味。在表述方式上，陈瑶似乎更注重内心乃至个性的阐发与抵达，使得笔下的物事只能是一种心灵基点上的映衬和激发，她总是能把那些看似分散的思绪和物事，用巧妙的迂回方式，很好地"统"在一起，并最大限度地为我所用。由此，我觉得，陈瑶的散文是有个性的，也是有独立意识的。她在本书中的一组作品，写的也是自己的出生地，

具体位置是"湘江边上的一座小镇"。文章起始，陈瑶就用一种柔韧的诗性语言，以及层次分明的表述方式，将阅读者引入到一种"闲庭信步"式的从容状态之中。但是，细心的读者还会发现，陈瑶散文追求诗意、体现诗性，但又对诗意保持了一定的警惕和距离，从而使自己的散文语言，既自由散漫又恰到好处。优雅的语速当中，既有情感的浸淫，又有实物的佐证；既能出乎于心，又能见物显性，意象纷纷却又瓷实沉静。

身居敦煌的方健荣早先以诗歌闻名，笔下物象和"心思"从没游离过"敦煌"及其气质内蕴。对方健荣而言，敦煌不仅仅是自己肉体的降生之地和生存场所，更是一种精神和灵魂皈依。不论是诗歌还是散文，方健荣总是能够从敦煌或者敦煌本土找到最佳情感突破口和思想阐述平台，自觉地将敦煌当做了自己的一种由始至终的精神图腾，乃至不弃不离的肉身与灵魂翔升与安妥之地。或许正是这样一种情感，使得方健荣敦煌散文题材的写作充盈着一种饱

满的精神活力，一种源自生命深处的依恋、博爱与宽容的品性和气质。以至于他的散文及诗歌，无一例外地都含纳和张扬了敦煌——即使散步、工作、思想，甚至睡眠之间，也富有浓郁的敦煌色彩、敦煌品质和敦煌精神。由此，可以说，方健荣的散文是一种自觉的文学要求，是心灵和精神在敦煌之上的自由释放，是个人情感在敦煌这一文化符号上的温情扩张。

最后，说说我自己。对于南太行，我写过无数次，有时候同一题材反复写。有人说这是在重复自己，我也承认，但我觉得，那个熟悉的出生地于我来说时时都是崭新的和陌生的。我出生后在那里的生活，基本上已经沉浸到骨血当中了，形成了极其顽固、无法剔除的烙印。我之所以反复写，是企图接近，更接近一些，是想把那一片地域和人群、人性本质看透，并用文字，为她树立多个参照点。以前，我觉得出生地是一个永恒存在，就像我第一次见到那样，再多年多代人之后，还能看到。可是，仓促而迷离的世事已经使我改变了这种看法。人也好，物也好，灵魂也好，肉体也罢，"眼见"已经非常不可靠。为此，我从多个方面对南太行——包括具体村庄和人，进行了较为全面的观察、分析、言说演说和呈现。

应当说，这些作品与我和朋友们主张的原生态散文写作理念是一脉相承、环环相扣的。需要重申的是，原生态散文之"贴近大地"不是一味下沉，在泥土和灰尘当中自我掩埋，而是要基于大地、立在大地；所谓"众生关怀"是一种方向，也是一种品质；只是关心"我"，用各种方式"超度"自我。我们要的是对每个人、每个自然存在的尊重与理解，怜爱和同情。关于"从现实出发"和"时代特质"，绝不是排斥和杜绝想象，也不是对现实的直接"挪用"与急就章式的"拿来"，而是要从现实出发，从自我出发，以不拘一格的方式，有所创造地进行散文革新，丰富散文的风度和品质。

然而，在经济效益第一的当下，一个人的力量是微乎其微的。这些书籍的成功出版，离不开天津人民出版社以及绍东兄弟的帮助。在文学日趋利益化、圈子化、市场化、人情化、盲目化的境遇下，一些优秀的写作者往往寂寞无名，如果由此使他们站得更高，走得更"漂亮"，正是我们求之不得和倍感欣慰的。再回到文章开头……那些问题，似乎从一开始就有答案，虽然难以言说。它们如影随形，在内心，在灵魂，在肉体，也在这浩荡世事——天地人心中。因为，大地是我们的最初，也是我们的最终。

二〇〇九年九月二十六日于额济纳

壹

巫味飘荡的土地

【作者简介】

陈守湖，侗族，生于1972年，原籍贵州天柱，现居贵阳市，贵州省作家协会会员。供职于贵州日报报业集团，《贵州都市报》主任编辑、专栏评论员。其作品曾发表于《美文》、《散文》、《散文（海外版）》、《山花》、《民族文学》、《作品》等刊，入选《原生态散文十三家》等选本。出版有个人散文集《草木书》（2007年，湖南人民出版社）。

【写在前面】

这个叫地妹的村庄，坐落于云贵高原苗岭余脉的延伸带，是湘黔边境无数个普通村落中的一个。从行政区划上来说，属于贵州省黔东南苗族侗族自治州天柱县，与湖南省新晃侗族自治县接壤。村庄人口仅二百余人，全部为侗族。

我是这样来理解散文的——散文是从书写者的身体里流出来的，它是带着这个人的体温、呼吸和气味的。它是偏执地戴着"有色眼镜"来写人叙事抒情的，它只以一个人的视角来打量这个世界，只以这一个人的触觉来感知这个世界，并且只以一个人的腔调来说出这个世界。散文的确需要一定的文体自觉，但更重要的还是写作者的个人心性。黄钟大吕，风卷沙鸣，是散文的气质。清箫幽笛，雨叩竹喧，同样是散文的境界。读散文，我期待找到人生的共鸣。写散文，我也同样期待与读者有心灵的融契。

散文无非就是对生活的私性烹调，生活有百味，散文亦有百味。散文的题材上，我更多地选择了乡村，选择已经消逝或正在消逝的乡村。乡村之于我，就是我一个人的宗教，它一生都在左右着我认知世界的方式。它或许是固执的，或许是落伍的，甚至是自怨自艾的，但它对于我而言，是真性情的，是我一个人的人生况味。

巫味飘荡的土地

1.落邪家

湘黔边地都是山连山岭连岭的。这些山山岭岭之间，分布着大大小小的山洞，洞深溪幽，人迹罕至。这里的民谚说：莫欺山，莫欺洞，哪怕要钻刺笼笼。这句话背后的意思是：山有山神，洞有洞灵，经过这些地方要收敛自己。

在那些因为不尊不忌而惹出祸端的传说中，留给我童年的印象是，山神要大山才有，而且是茂林密丛、遮天蔽日那种山。岑转坡，戊甸，冲梅纳，婆罗索，盖阳放马，壕梁河，像这些山，是地妹寨的人们所禁忌的。但山神在传说中是个大度的神，从来没有听说过孩子得罪山神的。得罪山神的只是那些莽撞的猎人，或是那些鲁莽的伐木者。山神对这些无礼猎人的惩罚，无非是火枪打不中近在咫尺的猎物，让野猪野羊从他们的视线里从容地绝尘而去。而对伐木者的惩罚呢，最轻的是让他们手足无力，重者就是被斧、锯伤到自己。但洞灵却不一样，他会摄了人的魂灵而去，寄放在洞里。湘黔边境一带将其称为"落邪家"。我不太理解这个巫味十足的称谓。大约可以理解为灵魂中了邪吧。之所以用"落"，是因为大多发生在有洞的地方。

从大湘西的地理概念上来说，地妹这个侗寨也是可以归入湘西的，亦有许多的风俗与湘西类同。沈从文先生的家乡凤凰就有"落洞"这样的神秘文化。落洞者肯定是女性，而且是年轻漂亮的女性，明眸善睐、性情纯和、聪颖美丽。从文先生说，湘西女性，穷而年老的，易成为蛊婆；三十多岁，易成为巫；十六岁到二十二三岁，美丽静好、性情内向而婚姻不遂的，易落洞而死。在湘西传说中，被洞神看中的女子，更爱贞洁，尤爱独处，神情恍惚，自言自语，最后一天天枯萎死去。不知道地妹这一带的"落邪家"与这"落洞"有没有文化上的互相影响。"落邪家"是无论男女老少的，它更近似于"落魂"这样的说法。但"落邪家"的年轻女子的情状，却又与从文先生说到的湘西落洞差不离。

落邪家的人往往神思恍然，刚开始家里人不以为意，但一日日地，这人言语逐渐奇怪起来，说的话莫名其妙，没有人能理会这可怜人的意思。往往是寨邻首先发现的，就对那家主事的人说，你家××怕是落了邪家哦，要不要去请个师父来。家里人才醒悟过来：哦，是的是的，我说嘛，这些天来咋这样子怪。小叔公是落过邪家的，但那是他年轻的时候了。爷爷说，那时候的年轻人爱玩山（侗族地区年轻男女交往的一种方式，因在野外山坡相聚，故称玩山），结果落了邪家。家里请来了湖南的法师"打邪家"，最后在一个叫大河边的地方，找到了他落邪家的地方。法力高强的法师拯救了小叔公。

地妹寨的人落邪家的，我没有亲见过。但我却在少年时见证了外地人在地妹落邪家。那年我十三岁，已经上初中。正逢暑假，我正在木楼上午睡，突然被"咚咚锵"的鼓锣声吵醒。我起床推开木窗，看到村前的马路上，长长的一队人，挑着担子，扛着法幡，敲着鼓、锣、钹。爷爷说，这些是湖南来"打邪家"的人。

打邪家的人穿过田野，向着冲梅纳那个山湾里去，法师着红黄色法袍，走在头前。爷爷说，小孩不要去看人家打邪家呵。不过那个时候，我早觉得自己是个大人了。离家住校，自己洗衣服洗被子，自己照顾自己，这不是大人做的事么。我还是悄悄地跟去看了。

冲梅纳在那时是一个比较幽深的山湾。那里有几处洞穴，向来有洞鬼出没的传说。地妹的孩子们过那洞前都是小心翼翼的。我曾经在散文《吉祥草》中写到这些洞穴——"冲梅纳那个山湾里吉祥草特别茂盛，只是那个地方，少年时总是让我们有点惴惴然。那里有一个山洞，虽然被藤萝遮住了洞口，但经过那里，还是免不了一阵阵发憷。在老家的传说里，这洞里藏着一些喜欢捉弄人的女妖。关于这些女妖的故事，我记得最深刻的就是她们清明节送菜团子。清明祭祀时心里没有默默地念记她们，她们就变成漂亮的女人，跑到村子里借竹筛，称是做清明粑，还竹筛时热情地拿来许多的粑。她们走后，那清明粑一拿上手就成了石头，甚至成了牛粪。老人们说，解放军进驻地妹的1949年冬天，战士们炸封了这个妖洞，后来就再也没有出来过了。不过下雨天，经过洞外，体虚的人会听到她们的哭声，会落魂的。"

落邪家的是晃县一个寨子上的年轻女子，据说她是走亲戚经过地妹这里落的邪家。我心里就极疑惑，那地妹寨的人，还有那么多去晃县、贡溪、扶罗、新寨、凉伞赶场的人都要过地妹寨啊，咋没听说过落邪家？和我同龄的老来神秘地告诉我，落邪家的人是心里中了邪才会的，又不是每一个都会落。不管它可信不可信，反正那个夏日午后，我目睹了这仪式繁琐的"打邪家"。

法师在洞前念念有词，手中一把木剑不时舞动，像是要与洞灵决一死战，又像是软硬兼施的一场谈判。洞前的草地上，摆满了各种供品，有已经烹熟的猪首，有刚刚宰杀的还淌着血的雄鸡，有用粳米做好的糯米粑……这是献给洞灵的。但法师又一边念着他的咒语，在洞前忘我地手舞足蹈。或面目狰狞，或气色平和，或涨红着脸，或屏神静气，他复杂多变的表情，预示着"打邪家"

的艰难。我们这些旁观者都替他着急。他们来的时候是正午,法师顶着烈日,一直念着跳着到黄昏,弄得满头大汗。到他歇下来时,我们也不知道这"打邪家"的结果如何。爷爷说,他们回到家就会知道了。这个落邪家的女子所在的寨子离地妹有数十公里,后来家族里有个姑姑嫁到了那个寨子。有一年春节她回娘家拜年,我问姑姑,那个落邪家的人好了吗?姑姑说,好的啊,人家都嫁到芷江去了喽。

我一直对这神秘的落邪家充满着好奇。姑父家有一个长辈是打邪家的法师,在湘黔边境这一带很有名气,他念咒语像是在唱歌。我大学毕业之后,曾经想给他做一个民俗访问,将他的讲述用录音机录下来,写一本关于湘黔边地侗家神秘文化的书。但我刚动这个念头,那个春节回到老家,就听说老人已经在腊月里离开人世了。

2.唱七姐

少年时候的正月间,我最喜欢随姑姑她们去听"唱七姐"了。我对这个活动极其着迷。那个时候我的记忆力惊人,她们头夜唱的,我第二天早上还能在作业本上将歌词记下来。她们也喜欢我跟着,忘词了我可以提醒她们。

地妹寨的唱七姐活动一般在正月初四到正月十三举行。在地妹侗家年俗里,"年有三天",就是初一到初三,这几天一般是不走亲戚的,走动的只有亲兄弟。而正月十四是地妹人家的"正月半",过了正月十四这个春节就算是完了,得张罗地里的"阳春"(侗族人称庄稼为阳春)了,该种洋芋了,刚过了一冬的小麦要追肥,被雪凌压了的油菜也是要操心的。

唱七姐是在一栋旧木楼里举行的,那里是20世纪50年代地妹农业高级合作社的办公地,故而村里人称这个地点为社管会。这个地妹寨最大的公共建筑,除了平时村里的老人们议事,就是年轻人聚会娱乐的地方。唱七姐,是那个时候最隆重的村寨娱乐之一。

唱七姐当然是村子里年轻姑娘的事情,她们是这个活动的主角。唱七姐是晚上进行的。白日里,这些姐妹就在打扮自己了,衣服肯定是要穿最新的了,头发也要扎个最好看的,正月间的晚上还是寒意逼人的,穿自己刚刚做好的新棉鞋吧,以免冻僵了脚。饭当然是要少吃的,正月里家家有好吃的东西,但今天要忌下嘴,老人常说"饱吹饿唱"嘛,吃太饱了,歌就唱不出来了。

唱七姐的那个大大的厅堂早已被年轻的男子们打扫得干干净净了,中间摆了一张靠椅,这是扮七姐的姑娘坐的。两侧摆满了小木凳子,那都是女伴们坐的,得先紧着姑娘坐,有空位子才轮到男人们坐。入夜,厅堂中间,生了

一盆旺旺的炭火,就等着"七姐"们来了。

扮七姐的是年轻的未婚姑娘。元姑那时候经常扮七姐。可奇怪的是,她平时里都是极少唱山歌的。去贡溪赶场回来,经过凉亭坡那个地方,常有年轻的男子拦在那里唱山歌"讨带子"(北部侗族地区风俗,年轻男子唱情歌向自己追求的女子讨要信物,一般是手帕、鞋垫等,如能要到,即表明女子对男方有意),我跟着姑姑们去赶场回来经常碰到。元姑是极少开腔唱歌的,她似乎是极为腼腆的女子。可她却经常被推为扮七姐的人。开始她总是害羞地推。就有人说,元啊,七姐来了就会唱了的,坐上去吧。姐妹们一把就将元姑推到中间的座椅上。

先要点灯草。灯草是秋老虎的天气里就备下的。选的是长势良好的灯芯草来剥的,晒得又干又燥。年前的冬阳里,又翻晒了几回。七姐的座椅前边,是一张方桌,方桌上有三个杯子。桌下是一个香炉。香炉前是七个灯盏,里面盛满了青油。浸了油的灯草,在哗哗啵啵地燃着。开始唱七姐,先得村里的老人来点燃三炷香。三姑姑告诉我,这是向七姐的来路上拦路的那些神鬼打招呼。啊?我好奇得瞪大了眼睛。

这个仪式结束后,就开始请七姐了。坐在座椅上的元姑闭上双眼,她的双手搭在膝上,头上盖了一张家机布的头巾,遮至眉心位置。有人上前斟满了三杯清茶。唱七姐就开始了。开始多半是声音最脆的三姑姑领唱,她的声音真的很好听,讲话都像是唱歌,她从不背歌词,出口成歌。三姑姑站起来,几个女伴也站起来,她们是给三姑姑和声的。三姑姑清了一下嗓子,一年一度的"唱七姐"开场了——

> 正月正,请你七姐下凡尘。
> 正月正,请你下凡看龙灯。
> ……

三姑姑清脆的歌声在社管会的木楼里回荡,地妹这个小村子更安静了,整个村子仿佛在静候七姐下凡来。木楼的厅堂里,只有三姑姑的歌声,她的歌声真的很动听啊,比我在学校里学到的歌好听多了。像是有什么东西在我小小的心上抚过,有一种轻轻的颤动在我的身体里。她的歌好长好长,屋子里的人都在静静地听。当她的歌声突然停下来时,只听得到灯草燃烧的声音,哗啵,哗啵,这声音在静夜里听起来真静。

我悄悄看了看元姑,她还是闭着双眼,无动于衷。当然,唱一首歌,是请不来七姐的。又有姑娘接着唱,有点儿催促的意味——七姐要来快快来,莫在阴山背后捱。阴山背后雪凌大,打湿七姐绣花鞋。接下来就是大伙接着唱了,前一个人刚放下嗓子,后一个人就接上,她唱的是七姐路上要经过的凡间与仙界的桥——桥上一筐葱,七姐来得雄;桥上一筐菜,七姐来得快;桥上一筐草,七姐来得好。接下来又是三姑姑领唱长歌献给七姐了——

> 一块柴,两块柴,拿送七姐架桥来;
> 一块瓦,两块瓦,拿送七姐贴脚马;
> 一杯油,两杯油,拿送七姐梳油头。
> 一杯茶,两杯茶,拿送七姐香香牙;
> 一杯水,两杯水,拿送七姐把脚洗;
> 一把梳,两把梳,拿送七姐梳凤头。
> 左手梳个盘龙髻,右手梳个凤回头。
> 天门土地拦不住,快快打马一路来;
> 当门土地拦不住,手拿钱财买路来。

这个时候,一曲又一曲的七姐歌已经唱了许多了。献上了苦茶,重换了灯油。元姑的双膝在颤动。这个时候就说明七姐来了,她要借元姑来与大家对歌了。姑娘们就唱——开光了,天地开光这个亮堂堂,天地开光亮堂堂,邀姐去看桥洛阳。如果来的是七姐,她就会接唱——正月间来下九天,董郎一别好多年;天上人间相思苦,哪如凡间常团圆。如果元姑不唱,就有可能不是七姐,而是大姐来了。在湘黔边地的传说中,大姐是个哑巴。见元姑久不做声,这个时候就有人唱——正月正,正月七姐下凡尘;问你姐,你是七姐哪一人? 如果还是不做声,就会有人接着问——既然七姐下凡尘,为何问你不做声? 莫非你是傻大姐,快回天上换一人。如果还是不做声,就肯定是大姐了。这就意味着又要重新请一遍七姐了。在我的记忆里,我参加的唱七姐活动,都是元姑扮的七姐,只有一回请来的是傻大姐。

元姑开声唱歌后,气氛就活跃起来了。唱的歌多半是在问当年的年景如何——七姐七姐问一声,问你今年好年成。水稻扬花打雨不,谷子进仓几多斤。"七姐"就会唱着歌回答今年的收成如何,是不是风调雨顺。还有的歌是问当年村里人健康病痛的——七姐七姐问一声,问你今年的灾生……这种问答的歌,像是在聊天一样,有时候还会有笑声。当了七姐的元姑,歌像是唱不完一样,这么多人唱歌盘她,她都能对答如流。我惊讶地看着她,这是那个在凉亭坡上怯生生地唱情歌的元姑吗?午夜过后,人们的歌唱得也差不多了。就要请七姐回到天上去了——七姐七姐下凡间,天上人间几重天。奉送七姐回转

去，今日别去约来年。有人递上一杯清茶，元姑喝后慢慢地醒了。她向众人微笑，像平日里那样的腼腆。

元姑扮七姐唱的歌太多太多了，少年时候我认为唱得最好的就是这首——人间天庭不一般，云绕深宫年复年；谁知神仙都寂寞，只羡鸳鸯不羡仙。直至今日，我还是认为这是请七姐的歌中最感动我的。"唱七姐"的风俗早已经消失了，但我还是经常忆起元姑唱的这首歌。此时写下这歌词，我仿佛回到了那童年的木楼，年轻的元姑，她的歌声为什么有一种深切的悲凉？我不知道。她现在已经慢慢老去了。当年唱七姐时跟在她身后的那个小孩子，也在开始老去了。

3.招魂竹

宅子外边的场坝上，细密的青草，暗红的女儿花，草汁的气息如此浓郁，女儿花，染红了女童指尖的指甲红，已然黯淡。上好的枞膏，哔哔啵啵地燃烧着，火苗，忽高忽低，时明时暗，巫者的表情，在咒语中时隐时现，渐渐地与枞膏的火光融为一体。阴阳卦，在湿气升腾的黑色泥地上跳动，打开，合上，合上，打开，阴阳卦与泥地撞击的声音，沉闷得令人窒息……招魂竹插在米粒中，在枞膏的火光中沉静而忧郁，盛米的木器叫升子，分四个方格，指代着东南西北。在巫者令人沉闷的语调里，主家在屏声静气地等待。老二（这里指代的是一个孩子的名字）……唉……老二……唉，回家得了……回来喽……呼喊声与回应声在寨子里浮动，吃饭的人家也屏住了声，哪家的孩子又落魂了哟，然后是一家人长一声短一声的叹息。

主家的米升上，那棵招魂竹迎风摇动，枞膏的油顺着主家的指尖滴落到地上，阴阳卦打了好多遍了，此时静静地躺在泥地上，像旁边睡着的孩子，孩子在母亲的怀中沉沉地睡去了，额头上有着"避黑"的十字（地妹人家的一种祈愿，孩子受了惊，用锅烟在其额头上画上十字，避受惊吓），鼻息均匀。招魂竹上，来了一只小小的蜘蛛，它从米升的边缘爬上来，行动迟缓，似乎还有点东张西望。它是相当微小的，但它的行走还是惊动了全神贯注的巫者，巫者指了指这个微乎其微的生命，开始微诵咒语。小蜘蛛似乎受到了惊吓，从招魂竹的顶端跌了下来，随即吐出了丝，细得几乎不能看见，但还是可以感知得到。小蜘蛛跌落时似乎是倒栽下来的，但随后就是一小点一小点地下来了，最后，准确地落了巫者的跟前，似乎是怔住了，停顿了一会儿，慢慢地消失在草丛里，主家急切地将一升米用手帕包好，灶间，热腾腾的鸡肉在锅里翻动，白汤滚沸，只等这米来煮饭了。

招魂竹叫水竹，这种竹在地妹人家的生活中是相当重要的，生产队那阵子从外地引种的楠竹虽然以其体型大而在地妹人家的宅前屋后高耸挺拔，但其实用处也仅是做晒席、竹椅什么的，家中用具，诸如格筛、细筛、火笼、竹篓，篾匠们通常选水竹来做，它的篾细软而有韧性，令篾匠们感觉舒畅，弯、折、绕、缠，水竹的篾条让他们得心应手。

　　招魂竹通常长在水边，在招魂竹密集的地方，要么是水井，要么是水塘，或是湿地，在偏离水源的地方，竹子在这里一般长势不好。看竹的颜色就知道。水边的竹子竹形大，颜色青翠得像是要流出水来，新伐下来的竹根部以上几节，确实是有水的，伐竹人渴了即可解渴，我也是喝过的，竹节之中的水甘洌而醇和，盛夏之时，令人心怡气爽。而长在远水地势的竹，细小如筷，表皮鹅黄，像一个营养不良的孩子，也就只能做成扫帚打扫庭院了。

　　地妹的竹不少，苦竹，狗竹，桂竹，黑竹，毛竹，绵竹……为何选水竹作为招魂之用？这个疑问多年萦绕在我心头。大约也与水相关。地妹的每个孩子的幼年时代，大约都会有生命来自于水的原始认知，有这个概念时，我大约四五岁或是五六岁？已然模糊。婶家的弟哪来的嘛？幼稚的孩子问。婶从井里挑来的，孩子的母亲摸着孩子的头说。那我也是从水井里来的喽，孩子又问。当然的喽，母亲认真地说。这样的答问持续了一代又一代，这是地妹人朴素的生命意识。在地妹，水是受到尊重的。大年初一，在祭祀先人的同时，井是一定要祭的。许多孩子曾拜水井为脐母，我的脐母是冲柏的那口大井，幼时每年六月十九母亲都要带我去拜祭这口大井。一个脐字，相当贴切，生命之源起，就是这般的剪脐之痛。而魂灵从水之湄而来，对于我这样漂泊于异乡的游子，不仅是诗意的，也是令人感恩的。

　　我童年时体质极其虚弱，成年后问起母亲，她已无法说清我到底都生过什么病了，反正三天两头有"灾生"。记忆里，我也是招过魂的。我迷迷糊糊听到巫者低沉的调子，那阴阳卦扑在地上的声音，昏睡中听到母亲的呼喊，我的身体一激灵，但已没有力气答应。在这仪式里，我睡在了火塘边上。灶上炖的猪肉肉香四溢，那一升米是当年的新米，刚从田间采来直接春出来的，还带着田野里的清新气息。我就在这无边的香气中醒来了。"我要吃饭"，我的声音让喝酒的人们大吃一惊，巫者说："魂索回来了哟。"他们都在看我，我大口地吃着那些香到骨头里的米饭，喝着猪肉汤，哪有半点失魂落魄的模样？

过去的匠人

1.劁 匠

呜那——,呜——那,呜——那——,听到这难听的口笛,就知道劁匠老黄来了。不晓得这个宝庆口音的人,用两块铁皮咋做成的口笛,声音实在是太难听,像是三子家生病的瘦弱老狗,一到满月夜晚就悲凉地叫,叫得人一整夜心里猫抓似的。

老黄一脸的络腮胡子,根根直竖,偏这个胡子拉碴的人,又喜欢抱着小孩子的脸亲,一个村子里的小孩子都害怕老黄。大一些的男孩子,看到老黄就躲得远远的。因为老黄一看到他们就装着要从帆布包里取劁刀,要割了他们的小鸡鸡。在孩子们心目中,老黄就是一个恶人,一个大坏蛋。小孩子哭得厉害,大人就会用老黄来吓他——还哭还哭,老黄来了。孩子抽泣几声就止住哭了。

老黄是宝庆(邵阳)一带口音,我们不知道他到底住在哪里,大约是晃县的某个集镇吧。没有人知道他的踪迹, 也没有人知道他家里的情况,有老婆吗?有孩子吗?老黄的嗓音很难听,永远都像重感冒一样,沙哑得不行。吊着嗓子喊"劁猪——",老黄是喊不出来的。但他又是一个话篓子,是人是鬼都可以说上两句,连小孩子也不例外。他坐在侗族人家的火铺上,一上火铺就像倒水一样说个没完没了。

他每一次带来的都是新鲜离奇的事,件件都像是他亲眼看到的一样。我现在还记得他讲的猴子报仇的故事。"四川的猴子宜河南人管",我清晰地记得老黄的开场白。那个时候来到湘黔边境侗族村寨的耍猴艺人,都是河南人,我家就曾有这样的耍猴艺人借宿过,他们要付饭钱要付借宿费,但都被母亲拒绝了。在侗族人家看来,这样的钱是不能要的,这是在"修阴"(意指积功德)。老黄的故事说的就是一个河南人到了某个寨子,投宿在一个专做劫财营生的人家里,被灌醉了睡得很沉,睡梦中就被歹毒的两父子结果了性命,埋在深山里。但这两父子却忽略了那只猴子。猴子悄悄地跟到了埋尸的地方,夜里狠劲地刨坟上的新土,白日坐在山路边哭,引起了打柴人的注意。猴子领着打柴人到了埋尸的地方,谋财害命的一桩案子大白天下,报了公安,歹毒的父子都被枪毙了。

我总怀疑老黄是瞎编的,但他每一次都发誓是真的。问过他几回,我就只好顺着他的意思听下去了。管他呢,反正有"门子"摆就可以。他的故事一个接着一个,直到他喝得歪东倒西,主人家扶他去客房休息才罢休。

爱喝酒,爱吹牛,不过老黄是一个信得过的劁匠。他对村子里家家户户的母猪都清清楚楚。小母猪要劁,劁的最好时机是发情前。主人家都不太清楚,可老黄清楚。他不请自来,对主人家说,你家那两头小母猪该劁了呀。主人家说,黄师傅,这个你说了算哪。老黄就吩咐端盆清水来。清水端来了,老黄先净了手。换一盆清水后,他正式开始了他的工作。劁小母猪,他动作是很快的,仿佛刚听到那小母猪锐叫一声,他就说结束了。他缝伤口缝得好,消毒也做得好,小猪伤口愈合得也快。有时候老黄春节后来,主人家告诉他说,黄师傅,这过年猪就是你劁的那头呢。他就一脸的得意。

得意忘形的老黄有时难免会出丑。寨上的五龙就说过,黄师傅啊,你不要看他长得粗咯咯的一个人,力气小得很。这话通过酒桌上一传开,老黄就很没有面子,他趁着酒劲与五龙掰手腕,但却没有一次赢得过看起来瘦弱的五龙。有一回在三子家劁一头生了三胎的母猪,五龙在场,五龙说帮他搭个手,他却只要三子帮忙。线刚缝完,母猪站起来,突然冲向老黄,一下子将老黄拱下了三子家门前的土坎。而更让老黄想不到的是,他竟然将一把小刀子忘在了那猪的肚子里。那猪吃食越来越少,最后死掉了。开膛后发现,原来是黄师傅的一把刀害的。

劁过三子家母猪几个月后,老黄又"呜那——,呜——那,呜——那——"地出现了,刚到村头的木桥边,我们一帮孩子就告诉他,三子家的母猪是被他劁死的。老黄黑着脸吓唬我们,再乱说,割了你们的小麻雀哦。孩子们跑老远还喊,就是你劁死的,你的刀子在母猪肚子里呢。这下老黄不吭气了。他几乎是小跑着到三子家的,跑上那长长的石阶坎,差不多都累趴了。三子的母亲看到老黄上气不接下气,吓了一跳,问:黄师傅,你生病了啊?老黄说,你们家的母猪肚子里真有我的刀?三子母亲从案屉里拿出那把他熟悉的小劁刀。老黄一下子坐在了地上,弄得三子一家人手足无措。老黄一个劲地赔不是,说要赔三子家的猪钱。三子母亲说,黄师傅,不怪你的,该我们蚀财。据五龙后来对我们说,老黄这个胡子拉碴的人,竟然像是要哭了。那天寨子上的人来三子家找老黄去劁猪,他都拒绝了,三子家留他住一晚再走,他却连夜就离开了。那天晚上,下着好大的雨。

从那之后,劁匠老姜就来了,他说是黄师傅介绍他来的。老姜不吹口笛,他带着一把好老的油纸伞。老姜其实比老黄更麻利。老黄劁猪在行,可骟猪却不太让人放心,每年都有一两个小仔猪需要再骟一回。老姜听五龙他们说老黄骟猪不行,他根本不相信。老姜说,不可能的,"骟猪一年,劁猪三年",骟是最容易的了,不要这样说黄师傅嘛。是啊,想起来也该是这样,可老黄就是这样子的一个劁匠。

老姜是一个和善的人,总是对着人笑,胖胖的像个弥勒。他还经常带糖果给村里的孩子。但我们还是会怀念老黄,那个胡子拉碴的人,那个会编离奇的故事的人,那个将劁刀忘在猪肚子里的家伙。后来五龙出去学做银器,在一个镇上竟然发现老黄开了个理发摊,给上了年纪的老人剃头发。我们不太相信五龙,就问老姜,真的吗?姜师傅,老黄真的剃头啊?没有骗我们吧。姜师傅六十岁的人了,还骗你们这些小孩子做哪样子哦,老姜边说边撑开他古旧的油纸伞,朝寨子中间走去了。铁匠家的母猪养得不成功,早就带话给他了,要他把这头不成器的母猪劁了,养来过年杀。

2.唢呐匠

吹唢呐的人在湘黔边地是受到尊敬的。特别尊敬的行当,侗家人就会说"请师傅"。像劁匠、补锅匠、割漆匠这些行当,是匠人自个儿上门。而唢呐匠和木匠、裁缝一样,是需要去请的。请木匠要有青壮年去给木匠挑行头,请裁缝也要有人帮他担缝纫机,唢呐匠呢,虽然他的行头就是一把唢呐,但还是要人去请的。带个话让唢呐匠来,那是万万不可的。当然唢呐匠来的不是一个人,而是一个唢呐班,少则两人,多则八人。请的班子越大,唢呐把数越多,就越显出主人家的气派来。

有一阵子我最羡慕能吹唢呐的人。看那个经常被请到地妹来的唢呐匠天灵师傅吧,人长得修长修长的,手指纤细纤细的,脸上白净白净的,哪里像个乡下人呢,更像是一个教书先生。再看那些徒弟,一个个眉清目秀,坐在主家安排的位子上,不言不语,不声不响,斯文得很。母亲每次看到天灵师傅的唢呐班子,都要训诫我们兄弟几个一番:看唢呐班那些孩子,哪个像你们一天像猴子一样,坐没坐相,站没站相,安静点多好啊。是啊,安静多好,像天灵师傅一样,真的是,真的是……静如处子。小学五年级时,我从成语词典上看到静若处子这个词,我立即将它用在了唢呐班的天灵师傅身上。我当时看来,在我认得的人里,就天灵师傅配得上这个优雅的词。

爷爷说,好的唢呐匠啊,唢呐会说话的。嗯?难道吹曲不是比说话更高明的一个层次吗?我对爷爷的话不以为然。后来我终于明白,乡间的唢呐的确是要会说话的，唢呐匠就是要把这曲子吹得让没有半点曲乐知识的乡里人明白，知道这曲子的喜怒哀乐。天灵师傅就是这样的唢呐匠。他手里那柄黄铜色的唢呐，让人欢乐，让人悲哀，有时候还会让人心里发凉。

我第一次听天灵师傅的唢呐班子吹唢呐，是村里的三金讨婆娘的时候。三金是个独生子，他父亲德清四十岁上得了这个宝贝儿子，而三金上边的姐姐竟然大了他二十岁，两姐弟感情很好。三金结婚，他姐姐请了天灵师傅的唢呐，不是请的两把，而是八把，那是地妹寨的人第一次看到八把唢呐齐奏的场面。真个是热闹非凡，欢快的曲调在小村里久久飘荡。村人赞美唢呐班说，天灵师傅啊，你们的唢呐把整个地妹的屋都抬起来了哦。天灵师傅笑笑说，全得大家抬爱哦。地妹人的赞美很形象，那欢乐的唢呐，的确是有一种让村庄沸腾的感觉。

不知道为什么，我听得最明白的还是天灵师傅他们吹的哀曲。那一年冬天，雪花飞扬，还有三天就要过除夕，庆东的母亲走了。老人家过了年就要满六十九岁，本想明年办个大寿的，因为高寿是不能满办的，这样会冲了老人的阳寿，却不曾想精神不错的老人家感冒风寒，躺在床上几天就撒手西去了。母亲对我们感叹，老太太这一生苦过来了，本来应该多享下福的。庆东的母亲的确是苦，民国三十五年，男人被抓了壮丁，留下了三个崽，一个紧着一个的，大的五岁，小的才一岁，硬是拉拉扯扯长成了人。嫁到地妹前，她是年轻时候湘黔边境有名的漂亮歌手。在凉亭坡上对歌三天考了庆东父亲的肚才，她才嫁到地妹来的。几个孩子一拉扯，不到三十岁，人就慢慢地老去了。我对这个老太太有记忆以来，她的腰从来就没有直起来过。据给老人穿棺衣的人说，可怜哦，背都直不了，她太苦了。庆东三兄弟是孝子，再穷也是要请个唢呐班来吹的。当然，最终请的还是与地妹人最熟络的天灵师傅。

天灵师傅这回来的只是六个人。他们进得寨来，远远看到灵堂，就开始吹起来了。唢呐进寨时，我和几个伙伴还在山里撵山雀呢，一听唢呐响，我的耳朵就直起来了。肯定是天灵师傅他们来了！我一高兴，手中一只套好的画眉就飞了。

我上气不接下气地跑到庆东家时，唢呐班正结束前边进门的一曲。人们都站在原地听。呜——呃，呜——呃……在一段像哭声的前奏开始后，又一曲开始了。那唢呐真的是像在哭的啊，像在说老人家一生的辛苦，像在说儿女成长的不易，像在说儿子不能尽孝道的悲哀。我边听边想着母亲说起的这个老人的身世。爷爷说得没有错，唢呐就是在说话的，这一寨子的人都在听它说呢。我看了看庆东，他开始还在忙着发烟给帮忙的寨邻，唢呐吹着吹着，他已

经跪在母亲的灵前了。眼泪哗哗地从这个大男人眼里流出来。一曲终了，又是一曲。一曲终了，又是一曲。绵绵不绝，声音悲咽。我只感觉到胸口憋得难受，感觉像一种什么委屈。女人们听着听着先哭成了一片，哭声和着唢呐声，压得我小小的心脏有点痛。我终于流下了泪水。我心里头凉飕飕的。我突然觉得人活着很没有意思，是的，很没有意思，人最终都要死，那为什么还要来到这个世上呢？这个念头吓了我一大跳。那天下午，我独自在寨子里游逛。我没有回家吃晚饭，是在姑婆家吃的。姑婆看到我一个人走过她的菜园，拦住我说，孙崽，你一个人在做哪样？看我眼睛红红的，又问，你妈打你了？我摇了摇头。姑婆说，乖，来我屋坐，我烧糍粑给你吃。吃着热乎乎的糍粑，我突然很想哭。

我曾经问过天灵师傅，唢呐咋吹，天灵师傅从他的小木箱里取出一把小小的唢呐递给我说，试下嘛，我却吹都吹不响。天灵师傅说，吹唢呐呢，最难的就是要会换气，不要让气接不上。他对我说，你好好读书才是的，不要想学什么唢呐，没有办法的人才学吹这个呢。他让我写"公"字，我捡了块石头，在地上工工整整地写下了，他夸我写得好。他说，好多娃崽都把上边的"八"写成了"人"。他还给了我一块钱，让我去买作业本。

天灵师傅最小的徒弟永四比我大六岁，但跟师傅已经两年了。四哥，唢呐好学不？我问永四。好学啊，一点不难。他操起唢呐，就吹了一段。可他递给我吹，我就是吹不出声来。腮帮鼓痛了，脸都涨破了，也吹不响。永四说，你先练吸气嘛，你找个脸盆，打盆清水，折根麦管吸水，吸得越多就越好，开始的时候，师傅就是这样让我练的。那之后有一段时间，我天天打盆清水，找了根麦管，对着那盆里的水吸。我以为这是很容易的，没有想到，吸得两腮都痛了，次日吃饭嚼起来都疼，还是没有吸干。练了几天，我终于没有能坚持下去。有一回永四又来我们寨上，问我练得怎么样了。我说，我练不来，我笨得很，肯定学不会。永四就笑了，你才不笨呢，我听师傅说了，说你读书厉害得很，还是读好书吧，我是家里穷读不下去才学吹唢呐的。

从初中开始，我就开始住校，回家很少，基本上没有机会听到唢呐了。后来听说天灵师傅的唢呐班解散了。他们有一次去外乡吹唢呐，坐的车撞上山，他胸部伤得厉害，伤好后就再也没有吹唢呐了。永四后来组建了自己的唢呐班。我有一次曾听过他们吹，吹的还是天灵师傅的曲。那次也是吹的哀曲，但我却没有听出多少悲哀来。永四也当师傅了，但他吹哀曲时我总觉得不对劲。我想，唢呐在每一个人手里，大约都是不一样的吧。不然，为何同样的曲，换一个人吹就不一样了呢？

如今，乡村的唢呐匠基本绝迹了。现在听唢呐曲子很方便，网上搜一下，曲子多的是。不过我对唢呐最深切的感动，还是留在了那个雪天。直至今日，它传递的人生悲凉依然在我心里久久不去。人为什么来到这个世上？我当然回答不上来。因为我真的不知道答案。我甚至害怕想这样的问题，因为这样的追问让我很绝望。

3.补碗匠

碗也能补？第一次看到补碗匠来到地妹，简直觉得不可思议。我一直觉得瓷碗打破了就只能扔了，那瓷东西咋补嘛。

补碗匠挑着他的小炉子，背着他的军绿色布包，一到寨前的乡村公路上，就喊"补碗，补碗"。我从来没有听清晰过，但大人们都说是叫的"补碗"。我听来，却像是地妹侗语的"不娃"，这称的是一种无名的皮肤病，比如从山上回来，身上长起小块的斑，就叫"不娃"，汉话里称什么呢？我不知道。

有一回我给这个口音怪怪的补碗匠说这事，他听了笑得手中的补碗锤都掉在了地上，差点砸碎了已补好的碗。他说，下回我喊清楚点。但下一次他再来时，我听还是像在喊"不娃"，于是就会条件反射地觉得身上好痒。

补碗匠的口音听起来确实吃力，他说他姓贺，还怕大家不明白，说是"家白鹤"，许多年后，我才明白他说的原来是"加贝贺"。所以地妹的孩子一看到补碗匠来了，就说"家白鹤来了哦"。地妹的白鹤当然不是仙风道骨的那种白鹤，不是南极仙翁跟前的白鹤童子。地妹人叫的白鹤，动物学上的学名是什么？我现在依然不知道。大约是一种鹭类吧。它最喜欢叼稻田里的鱼吃，经常躲在田里，一叼一个准。小满节气过后放在稻田里的鱼秧，本来六月间就可捕来下酒了。结果去田里抓了半天，只得几条，全让这背时的白鹤叼光了。我们就特别地恨这白鹤，想抓了它来吃肉。我没有吃过，二爹吃过。他说，那白鹤肉难吃得很，有好大一股腥味。

白鹤讨厌，被孩子们叫成"家白鹤"的补碗匠却不讨厌。他当然是知道孩子们背里这样叫他的，但他一点也不生气，还让我们指给他看，地妹这个地方的白鹤是哪一种鸟。这专叼稻田鱼的白鹤多的是，它们集中栖息在地妹寨最古老的那棵枫树上，每到黄昏，它们就在炊烟里一队队飞过。只有在这个时候，它们在我们眼里才有点美感。坐在补碗匠旁边的孩子就会喊，家白鹤，你看，那就是白鹤，它们吃饱了鱼回家了。补碗匠先是一愣，然后哈哈大笑，他似乎并不在意这个绰号。

补碗是个精细活。补碗匠长得黑墩黑墩的，没有想到他手倒是蛮巧。要补的碗当然不能摔得粉碎，一般是摔成两半的那种，至多摔成三块。补碗匠要做的第一步是在破碗上打孔，他用一个小小的铁锤和一根细细的钢钻，在碗的

裂口两边打细细的小孔。这个活被这个黑壮的补碗匠做得丝丝入扣。我们一帮孩子站在他旁边看他打孔，都悬着一颗心，他却浑然没事地边打孔边与孩子们开玩笑。打孔的瓷粉，落在他的围腰上，白了一片。那些小小的孔，整齐而均匀，让我们佩服得不得了。

打完瓷孔，就开始真正地补碗了。补碗匠从包里拿出软铜丝来，剪成一小段一小段，然后用这些铜丝穿过小孔，将破了的碗扣合起来。这也是一个要耐性的活。铜丝慢慢地穿过小孔，然后用小铁钳将它扭合。下力大了，就有可能扭碎了打好的孔。力气小了，又扣合不紧，用起来会渗水。这个时候，补碗匠就不再说话了，他慢慢地拧那铜丝。一扣，两扣，三扣……直到将破碗完全地合拢起来。然后，放下手中的碗，长长地舒一口气。接着又补下一个碗。他半年才来地妹一次，家家户户裂成两半的碗，收起来有几十个，够他累好几天。

铜丝扣好之后，还要敲平。有个扣搭在那里，不仅不美观，用起来还会割手呢。补碗匠身边的小铁炉中，炭火已经烧得通红。他将方才扣好的铜丝挨近炭火旁，烤软，然后放在一个小木砧上，慢慢地用极小的一个铁锤轻轻地敲扁铜丝。直到看上去差不多与瓷碗的面抹平，方才算是完工了。这时候我总是很担心，害怕这最后一道手脚，他搞砸了，这样他前边做的都完了。但他总是屏神静气不紧不慢，一个碗一个碗地放进盛着清水的木桶里。这也是一个考火候的活儿。温度不能太高，因为烤铜丝时也烤热了瓷碗，骤然遇冷，碗就可能裂掉。我就曾看到补碗匠裂了一个碗的。他尴尬地说，进水早了，进水早了。仿佛很没有面子。

补好的碗看起来蛮漂亮的，那一排铜丝扣反而成了一种美丽的装饰。那个时节，地妹家家户户都有补过的碗。小孩子们特别喜欢用这补过的碗，孩子多的人家，还会为铜丝碗争执起来。打破碗在那个时候是要被骂"败家子"的，连个饭碗都拿不稳的孩子，还能指望什么呢？还好有补碗匠，有这个我们叫他"家白鹤"的补碗匠，他让我们知道，碗破了要捡回来，可以补好。端饭碗总会有个闪失的，不光孩子会打破，大人也会。有了补碗匠，端起饭碗满寨疯跑吃百家菜，我们再不用担心打破碗。也真是奇怪，这样一来，打破碗的孩子倒越来越少了。

赶 牛 市

天未亮,母亲就在厨房忙开了。六月天,天又旱,摆上桌来的,就只是几个菜:豇豆,瓜丝,腌酸菜,四季葱炒鸡蛋。

对门寨的公刚来了。他是一个牛客,常往来于邦洞、晃县、芷江牛市。这些地方我只是从大人们的嘴里听到过,那都是好远好远的地方。我只晓得贡溪的牛市,我们家的骚牯就是去年从那里买来的。但今天,它又要被赶到贡溪卖掉了。

这头骚牯啊,我们一家人对它又爱又怕。它力气大,似乎从来不会累。坝子上的田,它走得直,田角都不用复犁。山地的"火焰土",又陡又高,它也不怕,照样走得很稳。犁田是没得说的。打架它也是牛王。和地妹这个小村子里的牛打架,它从来没有输过。

这样一头称职的牛,要卖掉它,完全是因为它的坏脾气。除了父亲之外,我们一家人都害怕它。它有时候莫名其妙地发怒,呼呼地喘粗气,长长的尖角就要顶过来。有一个傍晚,它刚从田里回来,母亲给它喂水,它竟然朝母亲扑过来,角顶在了母亲的腰上,母亲的肋骨骨折了,养了两个多月的伤。母亲一看到它,就躲得远远的。它对我们兄弟三个还算客气,不过有时候也会发作。牵着它在青草茂密的土坎上吃草,勒鼻子勒得紧了,它就牛脾气上来,怒目圆睁,低着头就要顶人。这样的时候,我们就撒了牛绳,跳下高高的土坎。有一回大哥还扭伤了脚脖子。奇怪的是,这个蛮横的家伙,在父亲面前却是从来不敢造次。哪怕它正在气头上,一副凶神恶煞的模样,父亲一声断喝,它就会呆呆地站在原地。

母亲抱怨过好多回了,但父亲还是舍不得将它卖掉。一家人关于卖不卖牛的争吵结束时,父亲总是说,它做活还是蛮好的嘛。他居然相信这家伙的坏脾气有药方子治,找了好多兽医开药,但灌了不知多少盆草药汤,这蛮牯子还是时不时地闯祸。父亲最后竟相信与风水有关,有风水先生告诉他,可能是这圈舍的朝向犯了邪,他请来村邻,将牛圈搬迁了,孤零零地立在菜园子旁边。可这头仿佛是中了邪的牯牛,照样动不动就让村里人落荒而逃,吓出一身毛毛汗。

吃完饭,我们去牛圈牵牛。看到公刚,它呼呼地喷气,眼里仿佛要喷出火

来。父亲喝了它一声，它才低下头去。母亲看也懒得出来看它了，这家伙实在让她已经绝望。好像知道今天要卖掉它一样，它犟着不出来，父亲拽牛绳拽得脸都红了，才让它上了路。

去贡溪乡场的路我走过好多回了，最怕就是翻凉亭坡。花阶的小路弯来弯去，半天还没有到山顶。大清早，山路上就热气腾腾了。牛走得很慢，也走得很倔。父亲头前牵着它，我与公刚远远地跟着。我们不敢打它，怕它发作起来，伤及路人。父亲将牛绳收得很短很短，怕这牯牛失去控制，向赶集的人发飙。

龙秀湾，铁厂坡，凉亭坡，绍溪湾，三岔河，蒲家，走得我的粗布短袖衫透湿，贡溪牛市终于到了。砂石公路的下边，就是湘黔边境上著名的贡溪牛市。黄牛，水牛。黄、黑、黑白花。瘦骨嶙峋，膘肥体壮。性情温顺，桀骜不驯。牛市里，蒸腾着牛的腥气。

牯牛垂头丧气，一路上都是这个样子。父亲说，怕是口渴了吧。父亲把牛牵到河边，让它饮水。回到牛场中间，它还是一副蔫样子。公刚对父亲说，老润啊，这个样子可不好卖哦，怎么办？他们的焦急，让我来赶场的好心情一下子没有了。我还希望牛卖得好价钱。父亲还在路上说了，牛卖得好价钱，就去贡溪街吃一碗米豆腐。看牯牛这副样子，米豆腐肯定是吃不成了。我心里不由得有些怨恨起来，早晓得是这个模样，我就不来赶牛场了。大六月的天，背上像是有一个汗眼似的，感觉得到汗在背上一个劲地冒。我恨恨地看了牯牛一眼，它平时里凶神恶煞的模样没有了，目光和我对视了一下，软弱无力，甚至是怯生生的。我对父亲说，它怕是生病了吧。父亲说，哪里会，早上出圈时还攒劲得很，可能是太热了吧。公刚也说，没得病，牛病撑七天，不会这么快的。

过来一个熟人，像是云洞寨的。他热情地与父亲打招呼，老润，卖牛啊，是不是你家那头爱摞（音 liào）人的牛。父亲一听这话，脸色都变了。公刚也生气了：你这张嘴咋恁个不关风？说得你说，说不得你也说。那个人忙掩住了自己的嘴，涨红着脸说，对不住，对不住，今天是个好日子，这牛肯定能卖个好价钱，散场了我请喝酒呵，然后就向中街走去了。

牛客来了一个又一个。父亲是一个话不多的人，他只是默然地看这些牛客在动作。有时看到像是做农活的人就说，这牛把（方言：意为使）起来是相当溜的。父亲没有说假话，牯牛做农活的确是相当有力气的，劲大又不偷懒。但这些人只是默然地看一下，笑笑就走了。有一个晃县口音的牛客摸了摸牛背，还把牛尾巴掀起来看了看，又扳开了牯牛的嘴看"牙口"。父亲笑容可掬地回答他的提问。"刍口"好不好？好得很哦，青草干草都喜欢吃。有没有"伤过力"？没有的，我家田不多，把得不多的。那个晃县人趴下身去看牯牛腹部的线，起身来似乎是欲言又止。公刚说，有哪样话直讲嘛。那个晃县牛客说，这牛是不是脾气很暴,伤过人?公刚一下子语塞了。你咋看出来的呢?我看腹线看出来的,是一头有劲的牛,不过买去做耕牛的话,怕伤到人呢。父亲脸色阴沉,甚至有些愠怒。公刚忙掏出根香烟递给那牛客,师傅,莫在牛场里传这话呵,主人家急倒要出手这个牛。晃县牛客接了烟嘿嘿笑了,咋个会,我咋会做这挨咒的事情,老人家,你放心。

从中午挨到下午,牛场的臊气熏得我头越来越晕。牯牛也一副精神不振的样子。牛客们大多只是摸摸牛背就走开了。有诚心买耕牛的,不知道他们是不是听到了晃县牛客的话,好几个人都问这牛脾气是不是有点暴。父亲只好解释说,不会的,你看这牛哪像是脾气暴的样子。他还用手中的细竹枝抽了牯牛,牯牛只是抬头叫了一声,但那些人还是将信将疑地走了。父亲一声接一声地叹气,他每叹一声,我就心里紧一下。父亲手里的牛缰绳越攥越紧,都快要收紧到牛鼻子了。牯牛的头高高地昂起来,喘着粗气。公刚安慰父亲,老润啊,莫要心急,这场实在卖不走,下场我们再来嘛。牯牛嘴里呼出了白沫。我跑到牛场边,捡了一个敞口罐,到河边盛了水,敞口的罐子送到牯牛嘴边,它一口就吸干了。我又跑到河边打了一罐,它又一口喝干了。我连打了三罐水,它才似乎解了渴。

太阳过了坡,牛场里一下凉了许多。父亲说,公刚,我们牵牛到河边拴了,去街上喝口水吧。公刚说,不急不急,还不晚嘛,散场前生意最容易做了。牛客已经比较了一天了,这个时候心头已经有数了。父亲把牛绳松了,拴在牛场的木柱子上。把一根小木凳挪了挪,靠在木柱上坐下来,长长地叹了口气。

牛场里的牛,一头,又一头,被主人牵出了牛场。公刚说,我们最后走吧,免得牛打架,怕它站了这一天,性子急躁。我靠在牛场的拴牛桩子上,看着那些牛,黄牛,水牛,黑的,黄的,灰的,白的,黑白的,从我的眼前走过,它们似乎都比我们家的牯牛精神。再看我们家的牯牛,这一天里情绪低落,一点没有在寨子里的雄劲,真是太让人失望了。我甚至有一种奇怪的想法,希望它一下子发起飙来,顶翻牛场里几头牛。

突然牛场门口一阵骚动,有人喊,芷江客来了。我向牛场外望去,两辆解放卡车扬起一路灰尘,嘎地停在了门口。车上跳下来一个戴墨镜的年轻人,牛仔裤脚很宽,穿着红色的尖头皮鞋。他站在门口喊,有长得肥的牛牵过来了呵,瘦的不要,瘦的不要。好些牛就牵过去了,他挨个报价:三百,三百二,三百四……都快散场了,没有太多讨价还价,一会儿就有牛被牵到车上。车厢的后边有一块宽大而结实的木板,上边钉了许多木栓子,牛从这里送上车。

公刚对父亲说,你看,大客来了,牵过去排队吧。父亲起身来牵起牯牛向牛场门口走去。排在我们前边的是一头黄牛,身上粘了许多的牛粪。戴墨镜的年轻人说,大哥啊,下场把这牛洗干净了再送来嘛。前边的牛主人只好牵着黄牛走开了。看到我家的牯牛,墨镜摸了一下牛背说,这牛很壮啊,舍得卖了啊。父亲说,是啊,就是要卖才牵来的。父亲的声音很小,像是在做什么亏心事一样。墨镜哈哈大笑,大哥啊,你这牛养得好,我给你个好价,四百如何。父亲噎嘘了一下,没有说话。那墨镜说,再加四十吧,四百四如何,你看前边的这些牛我都不讲价的了,是你这头牛确实长得肥。父亲回头看了公刚一眼,公刚说,老板,四百五吧,凑个整数,你是有财运的人。墨镜想了一下说,好,就听这个老人家的吧,牵上车去。车上有几个壮实的汉子负责牵牛,牯牛站在那上车的搭板前,就是不愿意上一步,那几个年轻人使劲地拉,它一点也不动。墨镜正在数钱给父亲,回头一看,牛还没有上车,骂了起来,你们几个卵崽,真是无用啊。把钱给了父亲,墨镜说,大哥,你熟这牛的性子,帮牵下。父亲似乎有些不情愿。但还是上前站到搭板上。刚开始,牯牛一动不动,父亲扬起了手中的细竹枝,它才动了,但还是犟着的,几个年轻人连拉带拽,才把牯牛弄进了车厢。

父亲慌慌张张下了搭板,叫上公刚,我们三个人就向中街去了。刚走出几步,我听到牯牛"哞"地叫了一声,接着又是长长地"哞"地叫了一声,它悲怆的喊声在暮色里回荡。父亲似乎愣了一下,站住了,终没有回头。我们三人在中街的米粉店坐了下来,女店主煮了三碗米粉,给父亲他们倒上了一大碗酒。在牛场里感觉挺饿的,但我这会儿却没有什么胃口了。父亲一口一口地喝着闷酒。月亮都出来了,父亲还在喝。

那个夜晚的月亮真的很圆,走在凉亭坡的花阶路上,那月亮仿佛就在眼前,跑过去就可以摸得到。走在头前的父亲,一句话也没有说,他沉默的背影让我真想哭。

地 名 录

1.高龙坡

高龙坡其实不是一座山，而是一座山群，其间有高高的梯田，连绵的草地。是地妹侗家的天然牧场，连绵的山峦间，分布着大大小小的草甸，水草丰美，约有数里之长，每天早上老家的孩子将牛羊撵到这些草甸中，下午再去将它们追回家即可，牛羊是不会走出这片草地的，吃饱了，它们就美美地在软软的草地上躺着等待自己的主人。

向东是甘美、甘屯，向南是云洞，向西是地妹，向北是岑庄。在高龙坡，方向感甚差的我却能一下子就分辨得极清楚。

对我诱惑最大的是那个叫甘美的村子，以及与之相邻那个叫甘屯的村庄，皆属于湖南新晃的贡溪乡。这一带的民谚说"甘美甘屯金銮殿，贡溪四路好菜园"，贡溪和四路我去过，菜园对于我实在没有多少吸引力，而从高龙坡就能清楚地看到的甘美、甘屯怎么会有金銮殿？少时我反复地琢磨这事。族里有一个姑姑嫁到甘美，接亲的那天，我一大早就跑去看那些从甘美来的"官亲"（男方到女方家迎亲的人），但实在是看不出这些来自于"金銮殿"的人有什么特别处。那位不善言辞甚至有些木讷的姑爷，更是与"金銮殿"的名声相去甚远了。

老人讲，金銮殿坐的不是什么皇帝，而是农民起义军。是这些人梦想要做皇帝？还是乡间传说中加进去了村野人家对于皇家生活的臆想？这就不得而知了。但一个叫姜芝灵的人在这一带却是名声赫赫的，一个关于他的大铜锤的故事神乎其神地在新晃流传，他甚至成了神一般的人。在志书上查到关于姜芝灵的记载，已是我大学毕业之后的事了。侗族农民起义领袖姜芝灵确实是在甘美起义的，时间是清咸丰三年（1854年），义军作战的地方，如扶罗、凉伞、晃县，我相当熟悉，他领导的起义军一时间纵横湘黔边境，给清廷造成了极大的恐慌。1874年，清军猛攻甘美、甘屯，姜芝灵退守贡溪，最后战死在玉龙山。我曾想到玉龙山怀古，但却没有人能确切地告诉我到底是哪座山头。但即使是目不识丁的乡人都知道，这一带姜姓与杨姓在好长一段时间内是不通婚

的,据说这与当时清军对姜姓的狂屠有关。当时甘屯、甘美的村寨被清军血洗,凡姓姜的都受株连,许多姜姓人家被迫改为杨姓,才保住了性命。

偶回老家,我总会到高龙坡去,在山梁上无数次地遥望甘美、甘屯,但从来没有体会到那场起义的壮阔和慷慨,更多的时候却是在浮想连村接寨的血光飞溅、哀号遍野。而这样的历史,即使在县志中也是轻描淡写的了。如今的甘屯、甘美家连家户接户,一个村庄的痛楚,或许早已被时间冲淡。

2.枫木树

枫木树只是一块数十亩的山坡地,那里长着老家最大的枫木树,它到底有多大的年龄?一百年?两百年?没有人能说得清楚。我记事起,它就这么大了。树皮越来越厚,枯枝越掉越多,我只能从这些表象来猜度它生命的延续,至于它是在生长,或是在垂垂老去,这已经不重要了,重要的是它的存在,它以一个生命过程见证者的姿势,在我们无法企及的高度凝视着芸芸众生。

枫木树是老家的坟山,站在枫木树下一望,可见高高低低的墓碑错落而去。白棉石的,青石的,条石的,水泥的,众多的石材在这里成为了一个个生命的表征。年久的已经风化,新立的在日渐发黑。在这里,与石层失去了联系的任何一块石头,无论何时,我都会感觉到它在迅速地老去,即使是头年刚立的新碑,第二年清明节来看,也会让人大吃一惊,密集的野草,风雨的印迹,青黑的色泽……这些或新或旧的石头正在快速地走向整齐划一。

野草和灌木是枫木树当仁不让的常客。巴茅草,竹节草,地里黄,铜钱菜,狗尾草……有名的,无名的,在这里都惊人地茂盛。每年的清明节,除草都是最为辛苦的一件事。野草们长得实在是太不像话了,将祖先们的墓碑遮挡得严严实实的。尤其是年代久远的坟茔,常被疯狂的野草吞没。一个生机蓬勃的生命群体,对已经干净得只剩下一块石碑的生命的漠视,是理所当然的。一种开粉红带白花朵的大杜鹃,还有一种夜间会发出荧光的夜光柴,在这里也长得相当地狂妄。不过只要它们不长到坟墓的正中去,老家人对它们的存在是相当宽容的。这种大杜鹃开花的时节正是清明前后,这个时候的开花与对祖先的祭祀可谓是一拍即合,漫山遍野粉红带白的杜鹃花,恰如其分地契合着老家人深深的怀念。夜光柴呢,长得本不多,但它实在是奇特,夜色中凑近去看会有淡淡的光发出。这种光对于孩子们来说,是怀着淡淡的恐惧的,但大人们却不这么想。二叔公生前就说过"它是为老人家照路的",我当时无法理解。而今,二叔公也归于枫木树这块坡地,夜光柴淡淡的光是否照亮他在另一个世界的路程?人虽为万物之灵,归于黄土之后,显然不如那些看似木讷的草木。在枫木树的山坡上,那些野草的生长其实是相当有序的。竹节草长在坟包上,狗尾草长在碑前,地里黄长在那些没有坟茔的空地上,猴子草顺着碑的两边长,还有一种还魂草,基本上是长在坟头,只不过它相当地稀少而已。它们以一种特别的规则在维持着另一个世界的秩序,是如此的从容不迫。薅锄、镰刀、柴刀,这些冰冷的利器,虽年复一年的杀戮,但对于一个生机盎然的世界的生存法则,却永远无法篡改。

长眠于枫木树的,自然是陈姓居多。这个姓在中国算是大姓,在地妹这个小村子就更是大姓。陈姓是地妹的土著姓氏,清顺治年间,祖先们从晃州的田家寨迁来时,这里还是一片莽莽丛林。而从清代至今,到底有多少的陈姓祖先长眠在枫木树的山坡上,家谱上也已无法查清。在枫木树,每年清明节,祭扫的陈姓人家总会在薅锄、镰刀、柴刀的挥舞中有意外发现,深深的草丛中竟然还有不少断了碑的坟茔,字迹已经模糊,除了"阝"的偏旁外,许多字已无法识别,但下一年大家都会记住这座坟,模糊的是字迹,断不了的是血脉。就算长眠于地下的不是陈姓的祖先,但他同样是地妹这块土地的拓荒者啊,姓氏的意识在清明节时会尤其强烈,但先人却都是值得怀想与崇敬的,哪怕他是意外倒在地妹这块土地上的外乡人,也同样是有资格享用后来者敬上的一杯薄酒的。每年清明节,祭扫的人总会在那些无名墓前恭敬地献上一炷香,斟上一杯酒。

考,妣,卒,殁……好多生字我都是在墓碑上认得的。顺治,康熙,雍正,乾隆,嘉庆,道光,咸丰,光绪,同治,宣统,民国,墓碑其实就是一个年表。历史课本上的呆板年代,到了这里就会生动起来,因为它是记录着一个又一个生命的开始与结束而存在的。与历史课本毫无关联的小村子地妹,在清明节的时候就会有了莫名的融契。或许,历史存在于任何一个朴素乡村,只不过我们通常都站在高于一个村庄的高度,所以它更多地等同于秦皇汉武、唐宗宋祖,等同于司马迁班固司马光。而如果我们从一株贴地而生的竹节草的高度观望呢,历史或许更应该等同于一个村庄,一棵老树,甚至是一株卑微的野草。

3.铁厂坡

铁厂坡之于我的童年,更多地等于端午里的一片片宽大棕叶,那里的溪涧边上,阔大如手掌的棕叶随处可见,墨绿了一整块坡地。而1984年那个农历四月的山洪之后,我始终无法再将绿色留在我的记忆里。譬如此时,在我脑子里晃动的,全是那年春天的血红色水流,耳朵里回荡着山间的哗哗水声。

铁厂坡此名何来?1984年那次的可怕山洪之后,我离开地妹到外地求学,回老家的次数日益少了。每次从铁厂坡下的乡村公路走过,脑子里总回旋这样的问题。当年洪水足迹宛在:涵洞被冲断,至今仍未恢复,铁厂坡下的一个低洼地带,积着发红的铁锈水……

这里肯定有铁矿!上高中时,我对解析铁厂坡有着可怕的浓厚兴趣。暑假时,我一个人在铁厂坡的山梁上四处乱窜。那个夏天我有了惊人的发现。那远望一片灌木的坡地,竟然隐藏着战壕似的坑洞,而且无计其数。山间还有一砣砣坚硬的铁疙瘩,像铁匠铺里煤与废铁的简单熔合体。这是铁矿山?我为这些发现喜不自禁。

我手中的铁疙瘩唤起了长辈们的记忆:这里是1958年大炼钢铁时的地妹铁厂的矿山所在。铁厂坡之名即由此而来。而当时的地妹铁厂在天柱县算是规划较大的(这个说法后来在《天柱县志》上得到了证实)。年长的人还记得当年那热火朝天的场面:几个高高的土炼炉建在了距铁厂坡不远的一丘旱田里,炉膛里整日整夜红通通的,几个寨子的男女都在这里聚集,早出晚归,挥汗如雨……满叔当年不到十岁,他的印象则更多地停留在铁缆绳“放滑丝”上,那些矿石被装在一个又一个的竹筐里,这些竹筐被挂在“滑丝”上,从山间送到了路边,然后送进土炉,木炭的黑,炉膛的红,震撼了一个农家少年的心,成为了他对于那个年代的原色记忆。

1958年大炼钢铁的冒进是错误的,是无知与愚昧的产物,我通常是这样来认识这段历史的。而具体到地妹这样一个小村落来说呢?我曾无数次地与经历那个狂热年代的长者交流这样的问题。使我惊诧的是:他们对这样的举动没有任何的质疑。即便进入到21世纪,他们依然认为,他们的汗水流得值。他们中的绝大多数人目不识丁,但他们会振振有词地与我说起钢铁对于一个国家的意义——“国家就像一个人,钢铁就是他的筋骨,没有筋骨怎么说得起硬气话?”母亲那时还没有嫁到地妹,她从40多里外的高车到与地妹相邻的岑庄打酒给馋酒的外公喝,仅十多岁的样子,她也同样被炼钢炉里的火红所感染,至今仍能说起当年细致的情景,诸如那些黑亮的铁块,那些弃在田野的火炭……

一个时代的阴影是显而易见的。因铁厂对木炭的疯狂需要,使地妹再也无法恢复到旧时莽林遮天的年代。“大炼钢铁之前,地妹可是遮天蔽日的啊,路边的树又高又大,下雨天走路都不用戴斗篷”,许多老人感叹。我在《枫木树》一文中提到的那棵大枫树,成为了唯一的幸存者而被后人景仰,甚至成了地妹人心中的神树。我们经常会在山间看到巨大的树桩,老人们说这就是那个年代留下的。那些采伐的印痕整齐划一,运动式的砍伐,较之民间的柴刀或是斧头,其能量自然是不可同日而语的。而其后几十年的不节制用材,使得本不多的溪水日渐浅落下去，一些用了几十年的井甚至突然干涸了。

雨天的铁厂坡依然会流下血红的水，或奔涌，或是涓涓细流，但给我的感觉都是一样的刺目而揪心。对于这座山来说，大约这是一道再难愈合的伤口吧。而在地妹人的心上呢？我没有问过那些老人们。

溪头沟

【作者简介】

　　李存刚，男，1973年生于四川二郎山下。在《美文》、《百花洲》、《西南军事文学》、《青年文学》、《黄河文学》、《中国散文家》、《散文（海外版）》、《读者（大字版）》、《小品文选刊》等刊发表散文多篇，入选多个选本。著有散文集《喊疼》，与人合著有《原生态散文十三家》。

【写在前面】

　　秀美的二郎山一甩她幽长的摆裙，几座小山便逶迤在她的南麓了。其中最突起的那一绺，有个很少为外人所知的诗意名字：太阳山。它们就像一直深居简出的美丽村姑，不为世人所知。一条条细小的水流自它们之间的皱褶里流淌而出，汇聚到太阳山下最大的那个皱褶里——那就是溪头沟——然后，向更远的地方流去。

　　我至今不知道"溪头沟"这个名字的确切来历。我不止一次地问过村子里的老人，没有人能说出个所以然来。溪头沟，和它周围的那些小山，以及世上许多无名的山川一样，古老，来历不明。而在行政区域上，它叫新政。有许多次，人们问起我的老家，我脱口而出的却依然是：溪头沟。

门前三株茶

1

父亲坐在门槛上,将啃了个大缺口的"火烧子馍馍"送进嘴里含着,弯下腰,伸手放下被露水浸湿的裤管。经过昨夜柴火的烘烤,又放置一夜过后,变得硬戳戳的裤管,因为刚才去菜园的路上招惹了菜叶和路边的花草树木,此刻失去了它的硬度,皱巴巴地贴着父亲长满蚯蚓样血管和腿毛的腿。父亲将它一层层往脚踝展开,那些弯弯曲曲的蚯蚓和乱七八糟的腿毛就一点点地被遮盖起来了。随后,父亲随手拿起蛇皮一样搭在门槛上的布条,从脚踝开始,一圈一圈往小腿肚上缠绕,最后逮住布条末端连着的两根细细的布绳,在小腿肚后交叉向前,在靠近膝盖的地方打了个结,将布条和裤管死死捆住。可父亲似乎还不放心,又从刚刚打上的那个结开始,从上到下,挨个扯了扯布条卷曲的边。这才从胯下拿出他的钉子草鞋,将已经绑得严严实实的脚放进去,逮住鞋帮子上那两根更粗些的布绳,从脚踝开始,前后交叉着缠住布条,然后将两根绳子的末端死死地拴在一起。确定无误之后,父亲直起身,伸出双手在眼前不停揉搓了几下,又啪啪地拍了两下,接着又揉搓几下,再啪啪地拍了两下。一切停当之后,父亲取下已被口水浸湿了一大块的"火烧子馍馍",鼓足气,使劲吹了两口,似乎那上面有很多刚才还来不及吹掉的灶灰,然后一大口啃下去,咔嚓一声,脆生生的,像嚼下酒用的花生米,那块"火烧子"上顿时又出现一个更大的半圆形缺口。

吭哧,吭哧,吭哧……吱呀——……轰咚,轰咚,轰咚……父亲穿着钉子草鞋,走过堂屋里凹凸不平的水泥地面,推开卧室的门,踩着卧室木头地板走到床边,他的手还没接触到被子,我就醒了。父亲于是又啃了一大口"火烧子馍馍",一边嚼,一边说:"你再不起来,我就走了!"父亲说话的声音含含混混的,像舌头不灵便似的。说完,父亲就转身走了出去,我在一串轰咚,轰咚,轰咚……吭哧,吭哧,吭哧……的声响里一骨碌爬起来,窗户纸上那个小小的破洞里投射进来的一束太阳光线不偏不倚地照在我脸上,我移动了一下自己的头,才勉强睁开眼。睁开眼,一束探照灯一样的美妙光柱就呈现在我眼前了,一颗颗尘埃相互拥挤着向上升腾,飞飞扬扬,无声无息。我在想,那些尘埃是否一直在屋子升腾,一直在这样无声地呻吟,或者它们原本还静卧在地板、床铺或者其他它们可以停留的地方,因为父亲弄出的响动惊扰了它们,让它们不安地逃遁?

我用了好几分钟的时间才摆脱那束光柱和那些尘埃的吸引。此时,父亲正坐在堂屋里那张雕满老旧花纹的餐桌旁,一手往桌上放喝得精光的土巴碗,一手往嘴里送最后一小块"火烧子"。见我起来,父亲伸手抹了一下胡子拉碴的嘴,抓起桌上另一块还带着灶火温度和灶灰的"火烧子"递给我:"走,走咯。"吞下嘴里"火烧子"和"菜泡子"的混合物,顿了一会儿,父亲紧接着又说:"再不走就赶不上了。"我恍然,猛一下从那束光柱和尚未完全退却的睡眠欲望里彻底醒来。我将手里的"火烧子"递给父亲,要他帮我拿着,然后飞快地穿上衣服,又伸手接过递回我手里的馍馍,在父亲的钉子草鞋节奏分明的响声里,跟着父亲跨出了家门。

2

父亲要带我去的,是他侍弄了多年的茶园。十年前,也就是我五岁那年,父亲从生产队承包下了村里原先属于集体的当时无人问津的茶园,"年产承包,责任到户",人们期盼已久的拥有自己的土地的愿望终于变成了现实,人们可以一心一意耕种自己的希望了。土地可以种植玉米、大豆,种植稻谷、马铃薯,以及很多人们想种就种的东西,唯独不需要茶树。父亲说,茶树结不出玉米、稻谷,只长茶叶,茶叶是填不饱肚皮、喂不大牲口的。于是太阳山那一百多亩茶树就成了人们和村干部眼里的烫手山芋,村干部们想尽了各种办法也没能够找到一个心甘情愿接管茶园的人,于是他们想到了我父亲——更早些年头,作为生产队长的父亲带领乡亲们种下了那些茶树,侍弄它们一截截长大长高,然后长出一片片绿油油可以加工而后饮用的茶叶——在他们眼中,父亲是继续管理茶园最合适的人选。他们以每年几百元的承包费作为诱饵,对我父亲说,除了你,再没有更合适的人选了,承包费嘛,就表示一下。那几百元的承包费后来因为茶园日渐看好的前景,以超过当年物价若干倍的速度年年增长,可父亲没有丝毫犹豫就让村干部们如愿以偿。我那时还是个懵懂的孩子,这些细节,是我后来通过父亲的零星话语总结、提炼出来的,因此我的回忆看上去和父亲当年接手茶园一样,很是不得要领。多年以后我问过父亲,当年为什么要接受那块烫手山芋,父亲没有正面回答我的问题,只是说,难道就让它荒芜下去吗?

茶园的所在有个相当诗意、相当叫人浮想的名字:太阳山,父亲说过,那里一年四季都有很好的阳光。我不知道这是否就是这个名字产生的原因。我一直没弄清这名字是谁的手笔，也不知道它脱稿于何时。就此，我问过父亲和村里最年长的老人不止一次，可没有人能说出它哪怕是简单的生平来。除了有自己的名字，太阳山和溪头沟里其他那些无名的山川一样，古老，来历不明。事实上，太阳山还有另外一个名字：花果山，它的来历与当时热播的电视剧《西游记》和我的一位远房堂哥有关。我的那位远房堂哥，高高的个头，黝黑的脸蛋，很粗的手和腿，在父亲接管茶园以后就一直跟着父亲一起打理。我不喜欢孙猴子，它太狡猾，这一点最令我讨厌了，而我的远房堂哥那么高高大大的，我不能理解，人们为什么要把他和瘦小而狡猾的孙猴子扯到一块儿，我更不明白，好端端的太阳山干吗要叫这么个恶心的名字呢。那时候，不管大人还是小孩，见面总是爱讲到《西游记》和孙猴子，《西游记》和孙猴子是那时溪头沟最流行的话题。看人们如此热衷，我不由在心里对自己不喜欢孙猴子产生了动摇。有很长的时间，我怀疑父亲是否洞悉了我的想法，要不，他怎么总不让我和他一起去太阳山，去他的茶园呢？父亲说，你去做啥哦，写你的作业，我晚上回来检查。我一直是个听话的喜欢读书的孩子，那些作业对我从来都是小菜一碟，手到擒来的。父亲每天天不黑不回家，回到家中总是吃罢晚饭就呼呼睡下了，检查作业成了空头支票，也是父亲对我唯一未兑现过的许诺，但每一次我说要和他一起去太阳山的时候，他总是这么说，仿佛太阳山是个少儿不宜的场所，害怕沾染了一丝不良习气，或者那里弥漫着某种具有强烈传染性的病毒，我一靠近，就会中毒。

　　那个初夏的星期天早上，我拿着火烧子跟着父亲跨出家门，就被铺天盖地的阳光笼罩起来了。直到此刻，我仍然不敢相信，父亲是否真的要带我去他的茶园。直到爬到家对面那个小小的山坡，走过几条岔路，向着通往弯弯拐拐、曲曲折折的山路尽头的太阳山那条独路进发时，我才确信，我的父亲是真的要兑现他的诺言。父亲的脚步开始时很快，不一会儿就将我甩出了老远。在家对面的那个山坡顶上，父亲似乎发现了有什么地方不对劲，猛一下转过身，看到身后老远的半山腰正气喘吁吁的我时，父亲笑了，父亲那样的笑，我只见过两次，另外的一次，是在我后来顺利考去了一所中等专业学校拿到录取通知书的那天晚上。随着嘴角的抖动，豆大的汗珠滴滴答答地从父亲的脸上滚落下来，父亲的笑说明他发自心底的高兴，说不定，他还想起了"不听老人言，吃亏在眼前"的乡村古训，父亲从来不对我们说这话，但我坚信父亲那时一定想起来了。我气嘟嘟的，加快步伐向前追赶，我看到更多的汗珠从父亲的脸上从他长着茂密的胡子林的嘴角滚落下来，但父亲依然没有说话，只是笑。见我走拢了，父亲就收住笑容，转过身，继续向前走去，脚底下的钉子草鞋不时碰到路上的小石块,发出嗑嗑的声响,低低的,像极了家里那架只剩下一个喇叭在响的老旧收音机里唱出的残缺乐章。我和父亲保持着不到五步的距离,踩着这乐曲的节奏,我能感觉到,父亲的脚步在时缓时急地变化,那要不就是又在爬坡或者上一个更高的坎,要不就是我又在不觉中被父亲甩远了。我又在不觉中被父亲甩远的时候,父亲就又停下来,吧嗒吧嗒地抽烟,看着我,嘿嘿地笑。

站在茶园那茅草搭就的屋檐下,父亲的笑声忽然消失得无影无踪。父亲手搭凉棚望了望眼前那一梯梯梯田一样的茶园,抹掉脸上不住地滚落下来的汗珠,然后在柴油机的轰鸣声里去屋里走了一圈,父亲出来的时候,头上冒着热气,我的头上也冒着热气,我和父亲头上的热气,像两块正在蒸饭的饭蒸。我学着父亲的样子,抹掉不断滚落下来的汗珠子,手搭凉棚望着远处,首先映入我眼帘的是那梯田一样的茶园,接着是覆盖其上的阳光,那阳光,严严实实地覆盖在太阳山上,覆盖在一梯梯排列整齐的茶树身上,然后又横着向躲在屋檐下那片阴影里的我挤压过来,像一堵巨大无比的墙,却让人怎么也估摸不清它的厚度。

父亲摸了一下我的头,指着身后一个高大的身影对我说,叫二哥。那就是父亲和乡亲们反复说到的我的远房堂哥,他的个头甚至比我父亲还高,手臂上的肌肉一块块棱角毕现。我抬头望着他,除了黝黑的脸,我想象不出人们为什么把他和孙猴子联系在一起,在他面前,我瘦瘦的胡子拉碴的父亲和更瘦小的我才更像孙猴子。远房堂哥也像父亲一样伸手摸了一下我湿漉漉正在冒着热气的头,转过身,继续去伺候正在柴油机的带动下不断飞转的茶叶加工机去了,他滚烫的手掌烙铁一样,硌得我头皮生疼。后来我知道,我的那位远房堂哥和我同岁,我弄不明白,他为什么没和我一样去上学,却要跟着我父亲待在太阳山这个鬼地方,而且还被人们给取了个"孙猴子"的外号呢。

父亲无意中布置的这道课外作业题,我至今没能找到准确的解法和答案。

3

在太阳山,我第一次亲眼目睹了刚刚从茶树上采择下来的新鲜茶叶,是如何在机器的轰鸣声中和不断飞转的烘干机里变成轻飘飘干瘪瘪的茶叶成品。接下来,那些茶叶成品将被父亲装进大麻袋,背到几公里外的茶叶收购站,经过一双双眼睛和手掌的估量,被划分成不同的等级,然后在收购员们意味深长的笑容里,为父亲换来一沓数目有限的人民币,这时候,在父亲的再三央求下，那几位茶叶收购员跟在父亲身后，像我跟着父亲去太阳山一样，保持着一定的距离，向乡场上最好的那家餐馆走去，当然，他们不会听到来自父亲脚底的钉子草鞋发出的美妙乐章，在跨进茶叶收购站的大门以前，父亲早已将他的钉子草鞋藏了起来。父亲知道，钉子草鞋发出的美妙乐章是仅仅属于溪头沟属于太阳山的，在乡场上，它不会有听众，要不就会有很多很多、让人很不自在的听众。从餐馆出来的时候，不胜酒力的父亲怀揣着余下的那些人民币，黝黑的脸上泛着红晕，脚步也变得不再稳健，轻飘飘、东倒西歪的，像踩着松软的棉花。余下的那些人民币，父亲将在另外的日子买回大米，填满一家人一日三餐的饭碗，或者存着为我和弟弟妹妹交来年的学费。

那是我唯一一次去太阳山，去父亲的茶园，从那以后，父亲就又和以前一样，以我要赶早已不用他挂心的作业为由，拒绝了我要再去太阳山的请求，父亲的这方法后来又用在弟弟妹妹身上，像一服灵丹妙药，被父亲见病就使，而且每每药到病除，尽管，我和我的弟弟妹妹对太阳山的好奇实在算不上什么大不了的病症。中学毕业那年，我跳过农民的喜悦甚至没能持续完那个秋天，父亲的茶农生涯便戛然而止了。父亲没有告诉我为什么，有很长时间，父亲甚至连句话也没有说，只是默默地跟着母亲，去他十多年前放弃耕种的玉米地里，一声不响地干活。

而现在，父亲用过的蛇皮一样的布条和他的"麻窝子"草鞋就悬挂在大门旁的玉米架上，沾满了泥土和厚厚的烟尘，看上去一如既往的，有一种脆弱的坚硬。它们被父亲很随意地丢弃在大门旁，与墙角那些镰刀和锄头一起，等待父亲的手，不同的是，布条和"麻窝子"草鞋的等待将是漫长的，甚至是永远、遥遥无期的。父亲会不时地坐在门槛上，但父亲已不再是个茶农，他已经很少再需要它们。父亲坐在门槛上的时候，照例会含着烟，像那个初夏的早上含着"火烧子馍馍"一样。父亲的身边还会有一只茶缸，茶缸里冒出的热气，总让我想起那个星期天我和父亲头上不约而同地滚落的汗珠和热气，茶缸里面浮浮沉沉的茶叶是我特意从城里给他带回去的，父亲做茶农的时候很少喝自己种植加工的茶，现在他不再做茶农了，他当然只能喝别人做的茶叶了。

父亲抽着叶子烟，偶尔举起身边的茶缸，浅浅地喝两口，然后又放下。父亲口中吐出的层层烟雾和茶缸里冒出的热气氤氲在父亲憔悴却平静的脸上。更多的时候，父亲的眼睛静静地望着龙门口，望着那里并排立着的那三株茶树，那是结束茶农生涯的时候，父亲从他精心侍弄了多年的茶园里移植过来的，我一直不知道，父亲为什么只种了三株，而不是一株、两株，或者四株、五株，或者更多？我也不知道父亲为什么偏偏把它们种在他日日必经、早

晚必见的龙门口上？莫非,父亲是将那三株茶树当成了我们——他的三个孩子了？

父亲守着那三株茶树,在一个又一个早晨或午后无遮无拦的阳光里,孤零零地,与往昔形影相吊。父亲渐渐地老了,不再急匆匆地赶路,在父亲眼中,时光变得缓慢而悠长,像阳光下他投射在地上的影子,安静,一动不动。

垭　口　上

出家门，逆溪头沟而上不足二百米，折身爬上那个陡峭的坡，就是垭口上。

在溪头沟人的话语里，"垭"字被读作一声。脆生生的，有一种别样的美感。不信你听听：垭口上——，垭口上——

很久以来，垭口上一直是溪头沟人去往县城的必经之地，也是溪头沟人歇脚的驿站。很久是多久？我说不上来。我能够说出的，是打我记事的那一天起，垭口上就已经存在了，而且不知道已经存在了多久。那时候，每每父母进城去了，垭口上便是我们望眼欲穿的地方。我们在溪头沟边玩耍，或者下到溪头沟里摸鱼，或者什么也不干，就那么站在那里，不时朝垭口上望一眼。直到那里出现恍惚的人影，直到那人影一点点在视线里变大变清晰——最后看清了，哦，那正是我进城返家的父母。

如果走近了看，垭口上其实就是一块十平米见方的平地。光秃秃的。一些杂草刚刚抬起头就被踩踏得没了脾气，干巴巴的，黄了，枯了。不知道，在它们最初抬起头来的时候，见着平地旁边那些繁茂的伙伴，是否为自己庆幸过？而当一双又一双大脚踩上它们，踩得它们遍体鳞伤的时候，它们是否感到过疼痛，感叹自己生错了地方？

平地上胡乱放着几块石头。却没有石头应有的棱角。圆鼓鼓、光溜溜的，如果够凑巧的话，你伸手摸一下，还可以感觉到上面热乎乎的。那是某个路人刚刚坐在它上面歇脚时留下的体温。当然，我说的只是它们露在外面的部分。陷进泥土的部分我没有见到过，自然说不出个所以然来，因此我猜不出，作为一块完整的石头的一个部分，它们是否也感受过温暖？但我又想，说不定，在紧紧地护佑着它们的泥土里，它们体会到的温暖或许更深刻更持久。谁知道呢。

石头间是杂乱的鞋印：橡胶水鞋的，胶鞋的，钉子草鞋的，布鞋的，偶尔还可以见着皮鞋的。二十六码的，三十六码的，四十二码的……说不清码数的。重重叠叠，杂乱无章。鞋印间星星点点地散落着烟蒂：叶子烟的，过滤嘴香烟的，平嘴纸烟的。如果你到的时间足够巧的话，那些烟蒂有可能还冒着依稀的烟雾。但在呼呼刮起的风里，那几缕细弱的烟雾，很快就飘散得无影无踪了。

稍稍长大一些以后，我就跟着大人，翻过垭口上，下过垭口那边陡峭的、似乎永远也望不到头的坡,去往县城。后来是我一个人。再后来,我便经过那里,到外地念书,然后在县城里长久地驻扎了下来。

两年前,乡人们在顺着溪头沟的方向修了机耕道,进出溪头沟的路于是变得平坦,溪头沟里的人们便少有人愿意再爬那个陡峭的高坡,下那延绵不绝的坎。每次得知我要回去,父亲总免不了要事先打来电话,就说:不要再翻垭口上了——路荒!

现在,我站在溪头沟边,望着垭口上。

这是春天。那块平地也该是绿草如茵了吧。

溪水静静流

　　站在老家门前的小溪边，抬眼便是小溪对岸那片四季翠绿的竹林，和竹林掩映着的那间小木屋。那便是董叔的家了。

　　就像溪头沟原本不叫溪头沟，因为那条小溪，人们顾名思义地给它起了这个名字一样，董叔其实不姓董，他本来的名字叫李月奎。从我能记事起，大人们就都叫他董永、司令或者董司令。我就纳闷，大人们为什么老这样叫他，而不叫他李月奎呢？

　　按照家族里的辈分和书面的说法，我们该叫他叔。从小到大，我们也就直唤他董叔。我们这么唤他的时候，他先是一惊，直起笔直的腰身，猛一句："狗日的，你这娃娃！"然后伸出那双大手摸摸你的头，或者干脆做出吓唬人的样子，轻轻地捆你两个屁股板。以后再这么唤他的时候，他就什么也不说了，只偶尔应一句："啥子事哦？"却头也不抬，只顾着手里的活计。

　　董永。司令。董司令。这便是董叔除了"李月奎"以外的另外三个名字。后来我读了一些书，知道了古人也通常有几个名字，所不同的是，那是他们自己给自己取的，书面的说法叫字或者号。在溪头沟，董叔连他本来的"李月奎"都难得一用，更不可能再另外给自己取上几个名字了。

　　董叔一直没有结婚。据我懵懂的记忆，董叔其实是险些结了婚的。她是村里的秀，按照辈分，她是他拐了七八个弯的侄女，就像我是他拐了七八个弯的侄子一样。其实他和她的年龄相差无几。他和她是怎么好上的，我不知道，她的父母不知道，村里没有人知道。秀的父母知道他们好的事情，是在他和她商量好了以后请媒人带着厚礼上门提亲时。秀的母亲是个典型的农村妇女，从没和村里人红过脸。可那天媒人的话没说完，便被她一顿大骂打发走了。村里人不明白秀的母亲为什么突然发那么大的火，就私下里去问。然后就有人劝秀的母亲："人，一辈子图个啥吗？姻缘来了，改都改不了的！"秀的母亲没等劝说的人把话说完，反问一句："一个侄女和她的叔结婚，你说，这成何体统？"劝说的人于是不再说什么，也再没人去劝说了。

　　几个月以后，秀被母亲暗地里请人"说"到了城里，嫁给了一个矮个子男人。秀出嫁那天，董叔也在场。只见他端着"条盘"在厨房和席间来回穿梭，任凭别人说再开心的事情，逗再好玩的玩笑，一向开朗的他一直紧绷着脸，一言不发。出亲的时候，他换上了一身崭新的衣服，背上秀最重的嫁妆和送亲的队

伍一起,将秀送去城里。

从此,董叔像变了一个人。村里人再请他帮工,以往有求必应的他总是推脱不说,往日里打理得井井有条的庄稼和菜园也"草长得比庄稼还高"了。偶尔答应帮一回工,他总是大碗大碗地灌自己的酒,直至把自己灌得人事不省,被人抬着送回他那个早已经变得不成样子的家。事后,请他帮工的人总要止不住与人说起他,止不住感叹:"哎,这李月奎!"

"董永"这个名字就起自那个时候,在一场电影和一次出人意料的搏斗过后。

那场电影叫什么,我当时不知道,也没在意。后来我问过大人,才晓得那部电影的片名:《天仙配》,"董永"是其中的一个人物。我现在能够记起的是,当我们在一长段时间的兴奋和等待过后,电影开始了,原本闹哄哄的银幕前一下子鸦雀无声,而后就有依稀的抽泣声传来。我当时对突然传来的这哭泣声十分的不解。是啊,有好端端的电影看,多新鲜啊,还哭什么呢。然后是在换片子的间隙,村里那个刚刚从部队退伍回来据说有些功夫连自己的父亲也不敢惹的家伙,突然在人群中站起来,大喊:"李月奎,李月奎呢?"许久没有人回应,那家伙提高嗓门说道:"李月奎,你看你狗日的多像董永啊,你的秀……"那个家伙的话音未落,秀的弟弟猛一下站起来,抢起凳子就朝他的脸上砸了过去。漆黑的坝子上顿时乱做一团……

后来,我多次在脑海中回忆起这一幕,我一直没见到董叔的身影出现。但我敢肯定,他那天是一定在场的,后来他和放电影的梅师傅成了朋友,只要村里放电影,不管谁家请的,他总是紧挨着梅师傅坐在放映机旁边就是明证。何况他那时无所事事,不管哪家有酒席总是必到的他,怎么会错过这样的场合呢。我想那不是因为董叔害怕那个家伙,一直一个人住在那个漆黑的屋子里听着夜间竹林里野兽叫唤的董叔怎么会害怕那个家伙呢?但是,那晚上他为什么一直没露面呢?

相比而言,"司令"的来历就简单得多也直接得多了。秀出嫁以后,董叔一直没有结婚,就那么一个人孤独地过,比他小很多的小伙子们都争先恐后地娶了妻,他便"顺理成章"地成了溪头沟里资格最老的光棍。也有人主动给他说媒,但都被他找出各种理由推掉了。于是人们的喊声又多了"司令"这两个字。再后来,那喊声便不知不觉地从小溪边无声地蔓延到了人们日常的交谈中。

从此,李月奎这个名字就只存在于他几乎未曾使用过的户口簿里;从此,他就以董永或者司令或者董司令为名,一个人,在溪头沟里生活着。溪头沟里的后生们只听到大人们或董永或司令或董司令地叫他,却不知道来历。

这是溪头沟里一个不大不小的秘密。

此刻，我把这个秘密揭开，不知道，这是否也是一种冒犯；不管怎样，我要请求董叔原谅——不管他是否接受，也不管他是否还在意！

溪头沟细细的流水依然不息地流淌着。在哗哗流动的水声里，我听到有人在唤我的乳名，抬起头，看见董叔站在小溪对面，手里提着那只缺了边的铝质水桶。依然是那张"凹岩腔"的脸，曾经笔直的腰身，却已弯曲得像一张弓。我喊了一声："董叔。"他似乎没有听见，依然不停在对我说些什么。溪头沟哗哗的水声将我、也将他的声音彻底淹没了。

折身回到老家门口，再扭头看过去时，董叔的身影已消失在小溪对面他竹林掩映的家里。而眼中的那片竹林，仍一如既往地翠绿着，郁郁葱葱……

石榴花季

五月一到,六姐家门前的石榴树便开花了。拳头大小的树干,鹅卵石垒就的高高的圆柱形花台。在溪头沟,随处可见会开花的树,五颜六色,漫山遍野的。但只有这棵石榴树,像城里人种花一样,被姑父种在了那个高高的花台上,我注意到它的时候,它就已经拳头那么粗,一直长在那个高高的鹅卵石垒就的花台上。站在树下,抬头看那满树红艳艳的石榴花,以及花束间斑驳的阳光,像夜晚躺在草地上看天空遥远的星星,那颜色,却总让我想到六姐身上不时出现的伤口里流出的殷红的血。

六姐与我同岁,大我仅仅三个月。六姐身上不时出现的那些伤口,就来自姑父,六姐那爱喝酒又爱无端地发火、一心想要个男孩的父亲。起初我不知道,就像看到电影里那些无恶不作的坏蛋时就想上去狠狠地揍他们几拳一样,隐约地知道这些以后,再见到姑父,我就不由自主地攥紧小小的拳头,咬牙切齿的,想上去揍他一顿。但这想法仅仅作为想法存在过,像田地里的杂草,甫一抬头便被一次次地拔掉了。因为每次见姑父的时候,我总不敢看他那张始终阴阴沉沉的、说不定什么时候就会发脾气的脸——那情形我是见到过的,吹胡子瞪眼的,很是可怕。即便他不说话,我也都没了勇气,连六姐都狠狠地打的姑父一定也会狠狠打我的,我想。但是我一直搞不明白,六姐上头有五个姐姐,还有个幼小的弟弟,可为什么挨打的总是她呢?

"恨刚,上学了?"每天早上,当我背着书包从石榴树下经过,坐在树下正低着头掰手指头玩的六姐总要这么问我,六姐这么问我的时候,总是头也不抬。不用说,六姐也是知道我是去上学的,她这么明知故问,只能说明她很想和我一同去上学。但六姐有很重的鼻音,我的乳名总是被她叫成"恨刚"。因为这个,姑父一直不让六姐读书。看她那样子,读啥子书哦,姑父的这句话,曾让爷爷(六姐的外公)和他发生过一次激烈的争吵。说是争吵,其实是爷爷实在听不下去也看不惯姑父的做法了,就以一个岳父和外公的身份出来说说而已,可姑父不服,争吵便在翁婿之间不可避免地发生了。可骂归骂,吵归吵,六姐依然没能和我一道去上学。一到五月,姑父就让六姐每天在树下守着,不让外人随便接近。只有花开得好,石榴才结得多,姑父说。于是在我上学放学的途中,就总能看到六姐端着小凳一个人坐在那棵石榴树下。有时候起了风,我还能看见六姐头上飘落的石榴花瓣,星星点点的,像婚礼上人们撒到新娘头上的彩屑。

秋天到来的时候,那棵石榴树上挂满了果子。一天放学回家,姑父正和六姐在树下摘石榴,我想上去,又害怕姑父,正迟疑着,却听到姑父叫我:"过来是呢?"说着,拿起一颗石榴朝我递过来,我于是半信半疑地走上前,伸出了手。在秋日的阳光下,那紫红色的石榴散发着明亮的光泽,耀眼,明润,娇艳欲滴。捧在手心里,我一时竟无从下口,因为舍不得也不知道怎么下口。就那么站着,看姑父和六姐一个不留地从树上把它们摘下来,正要起身回家,姑父却拿了个小兜,拣了差不多一半石榴装上,递给六姐,冲我说:"去,给你爷拿去,尝尝。"我清楚地记得,这是那次激烈的争吵过后姑父第一次拿东西给爷爷,尽管姑父知道,爷爷从来不吃石榴。那一小兜石榴,后来就让我和六姐美美地享用了一番。剥开那层紫红色的外壳,里面是几个小分隔,分隔间,密密麻麻地躺着无数个小小的核,一个个紧紧地挨着,十分拥挤。取下来放进嘴里,满口的香甜。怎么咬不动呢,我一边吃一边问六姐。人家是不一起吃的,要吐出来,六姐说着,给我做起了示范。从此我知道,石榴树会开美丽的花,也结美丽的果,那果子虽然香甜,却有几个分隔的芯和无数个籽。

那年春天,村里来了一拨操着外地口音的修路人。在此之前,"要致富,先修路"的口号早已经响彻了溪头沟,溪头沟的人们正天天盼望着呢。富裕就是有钱,有钱就能过上好日子,谁不想过上有钱的好日子呢?可那路要从六姐家门前经过,石榴树必须砍掉或者移开。姑父不干,说路是人修的也是人走的,到石榴树那儿拐个弯不就得了么?要拐弯可以啊,可要动到你的房子,村长拿着早已勘测好的示意图说。姑父最终被村长所描绘的美好的未来说服了,同意把石榴树移载到自家的菜园里。从那年五月起,那棵石榴树就再也没有开花。姑父后来说,树挪死,人挪活,老子,老子早晓得让他们拆了我的房子算了!

路就要完工的时候,我听到大人们议论,有人看到六姐和一个修路的小伙子在后山的竹林里。我说什么也不相信自己的耳朵,悄悄跑去后山想看个究竟,可接连几天,我一直没见到六姐的身影和传言中的那个修路工在那里出现。一天放学回家,还没进屋,我就听到屋里传来六姐的哭声和爷爷的叹息声。六姐哭成了个泪人,披头散发地靠在爷爷的膝盖上,在她偶尔抬头的时候,我看到,六姐挂满泪珠的额头上沾满血渍。听到我回来,六姐的哭声一下减小了许多,"走,我去找他算账!简直不把自个儿的娃儿当人!"爷爷站起身说道,六姐的哭声就又猛烈起来。六姐一边哭一边死死地抱着爷爷的腿,爷爷接连站了几次,却始终没能迈开一步⋯⋯

那是我最后一次见到六姐。两年以后我考取一所中等专业学校,和六姐一样逃离了溪头沟,尽管方式不同,但结果却是一致的。

不久前回溪头沟探望父母,也顺便看望了已经年迈的姑父。姑父蜷缩在一堆熊熊燃烧的柴火旁,黑白相间的乱蓬蓬的头发里有很大的一绺白发直直地搭在额头上。见我进来,姑父伸出那双长满老茧和蚯蚓一样的血管尽现的手拢了拢,指着身边的一个凳子说道:"来了。坐。"然后,双手不停抖动着接过我递过去的"红塔山",却没有点燃,而是打开了他那只老旧的叶子烟袋,装在了尚未裹好的烟叶最中间,说:"这东西,我抽不惯,还是叶子烟过瘾。"说着,就装上燃了半截的叶子烟卷,吧嗒吧嗒地抽了起来。一时无语。去之前,母亲反复叮嘱我,不要提六姐的事!母亲告诉我,自从那年出走后六姐就一直没回来过,姑父有几次喝多了,跑去和爷爷争执,说爷爷当初为什么不阻止六姐跑掉呢,爷爷不言语,有一回姑父还骂了爷爷甚至险些动了手呢……母亲说的我是早就知道了的,姑父是溪头沟有名的酒鬼我也是知道的,可不知怎的,一见到姑父,我就想起了那棵石榴树,想起了一个人坐在石榴树下,头上缀着星星点点的石榴花的六姐。有好几回,溜到嘴边的话,都被我强忍着压了回去。

就像当年接受他递给我的石榴一样,接过姑父刚沏的茶,因为滚烫得灼手,双手捧着,却不敢喝,就来到了屋外,站在他多年前栽种石榴树的地方,四处打量。六姐家原先那几间低矮的小木屋已经变成了一幢三层小洋楼,和其余的那些沿着溪头沟两岸潦草地修建着小木屋的人家相比,十分的扎眼。那一刻,我突然觉得,我的溪头沟已经不知不觉地老去了,但是,我不能肯定,这衰老,是否与姑父满脸的皱纹和头上那一绺白发有关,抑或就是因了那棵消失了的石榴树?

那棵石榴树如果还在,一定还会年年开满红艳艳的花吧?而我一去不复返的六姐,如今在哪里?

记忆里的狗

　　那是一条母狗。我所以如此肯定,是因为"母狗"这个原本很中性的字眼,曾经被人弄出特别的意味来,参照物就是我家豢养的那条狗,而且我还是那次事件的见证者。

　　既为母狗,就应该生儿育女。可我一直没见着我家的母狗真正成为母亲,我想它大约是生过孩子的,只是没让我遇上罢了。何况,生不生孩子并不影响它的性别。人就不同了,如果一个女人不能生娃儿,或者毫无节制地生,就都是很叫当事者不快的事。后来我想,"愚孤棒"(方言。蛮横、不讲理之意)老者肯定也是这么认为的,要不,那天他就不会当着我和我家的狗,指着张大婶的背脊喊"臭母狗",还狠狠地吐了一大口唾沫。在溪头沟,张大婶是个很有些名气的人物,因为她一口气生了九个娃,老九刚刚出生就夭折了,剩下最小的老八和我一般大。"愚孤棒"老者说"臭母狗"的时候,凶神恶煞的,让我冷不丁联想起不久前他和张大婶一家干架的情形——"愚孤棒"一个人对付张大婶的几个子孙,结果没多大工夫就被打得浑身血迹斑斑,没了一点脾气。我不知道,"愚孤棒"管张大婶叫"臭母狗"是不是就因了这个?想来是有这原因的,但肯定不止于此。

　　因为这次事件,我心底里莫名其妙地对日日与我相伴的狗不满起来——多好的一条狗啊,可它为什么偏偏是一条母狗呢?

　　按照大人们的说法,我家那条狗应该是"土狗子"。一个"子"字,简约而形象地概括了它的特征:不高的个头,从我见到它起,直到它死去,似乎一直没见再长大过;一身灰黑相间的毛不时脱落下来,有时候是在我抚摩它时的掌心,更多的掉在窝里,厚厚的一层,像一张它特意为自己铺就的暖床;它从不乱咬人,甚至很难听它平白无故地叫上两声,顶多是在夜里,别家的狗嗷嗷叫个不停的时候,才可以听它附和两下,若无其事的样子。在夜晚的溪头沟,在寒风呼啸的冬夜,那两声低吠,仿佛是在告诉藏在被窝里的我,它也在自己的窝里,它是条听话的狗。其余的时间,它总是跟着我,屋里屋外、满山满坡地疯跑;它没有自己的名字,大人们喂它吃的时候,总是叫它:嘟嘟,来——,我开始时以为"嘟嘟"就是它的名字,渐渐才知道,那其实是在模仿着叫它……

　　它性格的转变是从那次"他杀未遂"开始的。这个"他",包括我和我幼小的弟弟,而始作俑者便是"愚孤棒"老者。我记得那是个晴好的下午,他照例来

我家，找我爷爷摆龙门阵，爷爷那时七十多了，而"愚孤棒"不过五十出头，可他一直一个人过着，除了想起来的时候去伺候一下庄稼地，其余的时间，要不被他耗在牌桌上，要不就和我爷爷摆龙门阵，天南海北，阴阳地理，生老病死，我几乎听他们谈起过世间所有的事。他来的时候，爷爷刚刚去了我姑妈家，他于是很有些失落，一个人冷冷地坐在大门边的长凳上抽闷烟。到手里的烟蒂再无法拿住的时候，他做了个很潇洒的动作，将烟蒂放在拇指和食指之间，食指弯曲得像一张小小的弓，猛一下将烟蒂弹出老远。然后慢腾腾地站起身，冲我说道：干脆，我们今天吃狗肉吧。吃狗肉？我一时没弄明白。去烧水啊，见我迟疑着，他很有些不快又有些命令似的对我说。我和弟弟于是开始拿起盆子，从溪头沟里打起水来。"愚孤棒"一个人抽着烟，弹烟蒂，说我们吃狗肉的时候，我家那条"土狗子"一直端坐在"愚孤棒"身边的长凳上，好奇地望着我们，对于即将降临的灾难，它和我一样一无所知。待我和弟弟将一大锅水烧得滚烫，我跑出来告诉"愚孤棒"老者时，我才发现，不知什么时候，我心爱的狗已被"愚孤棒"倒挂着吊在老家门前那棵李子树上，一动不动了。我这才明白，"愚孤棒"所说的狗肉是何物！我冲上前，狠狠地瞪了他几眼，握紧的拳头还没挥出去，眼里的泪就哗啦啦流了下来。

不知过了多久，不知道是不是起了风的缘故，我看到李子树上先前一动不动的狗接连扇动了两下耳朵，我收住哭泣，静静地看着。又过了一会儿，我又看到它没有被拴住的腿，不停地蹬了几下，接着又蹬了几下，然后我期待的奇迹就真的发生了：我心爱的狗没有死，它又开始叫唤了，尽管叫声那么凄凉，那么低微，充满恐惧和乞求，可它毕竟又开始叫唤了啊！我一个箭步冲上去，解开它腿上拴得死死的结，将它放下来，不住地抚摸着它的头，看着它无助的眼神，和眼眶里无声地浸着的泪，我的眼泪再次哗哗地淌了下来……它无助的眼神，现在每每想起，我总会不由自主地心跳加速，有些后悔，还有些隐隐地痛。

从此以后，溪头沟又多了一条狗的吠闹声。白天或夜晚，无论什么时候，只要有人出现在我家门前，它就会汪汪地叫个不停，和别家的狗没有两样。区别在于，如果门外的人仅仅是路过，它的叫声会很持久，持久到路过的人没了踪影；如果门外的人踏进我家龙门口，不用谁训斥，它会很自觉地停下来，唔、唔、唔，不停地摆动不长的尾巴和不太壮硕的头颅，两只小耳朵接连扑扇着，活像飞鸟的羽翼。到过我家的人，不管远近亲疏，都异口同声地说：这狗真好！真是条好狗啊！

唯一的一次例外来自同样一个人——"愚孤棒"老者。那次打狗未遂过后，他大约知道自己在我家（至少在我眼里）是不受欢迎的，很少跨进我家门槛了。那天他是去借木瓢的，他说要往刚刚种下秧苗的田里背些水，可出门的时候忘了带木瓢。我注意到他跨进我家门的时候，脚步和以往一样若无其事，可一见了我，眼中就有一丝不易觉察的紧张和慌乱。而我心爱的狗，似乎早已忘了曾经的灾难，汪汪叫了几声，见他踏进龙门口，它的叫声就变成"唔唔唔"的呓语了，不长的尾巴和不太壮硕的头颅也跟着摇摆起来。

"愚孤棒"手拿木瓢走出来的时候，它先是晃动了一下自己不太壮硕的头，眼睛静静地瞅着他，然后腾地立起身，猛冲上去，死死地咬住木瓢。"愚孤棒"老者一定没想到它会这么对他，几乎是不由自主地松开了手。可我心爱的狗似乎还不解恨，将木瓢放在地上，转身向"愚孤棒"发起了攻击。要不是爷爷及时的训斥，真不知道"愚孤棒"会被咬成什么样子。

多年以后，偶然读到《荒野的呼唤》，杰克·伦敦在其中写到过一条名叫布克的狗。当它回到阿拉斯加雪原上，回归原生的野性，再无心虚胆怯的猥琐，竟成了率领群狼的首领。此刻，当我想起我心爱的狗，想起"愚孤棒"被咬的时候，再没有当年的恨意，有的只是心底止不住的阵阵窃喜；继而我就想，它不是一直没有名字吗，那就叫它"我的布克"吧，它没有机会生活在阿拉斯加，溪头沟和我记忆的旷野就是它的阿拉斯加！

而我心爱的"布克"的死，至今还是个谜。大约是在"愚孤棒"借瓢未成后的第三天，我突然找不着它的身影了。我年迈的爷爷、幼小的弟弟和我，找遍了它可能出没的地方，从早上到黄昏，一直没见着。第四天一大早，当我睡眼惺忪地推开家门，却一眼就看到了它的身影。在那棵开满鲜花的李子树下，它就那么安安静静地躺着，任不时被风吹落的李子花，纷纷扬扬地飘落在它身上。浑身的毛发陡然失去了往日的光泽，乱蓬蓬的，像是被人有意粘贴上去的。我还没靠近，就有一股浓烈的"乐果"味，和着甜蜜的李子花香，直直地窜进鼻孔……是谁，竟下如此毒手，杀死我心爱的狗呀?! 我无声地流着泪，抄起家里的菜刀就要去找"愚孤棒"算账。一旁的爷爷一句话问住了："你凭什么说是人家'愚孤棒'呢？"

是啊，凭什么呢？我问自己，我找不到答案。

前些天回到溪头沟，那棵李子树和树下的那个土包——当年我特意为"布克"垒就的墓地——都已经不见了踪影，不知道什么时候，父亲在当年落满李子花的地方种上了一株四季常绿的翠竹，翠竹的浓荫远远地盖过了当年李子树的投影，也盖住了"布克"的墓地。很多年没见了，当年的"愚孤棒"老者已经老得不成样子了，见到他，我就又想起我心爱的狗，但我已没有勇气，也不想再弄清楚是不是他毒死它了，只和他有一搭没一搭地说着话，任我心爱的狗，在李子树投下的浓荫里，在我的记忆中，一点点复活……

两只鸟儿

第一只是燕子。

那个夏日雨后的晌午，我和爷爷刚走出家门，我一眼就看到了它。在家门前的高压电线上，它就那么孤零零地立着，周围没有一个同伴。兴许是刚刚停歇的那场雨让它和同伴们失却了联系，它走失了，浑身湿漉漉地立在那里，看起来有些掩饰不住的疲惫和忧伤。它的头一直忽左忽右地向后背过去，不停地梳理着湿漉漉的羽毛，偶尔扑闪一下同样湿漉漉的羽翼，似乎是在准备随时会再次开始的飞翔。可此刻，夏日雨后的阳光还躲在浓密的阴云背后，无法脱身；要不，它就不必再为自己的羽翼耗费太多的时间和精力了。

和爷爷一起走出家门，我一眼就看到了浑身湿漉漉的它。看到它，我的心里就开始痒痒的了；心里痒痒的，我就不由得举了紧握在手里的弹弓。接着就是瞄准，这个动作，我冲屋后竹林里飞来飞去的那些叫不出名字的鸟们做过无数次，没费多大的劲就完成了。记得刚刚拥有那只弹弓的时候，表哥约我去过屋后那片竹林，一下午时间，我瞄准了很多次，可弹弓射出的小鹅卵石，没一发按我希冀的方向飞。后来很长时间，表哥见人就说起我臭得不能再臭的弹弓术，让我在同伴们面前很长时间抬不起头来。后来我背着他们偷偷狠练，甚至睡觉都抱着那只弹弓，我发誓要让表哥他们大吃一惊。后来我拿偷偷飞到我家谷仓里的麻雀试验过，几乎是弹无虚发。如果不是没有合适的机会，我早已是同伴们艳羡的对象了。

我异常自信地举起了手里的弹弓，瞄准了那只看上去傻乎乎的燕子。就在即将射出鹅卵石子弹的那一刻，爷爷那根长长的拐杖忽地架在了我伸出的木叉前。"你个龟子日的，哪个叫你打燕子？打了要生'瘌痢痧'（方言。意指一种难治的头部皮肤病)的！"爷爷说。我不敢相信自己的耳朵，扭头狐疑地看着爷爷，就是不肯放下仍然高举着的手。你不晓得张麻子哦？他那满脸的麻子就是偷着打鸟遭的，你不知道？爷爷说完，我的手缓缓地放下了。爷爷说的张麻子我是知道的，溪头沟没人不知道他满脸的坑坑洼洼和头发成片脱落后斑驳的脑袋瓜子。原来，那是他偷着打鸟后的结果呀！

那一年，我刚过六岁，上小学一年级。那以后的一段时间，我总是不由自主地抬手抚摩自己原本就发育不良的头，还偷偷地拿起母亲的镜子瞅自己瘦削的脸蛋，有时候是在上学路上，有时候是在课堂，有时候是在睡梦中，我真担心自己也会变得和张麻子一样。因为越来越担心，就愈加注意自己的头发和脸蛋，照镜子、抚摸自己的头，渐渐就变成了我的一种习惯，像吸毒，我成了个彻头彻尾的"瘾君子"。

就在爷爷和我说起张麻子的时候，电线上的燕子大约是感觉到了险些降临到自己头上的不测。当我放下手里的弹弓，想再看看它的时候，却见它接连扑闪了几下翅膀，再次起飞，渐渐从我的视野里消失了。依着爷爷，扶着爷爷那根高高的拐杖，沉浸在对自己未来的恐惧里，我和爷爷一道，望着无垠的天空一动不动地呆立了很久。

第二只是什么鸟，我不知道。但我可以肯定，那不是只燕子。六岁那年险些死在我弹弓下的那只燕子，让我一眼就能认出它的同类来。

我是在返家的客车上看到那只鸟的。在马路中央，除了小小的头颅还算完整外，它身体的其他部分，它的翅膀，它的双脚，它的小小的身躯，就那么混合在一片模糊的血泥里，叫人无论如何也分辨不出了。只是一晃而过的瞬间，只是不经意的一眼，我就记住了它的样子。

记住了它的样子，我心里就在想，它是怎么变成那个样子的呢？是不是因为太长的旅程太长时间的飞翔让它累倒在了飞翔的路上？或者它也和我六岁那年遇见的那只燕子一样，失却了同伴，然后又遇到了一个像我一样的懵懂少年，而那少年恰巧也有一只弹弓，弹弓射出的鹅卵石子弹不偏不倚地飞向了它？抑或，它就是我六岁那年遇见的那一只孤零零的燕子，这么多年过去了，它一直都在寻找走失的同伴，可它已经老了，飞着飞着就从高高的天空掉了下来？

但我的理智告诉我，那不是只燕子——它不可能是六岁那年险些被我的弹弓击落的那只燕子；这只我不知道名字的鸟儿和我六岁那年遇见的那一只燕子毫不相关——它们唯一共同之处在于，它们都让我遇见了，在我人生旅途的不同时段，它们先后让我遇见，然后留下两点深深的烙印，每每在我蓦然回首的瞬间，清晰地突现出来。

坐在闹哄哄的客车上，我伸手抓了抓自己的头皮——这是六岁那年的那次事件造成的习惯，只是现在，我已不会再因为鸟儿担心自己的脸蛋和头发了——我想了老半天，心里对自己说，兴许，这两只毫不相关的鸟儿还有一点是相同的，那就是，它们都已死去了。但只是一会儿，我又转念在想，即便是它们，我六岁那年遇见的那只燕子和眼前这只我不知道名字的鸟儿，都还活着，我的这些无关痛痒的文字对于它们，又有什么意义呢？

叁

在农历的天空下

【作者简介】

李天斌，男，黎族，1973年生。曾在《散文(海外版)》、《作品》、《北京文学》、《红岩》、《鸭绿江》、《安徽文学》、《散文百家》、《天津文学》、《岁月》、《小品文选刊》等刊物发表文章。贵州省文学院签约作家。现居贵州关岭。

【写在前面】

作者以贵州高原上一个普通的村庄为背景，以当下的视角，通过对农历岁月以及现今村庄的描写，勾勒了一个村庄的地理、人事、风俗、文化以及个体生命置身其间的苦乐悲欣——她们也许是连贯的，也许是并不相关的组合，也许是村庄的时间全貌，也许仅是一个片断，但她们都共同存在于村庄的时间之下，是村庄漫长历史的瞬间映现，共同折射出时代变迁中一个村庄的沧桑与疲惫。作者在形而下与形而上的叙述与思考里，揭示了在文明跋涉路上一个村庄的迷茫与无依——它像一种寓言，唤起我们对于希望与美好的祝福和期待。

在语言上，作者坚持诚恳、简单的态度，在平实稳静的叙述中，在细腻简洁的表达里，寄予了对村庄的怀想与眷念。当然，平实之外，作者还力争赋予文字新的元素，用别样的叙述和思维，力图在多元的语境中呈现一个村庄隐秘而又清晰的图像。

在农历的天空下

1.农历岁月

从我记事起,似乎有很多年,村庄都生活在农历里。

农历于我,近乎特殊的情结。我关于村庄的回忆,究其实质而言,亦是属于农历的。在村庄变迁的路上,真正留有我生命印记的,大都属于农历。这使得后来我读一个叫苇岸的作家时,对他觉得自己只适宜生活在 19 世纪农耕文明里的说法深有同感。农历的部分,农耕文明质朴的一面,一样让我留恋。尽管我并不像他认为生活在 20(或 21)世纪是个错误,但对真正属于农历的时间,于我的确挥之不去。

那些年月,整个村庄几乎没有一块手表或挂钟。村庄的时间概念主要来源于二十四节气。比如清明一到,就知道路旁的阎王刺要开花,春天也就真正来临;比如谷雨到时,就知道该播种了;比如立秋到了,就知道该储备力量,作好收割谷物的准备;比如立冬开始,就知道要做好一冬三个月的藏储,以打发那漫长雪天的时光。年年如斯,恒久不变。就连每个人的出生年月,也以农历计。

在乡亲们眼里,农历的概念亦贯穿了他们岁月的全部。在二十四节气的循环里,他们所能感知的是春种、夏耕、秋收、冬藏的轮回。一个轮回所衍生的稼穑沧桑,就是一生的行程。在泥土的芬芳里,他们就像那些朝拜者一样,在近乎"三步一身"的等身长头里,默默地走过四季。后来,当我读到如"鱼戏莲叶东,鱼戏莲叶西,鱼戏莲叶南,鱼戏莲叶北"、"采采芣苢,薄言采之;采采芣苢,薄言掇之"的句子时,忍不住就会把诗歌里的意象跟乡亲们的农历生活场景联系起来。在一份诗意的底下,那份纯朴和美好,让我倍感温馨。

而我必须提到他。在曾经的农历岁月里,我始终相信,他是一种标志性的存在。作为庄稼的"好把式"(即种庄稼的能手),在村庄,他曾经获得了至高无上的尊敬。他生命的荣光,真切地见证了农历岁月的尊崇。他叫曾光权。还很小时,我就不断听到长辈们在不同场合提到他的名字。从长辈们的谈话里,我知道曾光权对于农事一道,无所不知,无所不晓。尤其是他对于土地和庄稼的态度,虔诚之情堪称楷模。也因了这样的原因,在村庄,他一直是人们公认的领头人。对农事的敬畏延伸到生活中,无论是谁家遇着大事小情,都需要他主持。只是预料不到的是(有谁又能预料得到呢),后来,在打工潮流的席卷下,乡亲们都远离了土地和四季,他作为庄稼的"好把式",在人们的不屑里,不经意间就成了一个时代终结的最后意象。这让我总会生出一些莫名的怅惘来。只是不知道,在那怅惘里,是否也隐藏着时代变迁下的怀念与疼痛?

2.一只布谷

一般是在清晨,前夜刚落了雨,雨不是很大,但却在地块间留下极为滋润的湿痕。树木的绿色更加明显,生命的那一缕生动仿佛向外凸着。空气中浮着一层薄薄的清香味——泥土和野草混合的,以及一堆湿热牛粪的原味。偶尔的一只蜜蜂迫不及待在晨露里企图追赶花事。太阳就在这时越过树梢。它简单,明快,流动的线条构成春天质朴的色彩。在这样的背景下,布谷开始啼鸣,从远处幽深的山谷起,一直穿过村庄和山野。像传说中的信使,它无限清幽、寂然,并明显带了忧郁。它的到来,让整个山野愈加透明沉静的同时,却也多了份隐约的惘然。

母亲就爱在此时说起它的名字:布谷。母亲并不懂得有关它的传说及一切传说的悲情。但母亲知道,作为报春鸟,布谷是季节的另一种名词和语言。母亲总爱屏住了气息,叫我掏空耳朵仔细听,母亲说:"你听——栽早苞谷——栽早苞谷——"母亲接着说:"季节终于到了……"我常是惶惑的。我总被母亲凝重的表情所感染。

我约略地懂得,它与庄稼有关。单是它的名字,就容易让人想起谷物一样的意象。那些谷物的影子,粗糙的肌肤,总让我想起诸多亲切的词汇。它跟谷物一样,属于大地上生长的事物。而母亲同样与庄稼有关。作为农人,母亲的一生,为庄稼而生,为庄稼而息。生息之间,便是四季。所以我懂得母亲,当她说起布谷时,她是激动的,也是忧郁的。布谷的到来,如同农事的开端,一定让她在四季的过程里欢欣或失落。

那些年月,一株庄稼的枯荣,总系着母亲的得失。母亲常常告诫我们,对于庄稼,你哄它一时,它就要哄你一季。意即如果不精心侍弄,它将以荒年回报。所以母亲总是很小心,当布谷开始啼鸣,她就要从楼上取出年前准备好的玉米种,精选出来的颗粒,饱满光亮。母亲不断用手摩挲,用目光摩挲。我则站在一旁,看母亲仔细筛除其中的灰尘,并挑出那些略微瘪凹的玉米。母亲总是一丝不苟。我那时并不懂得这些细节与布谷间的联系,不懂得"季节到了"

对于母亲的意义,但我猜想,当布谷作为一种物候,一种内心的时序,让她在端详一颗玉米中感到踏实和温暖时,她一定就感到了行走在大地上的幸福和憧憬。

母亲就是这样的。对于布谷的啼鸣,总是很在意。母亲有一句最直观简易的话:该播种时就要播种,该收割时就要收割。母亲最不容许的,就是错过不该错过的季节。这当然是从布谷延伸出来的。母亲就爱嘲笑我干爹一家。我干爹在山东某厂上班,干妈在家务农。但长期以来,因为有着一份固定且不低的工资收入,他们对一株庄稼的好坏并不在乎。对于布谷的啼鸣,似乎也不是心上的事。他们家的农活,总要慢村人半拍,甚至一拍,有时索性就丢了荒。这对他们家而言,并不重要。但在母亲看来,却是对季节的不敬,甚或叛逆行为。所以母亲总是嘲笑这种懒散和随意,并以此作为反面教材不断校正我们对于农事的态度。现在想来,这其实就是我们关于生命话题最初的启蒙。应该说,很多年后,我也怀着对于时序和季节的敬畏,怀着对于既定秩序的尊崇,正缘于母亲潜移默化的影响。

所以直到很多年后,当我彻底走出农历的村庄,在所谓公历的规则里,在钢筋和水泥的丛林里一次次错过四季,我就会无比怀念报春的布谷。耳畔就会再次传来那清幽、寂然的声音——"栽早苞谷——栽早苞谷——"

像一种天籁,让我冬眠的内心苏醒过来。

3.最初的谚语

在农历的村庄行走,谚语跟物候和时序一样,作为村人认识自然的一种标志,似乎也应成为时间的某种刻度。

农历的村庄,似乎一片盲谷。一切的文明,包括时间的运行轮转,似乎都像那些未曾有人涉足的植被,覆盖于幽深渺远的岁月。一切都像深山流淌的清泉,永居于世外。就像睡着的一处河床,一块被时间风雨浸润的石头,在流水的肌肤里,做那恒久的梦。一切正如春江、花与月夜的幽恍迷离,所有的来路、去途,皆逃不出混沌时空的重重围困。就在这样的时态之下,谚语应时而生。曾经很多年,谚语就在这样的环境下,成为村人行走的主要标志。

在农历的村庄,最初进入每一个生命成长旅程的,就是谚语。就像入学时的第一个拼音或字符,作为认识的启蒙和上路的开端,必须掌握。我在村庄的成长,就是从谚语开始的。

那是一个入秋的季节,我跟母亲被一场突然的大雨拦截在腾龙寺的一块岩石下。那是午后,零乱的秋风一阵紧似一阵,玉米叶随风晃动,最后横七竖八地裹在玉米秆上,那些矮小的原本散乱的豆叶,此时纷纷向着大地匍匐而去。风挟裹着泥土的黏稠味,还有伏天遗留的燥热,一起逼向我们的额头。整个山野一片狼藉。我不断问母亲:"这雨会不会停下来?"我担心这场大雨会阻断我们回家的路。母亲不说话。只是不断抬起头来,目光穿过厚厚的雨帘,不断辨识移动的云层。稍后,母亲说:"不用怕,这只是过云雨,一会儿就随风吹去了。"后来的事实证实了母亲的判断。而也就是从那时起,我知道了所谓谚语的神秘——母亲对我说:"云跑东,雨落空;云跑西,披蓑衣;云跑南,雨成团;云跑北,好晒麦……"母亲又说:"刚才这阵雨,是从南边的云团来的,现在的云,已往东边移去,雨也就落空了……"

这就是我认识谚语的开始。稍后,我还知道了很多,比如朝霞不出门,晚霞行千里;有雨坡戴帽,无雨雾满天;比如一九二九,怀中揣手;三九四九,冻死猪狗;比如五九六九,隔河看柳;比如七九河开,八九燕归来……从这些谚语开始,我为自己独立在村庄行走找到了最早的依凭。它作为一种常识,正如生命旅途必须的行囊,当我能准确地作出判断时,母亲也就放心我在山野间的脚步了。而许多年后,每当忆及这个细节,我就会涌起一种温暖的感动,作为一种生存的智慧甚或技能,谚语的存在,一定程度记载了村庄的历史——那些混沌的,甚或蒙昧的时间,原是靠了这朴素和简约的方式,靠了这质朴的光所照亮!

我想我一定是感动的。包括现在。因为现在,村庄的历史,早已超出了谚语时代。除小学课本依然一年年程式化提到谚语外,早已没有任何一个母亲,再把谚语作为孩子的启蒙。谚语之于村庄,之于我们的生命,早成为丢失并遗弃的符号。现在的村庄,在文明的吹拂下,所谓的盲谷,所谓河床、石头及流水肌肤里恒久的梦,所谓春江、花与月夜的传说,早成遗迹,抑或怀念中的失落和慰藉。于是,我此时的感动,分明也就多了一份惘然。于是就想,那些最初的谚语,也就作了时间的灰烬。只是不知,它是否有着记录和呈现的属性?

一个村庄的简历

1.田地的传说

我的村庄叫坪寨。因为在四面高山间闪出一块方圆几公里的平坦之地，故而取"平"之意。复因在日里劳作，在月里栖息，不得不依附泥土，故而在"平"之旁，又加了个"土"字，即成了现在这个寨名。

这个寨名，原本就不是什么响亮名字，加之历史上不曾有过响亮的人事，或者一条响亮的河流之类，所以愈加显得朴实，带了泥土和炊烟气息。一切时间与日子，除却泥土和炊烟外，均不见有什么奇异和惊心动魄处。

而我决定从村庄的田地写起。因为我始终觉得，村庄的历史，时间中变迁的一切，均源于一块块田地。从村庄走过的那些生命，正如年复一年的庄稼，一季季在田地上生息与枯荣。或可说，一块田地的历史，即是村庄的历史。

村里的田，据说最早属于罗氏家族。至于地，则是属于我们李氏家族。这一说法，大抵就是我对于村庄的最早记忆，亦是隐隐觉得自豪的源头。

但事实是，在获知这种说法时，罗家的田和李家的地，早成了记忆中的概念。村庄早已经历几世几劫。我的对于田地的追溯，或许仅是缘于一份虚无缥缈的虚荣甚或某种莫名的情结。

而这种情结是否来源于一个与此不相干的老人？我不知道。但我无疑对此心怀激动，以至事隔多年，我仍清晰地记得这样的场景：那是一个夕阳西下的黄昏，在一条河流上，一个叫罗天禄的老人一片深情地对我说："你家祖上曾是这片土地的主人呵。那时候，罗家得田，李家得地，你家跟罗家，就把村里所有的土地分完了……"那一刻，确切地说，我内心可谓波兴浪涌。除了为先祖感到自豪外，我还想起了一块田地变迁下生命的兴衰枯荣。

因为实际上，罗天禄老人并不是得田的罗氏后裔。他这样说时，得田的罗姓人家早已从村里消失，仅剩高矮不一的一排坟墓，静立于大囤坡脚的坟坝里，像远年的符号。日里的辛劳与荣枯，月里的欢愉与失落，总之一切的得失，都与他们无关了。但他们的存在，终于极有可能作为打发无聊与琐碎时日的谈资。他们作为一个家族消亡的最后见证，总让人们无端说起村庄的历史，说起一切荣与枯的话题。

　　这一切均与一个传说有关。传说某年，某个月黑风高夜，被罗家田租压得透不过气的苗民，终于杀上了罗家所居住的大囤上，用一律的长矛，灭了罗氏全族。所幸罗天禄的作为罗家长工的曾祖母，将罗氏幼子藏于长裙之下，为罗家保存了唯一的血脉……得田的罗家从此消失了。那个唯一的血脉，如何被人收养，如何隐名埋姓，最终修复了一个家族的传递与接力，则早已消隐于传说之外。作为一种谈资，一种消遣，他们常常让我涌起劫后余生的浩然之叹。时间在成就一切的同时，也在毁灭一切。所幸的是，曾经跟罗家并列同属于地主的李家，也即我的先祖直到我们，却在历尽劫波后仍然顽强地在这里生息下来。相比罗家而言，我每每感到我们生命韧性的一面。尽管曾经一切的荣枯，早已深埋地下，但不同的是，在泥土和炊烟的气息里，我们还能触摸那生命的厚度与温情。

　　于是就想："时间是不朽的"——时间总能温养我们一切的眷恋和怀想，尽管在远年的路途上，她总会变得模糊并似是而非。

2.神秘的罗氏后裔

　　我必须说到她。我始终相信，她在村里的出现，一度让平静的日常多了几许扑朔迷离，从而也多了份泥土和炊烟外的气味。

　　这是公元 2000 年的事。这年春天，罗家大囤突然来了一个四十岁左右的女人。说是罗氏地主后裔。一方面怀着对先祖故居的念想，一方面认为这个远离村庄的高山之巅，能阻断一切疾病的传播途径，她准备到这里养鸡致富。在向村里交出一笔资金后，她就在已成废墟的屋基里搭起了临时房屋。

　　她很快买回了许多小鸡，而且所有喂养小鸡的食物器具，一应俱全。村人也认定，这的确是一个想通过养殖发家致富的女人，也就忽略了事件背后的其他可能性。直到有一天，她的一次神秘之举终于揭穿了自己的谎言。

　　这年夏天，她请了村里两个憨厚老实的男人，按着她带来的一张图纸，找到进入猫猫山那个隐秘洞穴的入口。这是从未被发现的幽深洞穴。入洞不远，即有一个宽阔的深潭，潭水泛着幽绿。潭的对岸，隐约可见两座隆起的坟墓。从此岸到彼岸，竟然有一座木做的浮桥，只是早被岁月与时间腐蚀，一触即烂。她没有说出对岸坟墓的事，倒是静立于深潭这边，遥对坟墓涌起无限惆怅，最后竟还洒了泪。经此后，她迅速从村里消失了。后来人们走进洞穴，证实两人所言不虚。

　　后来也就有了两个版本的传说。一说那个女人此来是为寻找先祖遭祸前藏下的金银财宝；一说是那两座坟墓，连接着她遥远血脉那端的悲情故事，她寻来只为了却一桩心愿……她的出现和消失，让村庄罩上了一层神秘气息，让曾经的时光添了几许诡异。

我倒无缘进入那个洞穴。但后来我的确爬上了罗家大囤。我去时是秋天。逐渐枯去的八角叶落满了通向山顶的石阶。一些暗红的叫不出名字的野花和果子，星散在石缝和荆棘里，隐隐地，但却又努力地想要凸出那份色彩来——就像生活于尘世的某种隐喻，让人遐想。那个神秘的女人早已不在此地。她搭起的临时房屋，在秋风中孑孑独立，仿佛一具历经几世几劫获得重生复又零落的苍迈之身。那些喂养小鸡的食物器具，零乱在地上，几张小板凳，孤独地倒在堂屋一角。

荒草萋萋，夕阳迷离。我静静地在房屋前站立了很久。层叠的远山、脚下的大地和村庄尽收眼底。视线一片苍茫幽远。一只孤独的秃鹰，在空旷的夕晖里兀自飘浮。我就在那瞬间泪流满面。我想，我与秃鹰，还有罗家大囤曾经的生命，其实都是浮着的一粒尘，我们一直远离大地和村庄，远离时间与尘土，随时都有可能被风吹没……

我还想起了罗姓地主。想起那个神秘的罗氏后裔。还有一些神秘的链接——一个人的历史，一个家族的历史，一座村庄的历史，她们的秘密，终究抵不过一块石头或是一缕风的永恒……而我们终究只是一个过客，至多成为日里夜里一个微不足道的细节，在多年后偶尔被人提起。

这已经是最大的福祉。

3.纸上的家族

现在该说说我们李氏一脉了。

我必须从一座坟墓说起。坟墓位于狮子山。山名源于其形状。无论是远观还是近瞧，其形状都酷似一只仰天长啸的狮子。这座坟墓埋葬着李氏最初的先祖母。

这是大爷爷告诉我的。大爷爷告诉我时，从这座坟墓起，李氏一脉在这里已整整繁衍了七代。也即以这座坟墓为界，李氏一族早在五湖之外。尽管一脉相承，但实际上除近房外，其余的早疏远了。就以这座坟墓为例，每年的清明，已基本没有哪家前来挂纸了。她的存在，至多成为回忆遥远血脉的一个纽带或原点，早已失去怀念或祭奠的原初意义。

要上溯李氏家族在村里的历史，她却是一个绕不过去的点。李氏落脚村里，最早是她的两个儿子，也即我的鼻祖和大爷爷的高祖。此前，他们居住在盘县一个村庄里，大致是因为避祸，两兄弟(尚有六个弟弟在盘县)就来到了

这里。当他们用自己的双手,把这块十里无人烟的荒僻之地开垦出来后,就把母亲从盘县接了过来。李氏第一座迁徙的坟墓也由此落了根。这里也从此成为我们的故乡。

这大抵就是我们的来历。但多年后,当我遥望那些遥远隐约的血脉,我还是只能靠着一张薄薄的祖宗牌,寻向一个家族的纵深。

李氏虽然拥有自己的土地,实际上整个家族的文化史极其贫瘠,甚至荒芜。这单是从一本缺失的古色古香的家谱就能窥见一斑。事实是,偌大一个家族,若干岁月的积累传递,竟不能成就一本具有一定厚度和质量的家谱。这曾让我涌起深深的失落和遗憾。一种家族卑微与荒凉的历史,甚至让我深感自卑。

所以后来,当那张唯一的薄薄的写下了李氏所能追溯的先祖们名字的祖宗牌摆在眼前,我竟有一种张皇的心碎。包括现在,当我决定从那张祖宗牌出发,寻找李氏一脉的历史时,我同样是张皇的。尽管我依然会在每年的七月半,按照古老的风俗把它挂起,用几炷点燃的香火和几个人世的水果遥寄对他们的怀念。但我更多的是感到飘浮和游离。我与他们,其实隔着遥远的距离。我与他们的存在,隔了时空,隔了心灵。

事实是,一个家族的若干分支,在经历了一定岁月与时间后,都不可避免地疏远了。如同一切不可避免的人事,一个家族的繁衍,最终走向了疏离,及至陌生,及至相互于生活中消失。我不敢说这也是人类历史的折射,但事实是,当我再次在狮子山的坟墓前跪下来,就想到了人世代谢的悲凉与沧桑。

而我也就失去了端详一张祖宗牌的勇气。相比罗氏家族而言,我们生命的韧性,其实也在经历另一种考验。只是它,或许要比生命本身的存在弱化得多。

4.遗失的地名

我一直觉得,要追溯一个村庄的历史,除有记录的人事外,那些遗失的、散落的、无从寻觅的历史,更具诱惑性。一个村庄的来去,如同戏台的开启与闭幕,演员来了,又走了;演员换了,道具也换了……恒久的,或恒久中的速朽,一切的停留,一切变化,就构成了这宏大历史场的一个微小元素,构成村庄的来去。

比如地名。地名总是与人事相关。所不同的是,当一切人事成为过去,地名总还存在。当一切人事枯朽,那个地名,却像时间剩下的草,仍旧岁岁绵延。

村里就有这样的地名。比如八大。八大属于山地。山顶开阔处,曾是一个小小村落的旧址。纵横交错的屋基,年年不枯的水井,精雕细琢的石器,虽横躺于斑驳的青苔与荒草间,仍可让人遥想盛极一时的气味。只是没有谁知道,在这里居住,然后从这里消失的,是何姓氏,是否曾留下什么名字或其他记忆。我曾就此问过父亲,父亲说不知道。我也曾问过爷爷,爷爷还是说不知道。从爷爷开始,甚或更早时候,有关八大的记忆,就已开始断裂。它的扑朔迷离,一度使得八大多了几分神秘。

而真正牵引我的,是八大的墓地。昔日红罗帐处,如今已是荒冢白骨,一排排坟墓并立于旧屋基上。我曾仔细地注视过它们。它们面南背北,正是所谓"王气"凝聚的方向。在它们背后,那众多的山峰,从远处逶迤而来后,纷纷把头一转,如一条长蛇,在这里俯仰。我曾猜想,也许曾经的那个村落,选择在这里栖息时,也曾看中这缕"王气",并寄托了深远的希望。所以我心是萧条的,时移代易下,一切的良好心愿,一切存在,终究脆弱无比。

我不敢确定这就是自己对于一块墓地最初的遐想。但我相信,这一定是引发我学会思考生命的第一站。后来的很多时候,我总习惯站在废墟之上,向着时间的遥远和人事的沧桑,静静想着生命的一切。一切的过程,我也总能获得某种宁静与从容,其间的因子,其实早已在这里种下。

不过我真正想要说的还是那些遗失的地名。我始终觉得,那些地名,或者那些旧址,一定程度上是村庄历史不可或缺的组成部分。或者说更能切近村庄的本质。在这个村庄之中,一个个迁徙而来又迁徙而去的家族,像历史上任何神秘沧桑的部落,身后不可知的兴衰荣辱,给村庄的日常注入了些许内涵。比如胡氏家族。她留给村庄的,也仅是一个似是而非的地名——胡家屋基。但正是这个地名,让我似乎获得了某种历史的纵深感。

这里虽说是屋基,但其实早已不见屋基,即使如一块残缺的石头或瓦片之类,都已全部隐遁。相比八大而言,这里更接近废墟——精神的,甚至以物质形式存在的,都已零落为尘。包括一座坟墓。事实是,在村庄的山野中,我竟从来没听说属于胡氏家族的任何一座坟墓。这一直让我费解。一个曾经在此繁衍生息的家族,竟然不曾留下一丝的痕迹,这无论如何是不可能的。这让我总无端想起胡氏家族身前身后的荒芜。甚至会想,胡氏家族与罗氏、李氏家族,还有八大曾经的村落,彼此间是否曾有过纷争呢?是否有过爱恨情仇,甚至杀伐?我想也许有的。因为究其实,在贵州高原的历史上,从一块田地的得失开始,争斗从来就没停息过。这甚至让我曾把自己的想象发挥到极致——也许为着一块田地,为着一个家族的繁衍生息,胡氏、罗氏、李氏家族以及八大的村落间,也曾上演血腥的场面。事件的结果催生了一个个家族迁徙的宿命。这或许就是历史固有的秩序,即使偏僻如我的村庄,也无法逃避。

时间的旧址

1.亡魂的节日

村里的孩子,在略略知晓人事后,父母就要对其说起关于祭奠先祖的事。先祖们在村人眼里,除了血脉温情外,更是一种情感图腾。几乎每个父母都要对自己的孩子说:"一定要记住先祖,一定要懂得孝道。"

所以在村里,亡魂的节日甚至超过了活人的节日。通常是,在艰辛生活的背后,活人的节日可以马虎甚至忽略。但对于亡魂的节日,却一定要认真对待。许多年来,这已经成了村庄的一种约定俗成。就像对待泥土与庄稼一样,其间的虔诚,一直让我无法释怀。

在村里,每年亡魂们一共要过三个节日。一个是正月十五亮灯,一个是三月清明挂纸,一个是七月半烧包。这些节日,就像村人们必须经历的某种时序,必须完成的某种耕作,使得村庄的时间充满了奇诡迷离的色彩。

每年正月十五晚上,每户人家都会准备好一盏盏的煤油灯,用白纸糊成灯笼罩着,把它们送到先祖们的坟上。也有偶尔的几家,因为有钱,索性买来蜡烛,并且还买来烟花爆竹之类,在先祖们的坟上燃放。那些夜晚,在村庄的山野间,那些明亮不一的灯盏,星星点点,漫山遍野,仿佛夜晚盛开的花朵,极为美丽。如今想来,那种景致的诱惑性依然存在。不过,那时在我内心涌起的,更多的是一种对于生的惶惑,对于死的敬畏。那时候,母亲除了让我们把灯盏送到先祖们的坟上外,还要在堂屋的神龛上点燃两盏长明灯。母亲总是说:"大年三十夜的火,正月十五晚上的灯。"在母亲的世界里,大年三十夜的火,正月十五晚上的灯,总是对应着我们生命的某种刻度。我虽然没有问过这其间的寓意,但从母亲的虔诚里却已约略地懂得,——也许,这里面蕴藏着关于生与死的祈福,还有善良质朴的祝愿?

至于清明,按照村人们的说法,倒不是有关那个介之推与晋文公的传说。晋文公在清明祭奠介之推的传说,那是写在纸上的历史(或许亦属于野史),跟村庄隔了很远的距离。按照村人们的说法,是因为清明多雨,担心死去的先祖们在山野里被雨淋湿,所以必须给他们送蓑衣和箬帽去。我第一次听爷爷这样说起的时候,竟然激动得热泪盈眶。这一份充满人世烟火味的怀念,让我初步懂得了敬重长辈的道理。所以当我随着爷爷的指点，在那些远年的坟墓间，知道了谁是曾祖，谁是曾祖母，谁是二曾祖，以及更远的某某先祖时，我就已被深深地打动。而当我跟爷爷一起，把当做蓑衣和篾帽的柳条和白纸挂在他们的坟上，似乎就看到了来自血脉温情的接力。特别是多年之后，当我带着女儿，也在清明来到爷爷的坟墓上时，对于血脉温情的怀想，竟让我无语凝咽。

而实际上，在亡魂的节日中，最隆重的还要算七月半。七月半并不仅仅是一天的时间，而是从七月初一开始，直到月半。从七月初一的早晨开始，村里每户人家就要取出去年收藏好的祖宗牌，把八仙桌移到堂屋左边的墙壁下，然后把祖宗牌挂上去，桌子上摆上香烛和水果一类的祭品。意即从这天早上就把所有死去的先祖接回家来，日日供奉，直到月半的晚上，把买来的黄纸用白纸封了，再分别写上各个先祖的名字，然后火化，意即送钱给他们，俗称"烧包"。当所有包烧完后，再把祖宗牌取下来，然后再次搁好，一年一度的月半才宣告结束。费时最多的月半，一直被村人视为亡魂盛大的节日。它甚至像人间抑或传说中冥界的盛典——奶奶就曾经认真地告诉我，说在月半晚上，只要蹲在桥下，就能听到亡魂们返回山野的声音，那些隐隐约约的嘚嘚马蹄声，就是先祖们在月半之夜热热闹闹的证明……我倒不曾印证过奶奶所说的真假。但一个毋庸置疑的事实是，月半烧包的风俗就这样一代又一代在村庄传承了下来。一代又一代，月半复月半，村庄的时间就在这黄纸飘飞与青烟缭绕中绵延下来，村庄的历史，就因为这一别异的色彩打上了自己的烙印。

当我从村庄亡魂的节日中抽身出来，仿佛就看见一些来自血脉的温情和暖意，像一条绵延不断的河流，在质朴的时光中生生不息地流淌……

2.水碾房的寓言

水碾房位于村庄的东面。水碾房过去，就是其他村的地段了。

水碾房旁边，就是经年不息的坝口河。河水流到水碾房，就被参差错落的河床切割成一层层的瀑布，水势湍急有力。村民们就此因地制宜在这里开设了水碾房。听爷爷说，曾经很长的年月，村里每户人家的大米都是在此碾出的。那时常年管理水碾房的是一罗姓人家，其妻年轻美貌，生就一副好嗓子。因为她的歌声，水碾房成了村里最热闹的处所。村里的许多人，正是在水碾房的歌声中长大，然后衰老，最后死去。我无缘知道那个歌者的名字，更无缘听到她宛转悠扬的歌声，甚至无缘目睹有关水碾房的丁点热闹。这让我很是遗憾。实际的情形是，当我能打量水碾房时，水碾房已不复存在。除了一截圆弧的石质磨盘和残破的墙壁外,先前的热闹早已湮没为废墟。而最让人为之唏嘘的,则是如今的水碾房,已成为村庄的墓地。密密麻麻的坟墓,使水碾房罩上了阴森冷凝的气息。

我不知道是否曾为水碾房的命运作过叹息。在它从尘世的热闹转为寂灭的过程中,我不知道是否想过时移代易的幻灭和沧桑。但有一点可以确定,在后来我所知道的水碾房的故事里,却寻到了一些仿佛寓言般的气息,仿佛就窥到了村野生命的某种本质。很多年以来,这种气息就一直安放在我的内心之上。

这种气息来于坟墓,同时也止于坟墓。在坟墓的内外,村野生命的一切,显得脆弱而且荒诞。就像坝口河边的一棵芦苇,随时会在风中折断,或者枯零。

在村里,我第一次亲眼目送把肉身葬于水碾房的是一个叫罗国方的男人。那时他大约三十多岁的样子。听说他原本不是村里人,只是因为家境贫寒,遂从另一个村子来到村里当了倒插门女婿。那时我还刚刚看到他端坐在我家的堂屋里跟父亲们一起喝酒吃饭。不曾想几日后的某个深夜,突然传来他因病死亡的消息。后来我得知他患的是急性阑尾炎。如果当时把他送去医院,那他就不会早早地走进水碾房。但事实是,就在他激烈的疼痛中,他妻子却认为是撞上了什么鬼怪,匆忙之间连夜请了阴阳先生前来为之赶鬼驱邪。但赶鬼驱邪的宝剑还未停止舞动,他却已闭上了双眼。他的死亡,跟村里很多人的死亡如出一辙。这一直让我忧伤。在那些蒙昧落后的年月,许多无辜的生命,就这样匆匆地来,匆匆地去。他们甚至不曾知道自己真正的死因,就作别了尘世,成为水碾房的一缕孤魂。

我的堂二婶也是在三十岁上下就走进了水碾房,以一个乡村女人的青春作了村庄蒙昧时光的祭奠。我一直不知道她究竟患的是什么病,只记得她终日躺在床上,终日咳嗽,脸色苍白,及至最后骨瘦如柴。记得她总是从春天一直躺到冬天,又从冬天一直躺到春天。后来她死在冬月的某个早晨。她死的时候,一场罕见的大雪刚好覆盖了整个村庄。人们为此都说是上天的旨意。只是让我感到悲伤的是,在大爷爷看来,堂二婶一定是染上了某种不吉的东西,并一直耿耿于怀。把堂二婶送进水碾房后,大爷爷就把她生前用过的一切衣物器具,包括娘家陪嫁的所有家具,一并作了焚毁,想借此躲避那不吉的邪气。这很是伤了堂二婶娘家的心。堂二婶的娘家也是村里人。因为此事,堂二婶娘家甚至差点就搬离了村庄。好在时间之尘终于覆盖了一切,曾经一切的忧伤,最终都以水碾房隆起的坟墓作了终结。在亡魂归来的瞬间,一切的是非,已不再成为人们纠缠的话题。

现在的水碾房，因为远隔多年，我已无法知道都埋葬了哪些人。只是今年清明回村去，突然间觉得多出了许多陌生的坟墓。他们都是今年、去年、前年，或者更早的一些年月故去的人。他们从村里走过，最终都来到了水碾房。他们无一例外地都没有墓碑，他们的生卒，他们在村里一切的过往，都已风流云散。他们像一粒尘，最终落在了尘埃之外。这让我涌起了深深的叹息。让我想起了"南北几新坟"的怅惘与忧伤，它像某种寓言，让我再次想起了人世代谢的荒芜与苍凉。

我想，这也许就是时间——我们灵魂的旧址。我们从那里来，最终还要回到那里去。只不过，当一切都谢幕后，我们在那里，淡定而又从容。一如宁静的水碾房。一如宁静的坟墓。

最后的事情

1.最后的塑料袋

那是一个黑色塑料袋。市场上随处都可买到,五角钱一个。在小红把它扬起来的瞬间,就成了我这个早春最后的记忆。

那时我与为数不多的几个乡亲,在村口等待小红。我们知道他会在这个时候赶到。他早已在火车上告知了他抵达的时间。早春的太阳依然夹杂一股寒气,我在冬天穿上的大衣还不敢脱下。但乡亲们却不。在这乍暖还寒的早春,一场透着凉意的阳光就让他们迫不及待穿上了单衣。他们头发蓬乱,脸色苍白,但却有着硬朗的体质。小红也一样,当他从三轮车上跳下来,我就看见了他蓬乱的头发和身上的单衣。但他显然劲力十足,显然忽略了冷气,显然有几分激动,他说,我终于把我哥带回来了……

那是装着小五骨灰的塑料袋。小红说,不用这个不行,不用这个根本就上不了车,司机们都很忌讳带骨灰。小红还说,这个既省事又省钱。接下来我们就开始询问小五的死因——这似乎已经成为一种程序,被重复了多次。这些年来,在村口,总会不断有装着骨灰的盒子或塑料袋回来,然后人们总要问起死因,除了对死者亲属的慰问外,似乎还有一种画句号的味道。死者一生的过程,都可以忽略。但死者最后的方式,却必须问明白。我不知道这是否有实质的意义。但我想这一定是最好的形式,对于死者,对于生者,在最后的时刻,都是紧贴内心的最好姿态。

小五是在浙江打工死的。小五春节没回来过年,小红也没回来过年。小红一直在后悔,说如果都回来过年,小五也许就不会死了。小五在春节期间一直坚持在工地值班,得了双倍工资,高兴后便喝了很多酒,不料喝醉后再没醒过来。小红一直在埋怨,说如果不领双倍工资,小五就不会高兴,就不会喝酒,就不会死……但小红分明是平静的。在小红看来,他扬起这个黑色塑料袋,不过跟许多人一样,遭遇了一件偶然甚至平常的事件。在村里,小五已不是第一个选择这种方式回来了。就在去年、前年,或者更早的年月里,出去打工的人们,有很多都跟小五一样。这已司空见惯。所以小红是平静的,他扬起黑色塑料袋的双手,跟举着平常的物件一样平常。一个黑色塑料袋及里面曾经鲜活的生命,一堆没有任何标志任何符号的灰尘,似乎跟我们并没什么关系。

只是,我一定要记下小五的生平和简历:小五属兔,32岁,2008年春节在浙江打工酒醉而死,骨灰装于一个黑色塑料袋,编号不详,骨灰最后葬于村庄的水碾房,没有墓碑……也许今年的春天之后,或者明年的春天之后,将被荒草所湮没……连同我这篇速朽的小文。

2.跑吧,正友

村里又发生逃跑事件了——母亲一边轻描淡写地叙述,我一边就想起了这样的词语:"跑吧,跑吧……"我内心喊出的时候,母亲已开始叙述这次逃跑事件的经过:"正友组织了几个跟他一般大小的孩子,偷了老虫家的鹅子去卖,准备出去打工,临上车时被老虫截了下来,最后工没打成,每人还赔了八十元钱……"母亲说了这八十元,正友被他奶奶砸了一锄头,最后打电话叫他在福建打工的父母汇钱过来,前后折腾了将近一个月。母亲很平静。母亲分明在叙述一件与她不相关的事。但我却感到惘惘的。这样的事,我已不止一次听母亲说起,这已经成为日常。

但母亲并不在乎这些。打工的概念,对于现今的村庄而言,已不再陌生。母亲甚至认为,一个已经长大的孩子,如果不去打工,就是没出息的表现。所以母亲在说起正友时,甚至是带着几分赞赏的。母亲并不在意他偷鹅子的行为,只是认为他能有外出打工的勇气,足以证明他不是一个孬种。我当然也不在意母亲的这种哲学,甚至不在意事件本身,只是由此及彼地想起了一个村庄的经历——最初或者最后的行程。因为此前,当母亲开始向我叙述那些逃跑事件时,我就已知道将会有一些人事,在我内心奔逐,就像狼群掠过荒野,艰涩、冷凝……只是没料到,这种预期的设想会在这个春天不期来临,而且来得如此猛烈……

而我还是决定从正友说起。正友其实还是个孩子,读小学六年级。至于他确切的年龄,母亲说不清,我也说不清。自从我们兄弟姊妹全都离开村庄后,我们跟村人的距离越来越远。虽然母亲至今仍在村庄居住,但因为我们的缘故,母亲与村人也疏远了。这曾让我有着一种说不清道不明的恐慌。每次当我和母亲坐在老屋,隔着村人说起村人时,就会觉得置身于被遗弃的时光里——最后的、逼近的时光与事情,总在威胁并逼迫自己的内心。我就不止一次在母亲滋长的白发间想着这些事。我知道,随着母亲白发的疯长和最后的枯萎,我与老屋,与村庄,与正友他们,将会越来越远及至彻底地阻隔。但我知道,现在我必须提起他,提起他们,因为从本质而言,他们也跟我一样,也一直

在最后的村庄里逃跑或者归来……

而我还是决定从正友说起。正友是叶马儿的儿子。叶马儿跟我同龄，只是很早就结了婚。所以我的女儿还在上幼儿园的今天，他的儿子却已到了可以打工的年龄，到了可以逃离村庄的年岁。所以说起正友时，我就多了一层别样的情愫。我一直把正友作为我们的下一辈。当我还在跟长我一辈和与我同辈逃离村庄的人们纠缠时，没想到下一辈又在重复这些事件了。像一种接力，前赴后继，在最初或者最后的时光里，流淌成河……

3.堂外公的版本

也许是在去年，或者今年，总之，当我再次看见堂外公时，觉得他一下子苍老了许多。

堂外公已经六十六岁，但依然固执地在城里摆着他补胎打气的小摊。自从十年前第三次出狱后，堂外公就在这里停了下来。但如果确切地计算起来，他对于村庄的逃离，应该已有三十多个年头。在村人们都还没想着逃离时，他就开始了逃离之旅。这让他很是得意，言词之间透出自以为的聪慧和先知——在谈起逃离村庄的所有事件时，堂外公对于自己最初也是最早的背叛总是津津乐道。尽管他逃离的版本有些偏激，但他还是引为自豪。事实是，为了逃避村庄的贫穷，他一次次铤而走险，刻假公章，制造火药枪，也因此一次次跨进监狱的大门。他一生许多的美好时光，都在监狱里度过。但他却不曾后悔和遗憾过，他说只要不回村庄去，就觉得舒服，甚至总爱摆起他在监狱的故事，甚至说，要不是年纪大了，他绝不会在这里摆这样一个小摊，还要再次进监狱去……

现在，他是不可能再到监狱去了。时间对于肉身的肆虐，已让他失去了这种机会。他逃离的版本已变成了补胎打气的摊子——一块粗糙的木板连同"补胎打气"四个歪斜的毛笔字，连同一把气枪和一些或新或旧的胶片。这些简单的物件，共同构成他最后的逃亡之旅……我突然有些惶恐。在注视堂外公时，在看着他已经明显佝偻的脊背和脸上沟渠般的皱纹时，我再次看见在这些道具的背后，一些最后的事情似乎已向他逼近，向我们逼近。

而现在，他是不可能再回到村庄了。在村庄，属于他的老屋早已倒塌，老屋四周已经长满荆棘。这是母亲告诉我的。母亲总说堂外公不成器，说连祖传下来的一幢房子也守不住。甚至连儿女也守不住。堂外公共有四子三女，除我大舅因病早夭外，其余的也都因为他的逃离而星散四方，我的大姨随着丈夫在县城经营电机修理，结婚十多年没有生育，直到现在还在彷徨着，努力着；

二姨嫁到湖北,生了孩子后离了婚,现在四处打工,居无定所;小姨嫁到广东,家里极穷,同样靠外出打工为生;二舅前些年娶了个福建媳妇,生了孩子后媳妇回了娘家,再没音讯。现在他只身带着孩子在福建打工,患了前列腺肥大,作了切割手术,靠经营卤肉为生;三舅找了个被别人抛弃的云南女人,再被女人抛弃,后来又跟一个嫁到外省离婚回村的女人结婚,现在四处找零工做;幺舅在福建的机床上弄断手指后回到村庄,用赔偿的钱修了新房,然后靠赌钱为生……他们没有一个留在老屋,也没有一个留在堂外公身边。即使年节,一家人也从没团圆过。母亲说这话时是忧郁的。尽管母亲跟堂外公已隔了辈,但那缕遥远的血脉依然让她对堂外公一家有着温暖的惦念。而我呢?当我想起堂外公时,是否也在担心着他?

我是在担心他最后的事情吗?

4.回到上院

上院是以石朝门为标志的。但石朝门已不复存在。

石朝门是罗姓地主修建的。它的存在,连接着村庄曾经的辉煌。也许是为了回味这种辉煌,居住在上院的人们曾经用了很长的岁月对它进行保护,并常以此作为聚会之地。在农闲的时候,在落雨的时候,在有太阳的白天,在有月亮的晚上,一起聚集在这里聊天,聊罗姓地主,聊人事的兴衰。但现在,除了几块残存的石头外,曾经热闹的一切,都已远去。就像时间最后的筵席,已远在时间之外。

我是今年春天回到上院的。我一边行走在熟悉的每一块石头上,一边就想起了上院曾经的热闹和现今的冷寂。我总想象着先前的阳光,先前在场院里暴晒的谷物和大豆,先前在阳光下安静地纳着鞋底的妇女,甚至是已出门多年不知所终的妹红幺叔逗弄我们的场景……我总有着惘惘的失落。

在村里,上院曾是最热闹的所在。不论大小事,人们总要聚集在这里商量。上院住着的十余户人家,也常常成为村人串门的地方。但不知何时,也不知何原因,总之上院是萧条了,就像凋零的花瓣,就连上院人也对之不屑一顾了。现在的上院,仅剩下几幢空落的房屋和长满荒草的旧屋基,还有偶尔出没的两条狗,还有那些辨不清热闹和冷清依然固执地在这里搭巢的鸟雀。

我最后还去了我出生的老屋。说是老屋,其实已经只是一块空地。早在多年前,当父母在石朝门内盖上另一幢房屋时,老屋的这一半就拆除了。先前完整的老屋,仅剩二叔的那一半。但现在也没人居住了。二叔和二婶因为不断跟堂弟吵闹,一气之下就出门打工去了,去了就再也没回来。而堂弟也把家搬到了远离上院的路边,只剩下那些斑驳的瓦、青色的石头,还有瓦楞上若隐若现的几根枯草,在阳光和风雨里兀自寂寞。我突然就有了一丝的忧伤。因为像这样的老屋,在上院,在这个春天,正一幢幢撞入我的视线,我分明看见了它们的失落和幽怨,像被抛弃的时光和故人——何姓人家的房屋被一把冰冷的铁锁锁着;潘姓人家的房门敞着,里边一片狼藉,倒在地上的灶台和锅碗,长满发霉的菌状物;罗姓人家红色的大门不知被谁砸了一个大洞,门前的石阶上长满暗绿色的青苔……

回到上院,没有谁跟我打招呼,没有谁在这里出现。我不知道他们都去了哪里,不知道他们是否还会回来——我想,他们也许还会回来,也许不再回来……

也许,只有这个春天的阳光,还会在每年的这个时候回来……

肆

村庄地理及岁月影像

【作者简介】

　　李新立，甘肃静宁县人。甘肃省作家协会会员。早期以小说创作为主，2005年后主要进行散文写作。散文作品见于《飞天》、《散文》、《散文百家》、《中华散文》、《岁月》、《安徽文学》、《当代小说》、《黄河文学》、《西部散文家》等文学刊物，作品收入《散文中国1》、《美丽心灵美文读本》、《2008年中国精短美文精选》等选本，合著《散文中国2：新锐九人集》。

【写在前面】

　　村庄有大有小，但每个村庄有每个村庄的细微生活和区别于另一个村庄的文化习俗。透过村庄的地理名称，你完全可以发现，它的厚度，远远超过了名称本身的意义。

　　从严格意义上说，炊烟、树木、麦子、牲畜、鸟雀等等，是一个村庄的物质构成。从村庄兴盛不衰的精神层面上说，婚姻、青春、死亡应该是村庄真正意义上的物质层面上的构成——立足于这个角度，村庄以及生活在村庄的人们，精神层面上的压力不是能够用美和欢乐阐述的。

　　时光变迁，物质进步。村庄还是那个村庄，人还是那群人。但湮灭在时光中的那路、那水、那树，在时代进步中是否还保持着它们传统的习性？透过文字，或许可以体味到，村庄的"痛"可能不是多余的，也可能不会是短暂的。

　　鸟雀是村庄的精灵。从鸟雀生存的态度上，不会找不见一个村庄生生不息的精神实质。

　　村庄是包容和宽厚的，她不会使已经过去的事件在村庄留下印记。而这段文字却恰恰试图唤起对昔日人和事的记忆，这对眼下生活状态来说或许是无意义的，毕竟时光在流逝，生活在进步。不过，还是那句老话说得好：不忘记过去，是为了今天生活得更加美好。

村庄地理

1. 官　院

官院,在村子的中心,约四亩地大。官院的东边,很早以前有一座不大不小的庙,贡奉着亲近乡村的山王爷、土地爷,他们是保佑村庄平安、丰收的神灵。后来破四旧时,庙被拆除,里面的神仙也被流放,便修了几间房子,改成了村办学校。教室和办公室均在北面,一间最大的房子做教室,坐着一、二年级共三十多名学生,一间最小的是办公室,坐着两名年龄都不到二十岁的老师。夏天的太阳从东山上爬上来,照耀在学校的操场上时,大概就到早上八时多了。这个季节里,天气特别好,二年级的学生在教室里上课,一年级的就到操场上去,老师说,人口手,上中下,大小,左右,山田水,好好学习,天天向上,一个字写二十遍。学生们每人占一块地方,坐在热乎乎的地上,用从五号电池里面拆出来的碳芯,边念边写。天上的鸟飞来飞去,好奇地看着学生们,有时会把屎拉在谁的头上。我因为离家近,老想往家里跑,课间活动的时候,就给老师撒谎说肚子疼,老师摸着我的头,笑着说,"快去快回吧"。现在想来,他应该是我所接触的第一位懂心理学的老师。就是他手把手地教我们在"田"字格里写字,必须写得横平竖直,方方正正,和做人一样。一年后,他应征入伍了,临走之前的几天里,他穿着统发的军装,面色红润,在学校操场上走来走去,显得兴奋而又不安。

上个世纪 80 年代初期,由于生源不足,村学和距它三公里远的中心小学合并了。最初三二年里,一些孩子仍然喜欢去村学玩耍。下午放学后,他们不约而同地来到村学,把书包放到教室的台阶上,在操场上玩以前玩过的"顶牛"、"跳方"的游戏,拖着腔调念"春天来了,风轻轻地吹着",似乎尽情的玩耍和琅琅的读书声也是村庄的物质构成部分。临回家时,孩子们趴到废弃了的教室窗口朝里张望,教室里光线昏暗,发霉的气息让他们鼻子发酸。恍惚间,自己就伏在桌上看书写字,朗诵课文的声音从窗户穿出,飘浮在村庄的上空。二十多年后,他们不再是孩子了,村学或许已经在记忆中消失,而那些教室也在岁月的更替中,如同一位坚持站立着的人,慢慢衰老,最后在一场风雨中悄然倒下。

可是,官院仍然是官院。官院里,秋夏时节,是村庄的麦场,一些人家的麦垛塔一样密密匝匝地立着。冬春,是庄稼人的仓库,院里摞着打碾过的麦草,老鼠在麦草中安家立业,成群的麻雀在寻找庄稼人赐予的麦粒,有时还有几只鸡悠闲自在地散步。村学的痕迹再也无法寻觅,但这里不缺少声音,腊月和正月,官院又是村子里的文化活动中心,"叽里咣啷"的锣鼓声从天明响到天黑,排演的秦腔《游西湖》、《铡美案》、《大登殿》等一些乡亲们耳熟能详的戏剧,一直唱到二月二"龙抬头",人们的情感也就在这些百看不厌的传统戏曲故事中更加朴素、真实。

在城市,一片空闲着的土地像一块不能放下的心病,每年都有因为土地权属而引发的争议和案件。可是,在村庄,却没有过谁去打过这个名叫"官院"的地方的主意。"官"即"公",与"私"对立,更与外人无关。官院,不是你家的,不是我家的,也不是他家的,而是大家的。官院就是集体活动的场所。乡亲们的心中,公私就是这么分明。

2.避风湾

顺着叫仙家洼子的梁向上,路呈"丫"字形分向两边,左边的一条分支,爬过一道山梁,伸向另一个村庄。我家的一些麦地,就在这个村子里,这种现象叫做"插花地",你中有我,我中有你,大家都是亲戚。沿右边的一条向上,就到了避风湾。避风湾好像一条蜷曲的胳膊,将好多风声拦截在山外,走进避风湾,几乎感觉不到有风掠过。避风湾里是成块的粮田,山顶上则全是苜蓿地。苜蓿开花时节,紫蓝色的花儿雾一样笼罩着山顶,逶迤、起伏、弥漫,人的眼睛里都是蓝色的,村子里也充盈着苜蓿的花香。上空"嘤嘤"飞来飞去的蜜蜂和人一道忙碌着,等待秋天的成熟。

避风湾里有几块地因为与坟和塔有关,就被叫做"塔坟"。但地里现在没有塔,塔在过去全被毁坏了。据额头上布满了皱纹的老人说,过去地里有很多样式各异的塔,塔下是坟。还说,很久以前,有个地主半夜里梦见一位白胡子老头来借牛,声称要运几座石塔放到避风湾的几块平地里。地主醒来后,跑到牛棚里一看,牛全身竟然湿漉漉地,像是刚出过力的样子。天亮后,他又到地里一看,真的有数十座石塔摆放着。我相信这不是真的,但是,我的确见过这里的两座塔,一座是六角形的,三米多高,七层,石质不错,被搬运到生产队里的麦场里,人们在上面磨着镰、铁锨一类的农具(现在不知到哪里去了)。一座是圆球形的,七层,因石质绵软,派不上用场,被搬运在了路边。民兵们搞实弹练习的时候,这个拆得四分五裂的石塔,就成了他们的靶子。民兵训练的时候,周围都站了岗,封锁得很严实,不准其他人进去。大人们对这种场面已经司空见惯,孩子们焦急得不得了,走过来走过去,盼望着他们快点结束战斗。看站岗的人把执在手中的绿旗子一摇,就拼命往里面冲,去得早或者跑得快,能在那里拣到"铜炮儿"(弹壳)。这一段时光,避风湾里硝烟的味道十分浓烈,让人觉得刚发生过战争似的。

避风湾是个荒凉的地方。虽然这里种着队里的许多庄稼,但队长从不安排三两个人去这里劳动,一般都是成群的。孩子对避风湾的惧怕,全部来自大人的传言。据说,艳阳高照的中午,远远地,能听见避风湾里的风"呜呜"地低啸着,如婴儿哭啼,如大人抽咽,有时,还能听得见马蹄的声音。我对这个传言倒是深信不疑。有一次,我在避风湾里的自留地逗留得时间长了些,回家时恰值中午,果然听见了这种声音。起初好像有几个人在走动,紧接着有很多人排着队,踢踢踏踏而来,从山下走到山上,从山上走到山下。过了一会儿,又是群马拉着木制的笨重的车子逶迤而来,隆隆的声响叫人惧怕不已。对这种现象的解释比较多,一说那是地下的流水或者岩浆活动时发出的声音,也有人说是因为中午十分静寂,加上避风湾的特殊地理条件,将远方的声音吸纳了进来。后来还有人说,过去,这里是几个游牧部落争夺的地方,当时正好他们路过这里,而夏季的中午又正好是雷电活跃的高峰期,他们行进的声音被录制了下来。我觉得这些说法都不无道理。

事实上,这里的确属于游牧民族"鞑子"(鞑靼人)的活动地域,这些坟,或者应该叫做"鞑坟",塔不过是个标记而已。我有时想,一个游牧民族选择避风湾作坟地,抑或,他们真的走累了,只渴望在长眠地下时,能够避开所有的"风",拥有另一个安静的世界。可是,纷扰的世俗,能让逝者逃避了践踏和破坏吗?!没有绝对能够避风的港湾。

3.长路咀

村子的南边,是长路咀,也是村子的尽头。从外面来的人,走进长路咀,就算走进了村庄。长路咀下面是一条沟,跨过去,又是另一个村庄。长路咀,是送亲人上长路的地方,那条沟,将他们隔在两端。亲人远行,一般都在早晨天刚亮,连天明鸟还没有叫,一家人就都在这时起来了,他们都要去为亲人送行,甚至,连久病在炕上的老人也能翻身起来。一年四季,有许多青年后生,在这里和亲人依依惜别,说过几十遍的话,在这里还要再说一遍,平日里的重复和唠叨,在长路咀却是殷殷关切,送行的和被送的,往往泪如雨下。被送的亲人走了,送行的人却一直站着,一直站到看不见了还在站着。长路咀上的几棵树

下，常站着一位或几位老人。如果是一位，他必定拄着棍子，一动也不动，静得像一棵树。如果是几位老人，虽然一起说着话，但他们心不在焉，话不对题。他，他们，在盼远行的儿女和子孙回来。我们永远走不出亲人的视线，走不出牵挂的心。

命中注定，我是要流浪的，二十多年前的一个初春，我丢下书包，要走出村庄去外面闯荡，母亲却固执地认为，那是离开了亲人和家乡去孤独地流浪。她背着我暗自流泪："一个娃娃，离开了家，不晓得日子咋过哩。"母亲也送我到长路咀，眼泪吧嗒吧嗒流了下来，滴到泥土里。我虽然没有回头，但我听见了母亲的眼泪落下的声音。我走远了，还听见母亲说："娃，混好混瞎不要紧，但你一定要好好儿地回来。"长路咀下面的沟坡上，我走时，长满了野草。我回来时，长满了紫花苜蓿。

实行生产责任制时节，队里分给我家一片杨树林，就在那沟坡上。我家从来没有过树林，母亲拣了宝贝似的，逢人就高兴地说："林子里的树长得好啊，再过两年就能当椽了。"真的，我家的一排瓦房顶已经深陷了下去，一场大风就可以掀翻，我们很需要这些东西。在多半年的时光里，一有空闲，母亲就去沟坡，看看属于我家的那片杨树，好像那些杨树也是她的孩子。很快入冬了，沟坡上的草枯萎了，树叶掉光了，一场小雪之后，沟坡上显得灰蒙蒙的。一天清晨，母亲又去了沟坡，快中午时，她吃力地拖着些树梢回来了，那神情像失去了什么。母亲把那些树梢扔在院子里，站在屋檐下，瞅着贼留下的树梢，十分惋惜地说："为啥就不能再等上一年呢？过上一年，才是好椽呢。"长路咀上的树叫人偷光了。事实上，沟坡上几户人家的树，一夜之间几乎全被偷光了，它们痛苦地躺在另一户人家的院子里，准备修房或者被出售。近一个月时间里，村子里好多人都在诅咒坏了良心的贼，但母亲没有。对于沟坡上那块没有了树的土地，她很果断地说："种些苜蓿吧。"正月里，沟坡上的土地还处在冰冻之中，是母亲用锄头唤醒了它们。农历二月二过后，母亲便在那片原来生长杨树的地方，撒下了苜蓿籽。又过了十几天，我家的地里先是一片嫩黄，之后长成一片绿色，在长路咀上显得十分显眼。这是一片率先绽放出花朵的草地，也是一片和人亲近的草地。夏季，那些花儿，紫蓝色的花儿，把大半个沟坡染成了蓝色，使长路咀蒙上了一层淡淡的蓝，雾一样在空气里浮动着。这个继桃花、杏花开过后的又一个清香飘荡的季节，花的香，青草的香，构成了这个夏天的全部印象。有时候，我还矫情地想，是母亲留下了那个夏天。

长路咀连接着我和村庄，还有母亲。今年六月份，我带着女儿回家，一场雨后，沟坡上的青草、野菊，不时让女儿发出一声声惊叹，她的手上攥满了掐下来的花朵。那些一跳一跳的尾巴还没有蜕尽的小青蛙，叫她兴奋得喊个不停。我带女儿回家,是为了认识去山村的路,我担心在我之后,生活在城里的农村人会忘记了山村。在这里,我们先看到了苜蓿地。女儿面对一片蓝色,惊讶地张大了嘴巴,要扑过去拥抱似的:"好美噢!"几天后,我要带着女儿离开妈妈了。我牵着女儿的手走出门时,母亲也背上背篓,拿上镰刀,随我出门。我说:"妈,你要做啥去?"母亲说:"去长路咀割苜蓿喂牛。"我家里养着两头黄牛。但是,我心里明白,她不是去割草,而是送我们父女俩。我过了沟坡,回过头,母亲就站在长路咀上,朝我这边张望。这时节,苜蓿花开得正好,我的眼里蒙着一层蓝。

长路咀其实是村庄的灞桥,是母亲的长亭。

4. 弯　路

一直没有弄明白,分明是一条比较直的路,却为什么要叫做弯路呢?从我家出去,朝北走三五十米,是过去烧瓦用的坪地,现在叫瓦窑坪。再朝北走三五十米远,就上了弯路。弯路是一条能走下一辆汽车的大道,直直伸向北边,最后呈放射状分出几条小道,这些小道通向一些田地或者另一个村庄。除了学校,位于弯路的一块名叫"针插儿"的苜蓿地,是孩子们常去的地方。盛夏时候,苜蓿地里的蝈蝈的叫声此起彼伏。中午放学,我和要好的伙伴不急着回家,直奔苜蓿地,打埋伏似的,悄悄地潜伏起来,等着蝈蝈叫。捉来的蝈蝈,放在用麦秆编成的笼子里面,挂在屋檐下,用青菜叶子或者南瓜花儿养着。中午和晚上,正当人们入睡时,它们就会"蝈蝈蝈"地叫起来。特别是有月亮的晚上,月光和轻风一道飞扬着,弥漫着,拂得院子周围的树叶发出"刷刷"的声响。这时候,它们的叫声使这个夜晚显得更加宁静安详。

那个年月,没有开花的苜蓿不仅可以使牲口们力气充足,也可以养活人命,好多人家把苜蓿煮熟了,兑上少许面粉,烙成菜饼子充饥。因此,队里对苜蓿地的管理是十分严格的,不亚于对果园、麦田的管理。基于这一点,孩子们的理解是,背着护田员捉蚂蚱尚可,但在苜蓿地里胡折腾,或者去偷拔苜蓿,却是万万不行的。雷雨过后,苜蓿地里会奇迹般地冒出朵朵白白的蘑菇,还有一种我们叫做"小蒜"的野菜。这些东西是纯天然的山珍,采回去后,用胡麻油炒出来,比肉还好吃。这些美味虽然可以理解成非公有的,但由于护田员盯得紧,只能叫它们在阳光下坏掉。

苜蓿地里还隐藏着一些马蜂巢,牲畜不小心常被蜇得四处乱窜,有时在狂奔的过程中摔伤致死。这些马蜂,不仅危害牲畜,还危害人,于是,它们成了大家的敌人,也就成了孩子们攻击的目标。当然,是在白天探好马蜂巢后,晚上悄悄行动，因为晚上护田员基本回家了，另外，到了晚上，马蜂就是瞎子，不容易蜇到大家。提前准备好稀泥，到了巢附近，把稀泥迅速堆到巢口，赶紧撤退，算是顺利结束了战斗，出不了几天，这些毒虫们会被憋死在洞里。但很多孩子都吃过马蜂的亏。我也不例外。有一天捉蚂蚱时，不小心遇上了马蜂巢，一下子冲过来好几只，我慌乱逃窜，还是被一只家伙在眼睛附近蜇了一下，脸青肿得跟发过的高粱面一样。护田员拎着我的胳膊，来到我家门口，十分生气地对我母亲说："你可要管好娃娃，再跑到苜蓿地里，我可要给队上汇报，后果你负责去！"母亲便再不允许我去苜蓿地。我对队里的护田员的态度耿耿于怀，不就是个苜蓿地嘛，不让去就不去罢，还动不动要报告给队长，扣母亲的工分。但母亲却说，咱庄农人性子直，却安了一副好心肠。那时不理解母亲的话，现在想来，还是母亲说得对。他们主要不是怕孩子们践踏了苜蓿。苜蓿地里不仅马蜂多，蛇也很多的，他们实在担心孩子们被毒物伤害。

当我寄居在小城的一间小屋，想起弯路上的这些情景时，心情难免有些激动，人生的经验只有在回想中才得以总结和归纳。当初，我的祖先们给一条路命名时，或许也渗入了他们对人生的一种态度，大概是因路太直，才把它叫做"弯路"罢。乡亲们是最朴素的哲学家。

歌唱的村庄

　　院落、树木、鸟雀，是村庄的物质构成，而歌唱，应该和袅袅炊烟一样，是村庄存在的真正标志。从我的西北老家穿行而过，就会深刻地体会到，那些朴素的、真诚的声音，就像空气、雨露一样，滋润和丰富着村庄的日子。

　　歌为心声，不分四季。农历三月，江南莺飞草长、山清水秀时节，六盘山高峰之下，才从春寒料峭中疾速走了出来，山野间的、村子里的桃花、杏花、梨花渐次开放，那粉的、白的、淡绿的色彩，雾一样在村庄上空飘浮。这些讯息好像告诉人们，该办庙会了。庙会是大型的祈福活动，按照习惯，唱社火是庙会活动中不可或缺的一部分。

　　社火，是社稷之火。乡邻们也习惯叫做野台戏，或者大社火。之所以大，是因为要唱大戏。之所以叫野台戏，是因为不在剧院一类的场所演出。社火一般由德高望重的老人出面牵头，一些爱热闹的乡亲参与操办。三秦大地是公认的秦腔的发源地，陕甘宁的很多百姓都是听着秦腔长大的。我的一位远房小爷，因在陕西唱过几年戏，相对于其他人来说，他在人物造型、脸谱等方面更具权威，经常被推举为社火头儿。小爷的戏唱得真的有板有眼，有一年，一位剧团的角儿听见他唱《下河东》里的赵匡胤，就邀请他到剧团去，小爷舍不得几亩庄稼，硬是没去。有乡亲们抬举，小爷的家就成了村子里排练社火的场所，他也就顺理成章地成了指手画脚的导演。十天半个月下来，《大登殿》、《辕门斩子》、《铡美案》等本戏和《虎口缘》、《拾玉镯》、《三娘教子》等折子戏竟然都能拿得出来了。这是乡亲们耳熟能详的戏，但他们总是百看不厌。村子有小两口，也是因为爱唱几句才结成夫妻的。那年庙会上，女子在台上悲悲凄凄唱《虎口缘》，他趴在台口傻乎乎地看，她便记下了他。社火结束了，他又在戏台后面张望，她就知道他在看她。庙会还没有结束，他就打发媒人去提亲。腊月里，他们两家就成全了这桩喜事。乡亲们都说这是真正的"虎口缘"。

　　戏台在庙宇的对面。临时搭成的大土台子上，用胳膊粗的长椽扎起架子，再用篷布遮起来，然后挂上些花花绿绿的彩纸就行了。第一场戏，必定是手执钢鞭的"四大灵官"东打西打，说一些禳灾接福的话，紧接着是"刘海撒金钱"，也说一些四季发财的吉祥话，接下来才演戏。十年前，村子里没通上电，晚上演出全靠汽油灯照明，这家伙燃烧起来半个世界都是通明的，可总在演到揪动人心的时候熄灭，急得台上的没有了激情，台下的也没有了情绪。虽然如此，大家看戏的热情不减，即便是黄风土雾天气，也少有人回家。

我小时候看社火很有热情，但从来没有专心过。晚上，戏台前还没有一个人，甚至台上的灯都没有亮，就和几个伙伴儿趴在台口，等到开场，我们几个已经是浑身尘土了。这个晚上是《火焰驹》，台上的家当"哐哐才才"响起来，一个扮演武生的，摇着一根花里胡哨的鞭子，做着赶马的架势，踏着台步三扭两摆地从后台走了出来，我们知道他是谁扮的，就在台口喊"一二一，一二一"，他就乱了台步，跟不上锣鼓的点子了。这时，他故作镇静，摇着鞭子走到台口，在我们几个的头上敲一下，我们得意了好多天。

庙会是有固定的活动时间、程式和内容的，而"花儿"则自由得多。花儿分"河湟"和"泾水"两大主系，我的老家一带，是泾水花儿的传唱地。一般不叫唱花儿或者喊花儿，而是叫做漫花儿，这一个"漫"字，没有经过哪位文学大师的推敲，却用得十分妥帖，包括了对空间、时间、形式的自由解释。过去，多是赶脚夫为了提神驱乏漫几句，现在，乡亲们在锄田、收割、耕种、打碾的间隙，兴之所至，就可以漫上一段。有一位姓王的大叔，个子低低的，脸膛黑黑的，大概五十多岁，是村子里公认的"花儿王"。那年，应该是村子里最后一次集体打碾吧——随后就实行了承包责任制。趁歇缓的空儿，男男女女却都喜欢往他那儿凑，你一言我一语，动员王大叔漫一板。"给咱来一板。""漫个好听的，打个乏气。"他总是谦逊着不肯。如果有谁给他敬上一锅旱烟，他便会应允了。

> 山里的野鸡红翎子，
> 不叫哥哥叫名字。
> 山里的野鸡白脖子，
> 给妹打上对银镯子。
> 山里的野鸡红冠子，
> 给妹打上对金簪子。
> 镯子簪子妹不爱，
> 要和哥哥过上一辈子。

他的声音不是很高，平常那种，但漫得婉切、动情，并且字句清晰，谁都能听得见、分得清，好像是天生的漫"花儿"的材料。他起调的时候，先低低地"嗨——哎——哟——"，继而猛地一停，紧接着细雨一般洒开，好像是专门为抓人心似的。王大叔一直独身，平时也少言寡语，我曾经私下揣测，他的情感世界里,有多少不为人知的浪漫故事呢?

朴实安逸的山村里,能贯穿一年四季的,还有劳动号子——夯歌。有战天斗地的劳动场面,就会有夯歌。记得上小学的那一段时光里,我除了三心二意地读书,就是去兴修水平梯田的地方听大人们的夯歌。夯,是夯实地面用的工具,每只大约有三五百公斤重,一般用石头凿成,现在多用水泥做成,呈柱形,下大上小,外面有五六个穿绳索用的铁环,顶部靠边处有一个深洞,是装木柄用的。劳动时,领夯的人握着木柄,起着号子领夯,扯着绳索的人则整齐地应和着,这样一夯下去,就有山摇地动的感觉。在我的印象中,打夯是最能体现团结协作精神的一种劳动。

打夯虽然是力气活,但要求很严格,必须是年轻力壮、心眼儿好的人。我的大叔,那时大概不到四十岁,常常被抽去领夯。一般,砸虚土时,用的是慢夯号子。他起个头唱一句,大家"哎哎嗨夯呀"应和着。在极具节奏的夯起夯落的过程中,那些土地被夯实夯平。慢夯调子相对悠闲,只要配合好了,大家还可以边劳动边看一眼天上的白云和叽叽喳喳的麻雀。

绳子要扯匀(哎哎嗨夯呀),

力量要集中(哎哎嗨夯呀)。

号子要调上(哎哎嗨夯呀),

夯花要套上(哎哎嗨夯呀)。

说抬一起抬(哎哎嗨夯呀),

说落一搭落(哎哎嗨夯呀)。

夯是公道佬(哎哎嗨夯呀),

谁奸把谁捣(哎哎嗨夯呀)。

有时,也用快夯调子,比如砸地边。快夯调子节奏较快,紧张急促,调子没有了慢夯的悠扬,应和声也取掉了拖得长长的尾音,几乎像说话一样。劳动过程中,大家的眼睛都紧盯着一起一落的石夯,生怕它跑了似的。

打一夯啊(嗨哟),

连一夯啊(嗨哟)。

向前走啊(嗨哟),

一条线啊(嗨哟)。

齐心干啊(嗨哟)

夯得实啊(嗨哟)。

事实上,对于村庄来说,最热闹的歌唱是在正月里。在土地上忙碌了近一年的乡亲们,这一月才是他们真正意义上的假日。进入腊月,确切地说,到了"腊月八",乡亲们就开始准备正月里的娱乐活动了。腊月初八这一天,家家户户都要吃"糊心饭"——一种糊状的叫做馓饭或搅团的饭,大多用荞麦面做成,蘸上油泼蒜调成的汤汁,十分好吃。这是祖祖辈辈流传下来的习惯,说是吃了糊心饭,人们明亮的心就变糊涂了,可以把庄稼、心事都放了下来,一门心思用在闹正月上。

马社火是最传统和最古老的演出形式。这个源于游牧民族,衍生于秦腔,在马背上演出的剧种,大西北华夏子孙的家谱翻过了一页又一页,但它仍然生生不息地在西北大地上疯长着。这是一个只演不唱的剧种。根据戏剧人物,打上花脸,穿上服装,拿上道具,骑在马背上,做一个造型就行了。马社火装扮起来,先要在村子里的麦场上演练一两天,马蹄踢踢踏踏,马铃叮叮当当,锣鼓铿铿锵锵,场面十分壮观。我小的时候,过年最喜欢的事就是和哥哥站在家门口等着看马社火。那排着长队、威风八面的马队走过来的时候,我们的那种兴奋在今天也是很难找出词汇来形容的。

与马社火相比,"地摊子"则算得上是最原生态的说唱艺术。我的那位远房小爷,一边张罗着排练马社火,一边准备迎接"地摊子"。地摊子唱的不是"腔",是曲子、小调,因此就归入杂耍一类。由于规模小,程式简单,不需要戏台,随便找一块地方就可以耍起来,深受乡亲们的欢迎。村子里因为忙着马社火,搞不了,就请外村的来耍。耍"地摊子"的时间都在晚上,地点一般设在村子里摆放砖瓦用的瓦窑坪上,近两亩大的地,平坦而开阔。下午三四点钟,大人们拿着扫帚、铁锨去打扫卫生,孩子们也来凑热闹,偶尔还从大人手中接过扫帚,胡乱划拉几下。天刚黑下来,乡亲们就迫不及待地打着鼓、敲着钹,到村口迎接外村的地摊子。

地摊子没有马社火队的那种庞大阵势,小锣小鼓的,都不太响。也不知从哪儿拾掇来了一把淘汰的军号,听见我们村子的迎接的鼓声后,就"吱吱呜呜"吹了起来,声音很脆、很响,箭一样,富有冲击力。其实,这种迎接的办法源自远古迎接军队凯旋的仪式,那军号声,是在告知他们距离我们村的距离。

地摊子的行头不多,各自的家当、服装各自带着,很是简单。演员在来之前已经化好妆了,他们到了瓦窑坪上,把宽大的戏服往身上一套,算是一切就绪,只等着开场了。乐器一般是二胡、板胡和笛子,这些乐器看起来简单,可一齐吹拉起来,曲子十分好听。演之前,我那小爷在地上画了一个大大的圆圈,就分出了演与看的界线。那根白天栽好的高高的杆子上,挂着两三盏玻璃罩的灯笼,点燃后,场子里一下子明亮了起来。孩子们总缺少耐心,还没有开场,就窜来窜去的,惹得大人们烦,他们就挥着手说:"去去去,走远点耍去。"真的走远了,却又碰上谈情说爱的男女,他们也说:"去去去,远处耍去。"

开场时,有一个挂着一嘴胡须的,不知是什么人物,摇着一把羽扇,穿着一身蓝袍,先在桌子上的香炉里燃起几支香后,说道:"头戴素珠八宝妆,争福争寿免祸殃。香炉飘出三股烟,风调雨顺太平年。"他每说一句,小鼓小钹就"嚓嚓、嚓嚓"响几下。接下来才正式演唱。场子中央的道具是一根一米高的桩子,桩子顶端坐着个斗形的箱子,箱子四周罩着玻璃,也点着个灯,箱子的四个角子上还挑着一串用纸扎成的五颜六色的花。这个道具名字叫"花灯",演出的节目叫《十五观灯》。二胡、板胡先拉上一段曲子后,一男一女手里摇着折扇,扭着"十字"步,从围观的人群中走了出来。一问一答地唱道:

> 正月十五灯花开,
> 叫一声妹妹观灯来。
> 观了头灯观二灯,
> 盏盏彩灯观分明。
> 一盏灯,什么灯?
> 月明路上吕洞宾。
> ……
> 十盏灯,什么灯?
> 王祥卧冰孝娘亲。

他们边唱边围着场子转,就好像在某条繁华的街上美美地看了一会花灯,并且还能叫得上花灯的名堂。紧接着是合唱的曲子,七八个女娃娃,也摇着折扇,边扭边唱,声音高过了器乐声。"一唱祝英台,鸳鸯戏水来。二唱祝英台,蜜蜂采花来。三唱祝英台,梁山配英台。"这个曲子叫《十唱祝英台》,是乡亲们十分喜欢的情爱故事。她们低着头认真地唱着,拉二胡、板胡的在每句后"帮腔",唱"伊儿呀"或"伊呀伊儿哟",使这简单的曲子多了份动人的神韵。村子里的几位行家,也跟着帮腔,样子很是投入。地摊子一直会耍到十一二点钟才罢。而乡亲们也就在这种虚拟的场景中享受着快乐,不知不觉中认可着曲子所演绎的故事。

我一直固执地认为,这些源自乡亲们心底的声音,是村庄的构成部分,是老家的交响乐。他们爱它,就像爱自己的孩子,他们对它所付出的,就像对土地所付出的。它很重要,是乡亲们的土地和粮食。

影　　像

1.地　　洞

　　我说的地洞,不是抗战时期挖出的地道,而是60年代初期备战用的防空洞。村头大麦场的东边,是条能走得下一辆马车的村道,走过村道,就能看见两眼地洞,其中一个已经坍塌了,另一个洞口黑黢黢地,仿佛里面潜藏着什么巨大的秘密,让人觉得恐惧而又刺激。电影《地道战》在瓦窑坪上连放了三场,我们这些娃娃一场不落地全看了。电影里四通八达、神出鬼没的地道,让我们一下子想起了村子里的这眼地洞。

　　暑假,大人们上工去了,我们便有了进洞的机会。第一次进洞子,是下午两点前后,五六个人一个挨着一个,手拉着手,要不就是抓着后衣襟,踩着地雷似的,小心翼翼地前进。进洞之前,我们就商量好了,我排在第一个,小灵跟在我后面。小灵的爸爸在煤矿工作,家里有一把三截电池的手电筒,他一只手打着手电筒照着前方,一只手抓着我的后衣襟不放,连我都能感觉到他的手心里汗津津的。

　　进入洞子不远,灯光里看见墙壁上有用铁锹挖出的"深挖洞,广积粮,备战备荒为人民"几个大字。我们每念一个字,声音闷闷的,沉沉的,在头顶和脚下滚动,好像不是从我们的嘴里吐出来的,而是来自地下深处。再往里走了几十米,又看见"一切反动派都是纸老虎"几个大字,和刻在养猪场墙上的文字一模一样。刚要念出来,手电筒突然灭了,大家惊叫了一声,谁也顾不上谁,拼命往外跑,只听见"轰轰"的脚步声紧跟在身边。出了洞,大家都灰头土脸的,紧张的心还架在嗓子眼儿上。不知谁说,洞子里一定有鬼,不然电筒怎么会好端端地灭掉呢?大家最害怕鬼了,都不敢出声,好像鬼就在身边。好一会儿,小灵才沮丧地说:"唉,电灯泡烧了。"小灵的妈妈知道小灵动用了手电筒还烧了灯泡子后,用扫帚把子把小灵打了一顿。自此之后,我们进地洞再也没有用过手电筒。

　　再次进洞时,我们用废弃的架子车内胎来照明。在摇摇曳曳的火光中,我们比上一次走得更深了些,除看见豪言壮语式的标语"下定决心,不怕牺牲,排除万难,去争取胜利"外,还看见墙壁上隔几步就有一个四四方方的小框儿,上面还有烟熏过的痕迹,说明那是照明用的。想到洞里灯火通明,人来人往的热闹情景,我们兴奋了起来。洞子拐了个弯儿,火把的烟气浓重了起来,火光忽明忽暗,大家又想起了鬼故事中的"鬼",但都不敢说出来。又前进了几米,小灵终于撑不住了,声音颤抖着说:"回,回吧。"话还没有说完,我们几个谁也顾不了谁,身后有人赶着似的,手刷着墙跑了出去。

进地洞的事让大人们知道了,警告我们不准再进去,说里面很危险。据说洞里有个"丫"字形分叉,一条分叉延伸到山的腹部。当时全国上下都在备战备荒,本来计划还要往深里挖,但到深处后,一些人的呼吸困难了起来,有人认为里面有"问题",就再没有挖下去。地洞到底有多深?看来谁都说不清楚,我只觉得,它就像黑暗中挥舞的鞭子,弯弯拐拐地伸向黑暗的远处。

洞里有鬼?我着实被"鬼"吓了一回。秋天的一个晚上,邻村放映《渡江侦察记》,我和哥哥肯定要去看的。这个晚上月光姣好,水一样细密,看完回家时,已经是深夜十一点多钟。经过地道时,听见洞里"蹬蹬"的响,好像有人走动,又好像有人在喘气,我们吓得不敢往前走,头皮子一阵一阵地发麻。大哥朝洞口方向喊了一声:"我不害怕你。"话刚说完,在冰凉的月光映射下,洞口闪出两个拳头大的蓝光,让人心惊胆战。这时,生产队上的饲养员急急忙忙走了过来,大哥赶紧说:"你不要过去,洞里有鬼呢。"饲养员也吓得站住了。他盯着洞口看了一会儿,骂道:"狗日的,我说跑到啥地方去了,才是在这里避心闲呢。"他走了过去,从地洞里轰出了一头大犍牛。

2.坏分子

我小时候见过坏分子,按辈分,我还得叫她祖母。

从我家的老宅出来,到村子里去,要经过一条不太深的巷子。巷子刚能走得下一辆架子车,其实是另外两座背靠背的院落形成的缝隙。

在巷子玩耍时,常能碰得见"坏分子"。她一身黑衣,上衣是大偏襟的,裤口打着绑腿,用黑条绒做的鞋子里面装着小脚。每从小巷里走过,因为是小脚,走起来就一扭一拧的,样子有些吃力。我常见她穿过巷子回家时,手里捏着几根枯树枝一类的柴火,低着头,害怕被人看见了似的。她看到我,似乎要伸出手在我头上摸一把,我害怕,连看都不敢看她,急急跑了,站在远处看她摇晃的身影。想来她是很失望的。

在家里,我听大人们有时说起她。她被划成地主后,常去生产队的大麦场里接受贫下中农的批评教育,好在她不是被民兵五花大绑押着去的,而是自己走着去的。虽然我当时不太懂批判的意义及目的,但我觉得整个过程是恶毒的。正因为她是我的祖母,我便有些愤愤不平,问为什么要批判她呢,大人告诉我说,祖父在解放前做过小生意,手里有几个银元,解放后觉得世道平稳了,就回家置了几亩地。真是时运不佳,还没有在土地上下工夫,正好赶上了土改,就被划了个地主。祖父想不通,一口气便没有上来。每说到这些,大人们声音低低的,怕被人偷听了去似的,还不时叮咛说:"你们碎娃娃,大人说话不要听。"还说:"不要给人说出去啊。"听大人的口气,连我也觉得事情很严重。至此,在巷子里再碰见她时,就有了几分敬畏。

她不仅接受本村群众的批评教育,还要去外村接受教育。周围几个邻村,好像没有坏分子可供群众批判,公社的工作组十分热衷于搞公益事业,指示:"可以去别的村子借嘛。"于是,她也就成了"借"的对象。我亲眼见邻村的民兵背着长枪,一副跟她深仇大恨的样子,把她背绑了,用当时时兴的架土飞机的方式,把祖母借走。漫漫几里路,我实在不敢想象她一双小脚,在绑了胳膊的情况下,是如何行走的。我见她回来时,腰虽然是直的,但头发却是灰白的,凌乱、飞舞。可惜我没有看到过她的眼睛,是否充满哀怨、悲痛,但有一点可以肯定,那是一双无神的眼。

第二年,人们还沉浸在只有三天的春节喜悦中,祖母一家却离开了生活了几代人的村庄。大地还被严寒紧紧包裹着,土地上的冰雪还没有消融,她的一双小脚踩着冰雪,在他的孩子的陪护下,雪花一样悄无声息地离开了家的怀抱,留下了一座空院。实行生产经营承包制时,他们一家回来了,又住进了这座院子,但多了两个孩子,少了我的祖母。据说祖母一家那年逃出村庄后,有人报告给了队长,队长沉默了好长一会儿,说:"你看见了?真的看见了?那你为啥不逮住?这个责任谁承担?"自此,再也没有谁说起过这事,连工作组也没有提起过。

现在想起来,觉得唯一的遗憾是,我没有老老实实地让从小巷子走过的祖母摸一下我的头发。

3. 防　震

1976年7月28日的大地震后,我们村子里首次驶来了一辆吉普车,几个着中山装的从车上下来,除了散发传单,还召集大会,宣传防震常识。他们好像说,李四光这人了不得,预测的四个地震带都震了,只剩下六盘山地震带没有震了。一时间,好像马上要地震似的,晚上,大人们开始睡不踏实。也有无所谓的,脖子一扭说:"生有时,死有地,炕头上跌下来还绊死人呢。"

学校里的教师们也放下课本,把防震挂在嘴上。这一年,我学会了许多现在孩子没有学过的防震常识。学校的学生不多,老师也少,一、二年级,三、四年级,五年级各由两个老师代课,他们什么都精通的样子叫我现在想起来仍然肃然起敬。老师们说,地震前是有征兆的,大自然的反常现象会告诉你,井水冒泡泡,蛇阵过道道,蚂蚁排成队,鸡儿不去睡,牲口卧不安,狗儿乱叫唤。对地震时发出的声音,老师是这样说的:"像是从远处传来的隐隐雷声。"也有说,"像石辘辘从山上滚了下来。"一次,我们正在上课,突然一个沉闷的声音由远及近,地也好像动了起来,不知是谁喊了一声"地震了!"教室里顿时乱了起来,大家拼命朝门口挤,有人哭了起来,有人跑丢了鞋。结果是生产队往大麦场里拉碌子,令人虚惊一场。老师略有些生气地说:"这么乱怎么成?就是不出事,也会挤出事来。"又说,"其实跑不出去的可以躲到课桌下面去。"

老师们责任心特强,放学时总要吩咐我们说:"一定要多留心,发现异常现象及时报告学校。"于是,所有学生都关心起自然中的异常现象了。平日里不去注意的事物,现在突然被重视了起来,总觉得什么都是反常的。和我一起上三年级的小根给老师汇报说:"老师老师,我家的鸡儿日头跌窝了还没有上架睡觉。"小灵汇报说:"老师老师,我家的狗半夜里乱叫呢。"老师说:"晓得了晓得了。"说真的,那年热得出奇,猫啊狗啊什么的都不愿早些歇息去。有个四年级的同学汇报说:"老师老师,我看见蚂蚁排着队在路上走呢。"老师表扬说:"看看,四年级的娃就是不一般。"我其实也看到了,心中很不服气。果然,半夜里又是刮风,又是打雷,天好像要塌下来。这场声势浩大的雷雨,让人们的心揪了一夜。像这天气,要是地震,该怎么办呢?

让所有人紧张起来的是上中学的兄妹俩。他们两个去井上吊水,我们那里井深,绳子一般都要三四丈长,桶子下到井里,却只打上来了半桶水。"咦?怎么会是半桶水呢?"当哥的趴在井边看了看,说:"好像水在减少呢,"便招呼妹妹过来看。妹妹看见水波摇动说:"真的像是水忽多忽少呢。"两个抬了桶子赶紧往回跑。学校觉得这事非同一般,赶紧报告了公社,公社又火速报告给县上,最后传达下来一项精神,说这可能就是地震的前兆,大家不可掉以轻心。于是,地震的消息传遍了全村。驻队的工作组对这件事十分重视,要求大家晚上不准睡到房里去。学校对学生说,发生地震时一定不要慌乱,要往平坦宽阔的地方疏散,如果从屋里跑不出去,就躲藏到家里的桌子下面去。下午放学后,我和哥哥围着我家的小方桌看了又看,觉得它实在太小了,不足以躲得下一家人呢。不过,很少有人在家里过夜,大多数人家一吃过晚饭,就往大麦场里走——大麦场里搭了许多形状、颜色各异的帐篷。

我家没有住在大麦场里,是住在生产队的养猪场里,靠着一棵大酸梨树,用棍子作支柱,拿塑料布搭了一个简易棚子,地上铺了麦草,一家人坐在麦草

上。起初我和哥哥既害怕又兴奋,说说笑笑、打打闹闹的,过了好一会儿,妈妈因为疲劳睡着了,我们也渐渐地安静了下来。又过了一会儿,哥哥也睡着了,我睁着眼睛看着棚子缝隙里一闪一闪的星星,听着远处虫子的鸣叫,想到了常出没于村子的狼,身子就缩在了一起。半夜里,棚子里亮了起来,我叫醒哥哥,从棚子探出头去,外面如同清晨,整个村庄就沉睡在这种安静得叫人心跳的明亮里。天上没有星星,布着一层浅灰色的云。亮,亮得清凉,亮得安静,安静得好像隐藏着什么危机。我对哥哥说:"怕是要地震了。"哥哥说:"这可能就是极光呢。"赶紧叫醒妈妈,妈妈看一眼外面说:"快睡,那是月亮升上来了。"

4.抓阄儿

是的,这是一个最原始的分割办法,是在没有办法的情况下产生的最佳办法,它的前提是公平,结果是认命。实行承包责任制那年,队里把树木、牲畜、粮食,还有土地分下去时,用的就是当时最流行的办法——抓阄儿。一个月里,马不停蹄,能分的东西全分了,几百只羊分了,成百头牛分了,几十只驴分了,几十匹骡马分了,山上的、沟里的、地头上的、村子里的树分了,仓库里的粮也分了,就连耱、铁锹、连枷、背斗也半分半抢地弄光了,当时的情景很是热闹。

抓阄儿在大麦场里进行。大麦场二十亩地的样子,村子里的麦子、莜麦、豌豆、胡麻、糜子等农作物过去全在这里堆放、打碾,粮垛一个挨着一个,一年四季都飘着草香,一年四季都在这里往下分粮。现在是春天,洋芋、胡麻、春麦、豌豆刚撒到地里,麦场里只有年前打碾后的草垛。所有的东西分下去后,这个场也就完成了最后的任务,要分割成几十个小块,分给还没有分到麦场的人家。抓阄儿的现场,好多人清楚,现在的队长、保管、会计,今后依然是队长、保管、会计,但明显少了对队长的那份敬畏,三说两说的。程序和过去一样,在朝东的上方摆了三张从小学里借来的课桌,生产队的领导班子脸色沉重地坐在上方,一想到从此之后往日的威风不继,心里难免有些沮丧。队长面前是一个装了纸团儿的搪瓷脸盆儿,会计喊一家,上来一个人在盆子里拾一个纸团儿,小心翼翼地展开,递给一旁的文书,文书抄写在本子上,抓阄儿的人签名认可后,神情复杂地走了下来。一切显得有规有矩。

抓牲畜的时候,是大哥去的。大哥去之前,洋洋得意地说:"我给咱家抓一匹马。"我家屋墙上糊了许多画报,其中有一幅是徐悲鸿的马,所以我们弟兄都喜欢马那个精神样儿。可他抓回来的却是一头牛,令人扫兴不已,大哥也好像犯了错误似的,目光躲躲闪闪,有些难为情。这头牛个子不高,褐红色的毛脏兮兮的,好像刚从土堆里钻了出来,且身上害了许多癣,两只眼睛也灰暗无光,老淌着眼泪。我父亲当时在四十公里外的地方工作,他买回来了几麻袋油渣拌在草料中,指望它能很快强壮起来。可事与愿违,半年之后,它除了食量大增之外,总还是一副无精打采的样子,只好牵到市场上卖了。

抓树的时候,大哥不想去,二哥去了。按照好坏搭配的原则,除了我家分得院后山上的几棵杏树外,还分得了羊路咀上的十几棵柳树,另外,还有几十棵小白杨树,在对面的山坡上。杏树正好在我家的自留地旁边,共三棵,我们从此便很喜欢去这块地里捡拾麦穗,天天盼着杏树开花结果。那几十棵小白杨树,站在家门口就可以看见,二哥指着山对面说:"看见了吗?就在那里。"远处有一小片灰绿,那便是我家的树林子了。看上去距离不是太远,可要走到那里,至少得四十分钟时间。虽然远点,第二天,我们一家还是去看了看这些杨树,妈妈很高兴,说这些树再长两年,不,到明年,就可以当椽了。我家的房子是1976年修的,虽然年成不长,但因为当时条件限制,椽子太细,房顶已经走样了。日子一天天过去,还没有到"明年",偶尔一个早晨,抬头朝西边的山上看去,觉得有些异样,叫了妈妈出来一看,确认那些杨树已经不见了,大概给别人家当了椽。大约中午时分,我们放学回来的路上,碰见妈妈从山上下来,用绳子拖着些树枝树梢。妈妈苦笑着说:"贼娃子还留了些东西呢。"

土地对于农民来说,是空气,是孩子,是生命。分土地时,非同小可,由母亲亲自去抓阄儿。母亲以为她是大人,就可以抓回满意的土地来。那天一早,她满怀信心地走了,我们中午放学回来后,见她瓦着脸,以为又失手了,可一细瞧,那份高兴挂在眉间。我和哥哥故意装作失望的样子,"唉唉"地叹着气去做作业了。母亲终于忍不住了,说:"今天分三转湾的地,我抓了个一号呢。"三转湾是另一个村庄的名字,在北山的那边,村子里的一些地就在那里——二十岁后,我才知道那叫"插花地"。去三转湾,来回正好一个小时,路远,但那里的土地却平坦肥沃。令母亲高兴的是,按照她抓的这个"一号"来分地,正好从山上下去就可到达,离家多近呀。

地分了下来,我家的被划在了另一端,也就是距离村庄最远的地方。多年来,这一直是一家人的心病。如今,当我为了生计四处奔波,偷得片刻休息的间隙,我想得清楚:世上没有绝对的公平,但顺序绝对是可以倒着数的。

伍

消失的古雷水

【作者简介】

东湖，原名李俊平，公务员。1967年出生于安徽省望江县莲洲乡湖东村，1989年毕业于安徽省财政学校税务专业。2004年开始散文创作，2007年部分作品收录入天津人民出版社出版的《散文中国2·散文新锐九人集》。在报刊杂志发表小说散文若干。

【写在前面】

我的故乡在古雷水退出后形成的大面积平原上，背靠长江，是一个叫湖东的小村子。

我的身上秉承了太多的平原人的性格：随波逐流。听老父亲讲，我们家是从外地移居到此地的。在曾祖父的曾祖父时，我们李氏家族有了一次大迁移，一支迁往云南，一支在迁移当中路过古雷水退出后的平原，留下了。

老家屋后就是长江。我猜想，可能是长江阻挡了先辈们的迁移——故乡是一种必然也是偶然。我把时间在脑海里向前推移的时候，发现真正留住先辈们脚步的是母亲河——长江，而不是阻挡。

听母亲说，1954年的大水淹没了故乡所有的土地。后来政府曾动员人们搬离，迁移的地点都选好了，但没有一个人离开。真正是故土难离。

纸上雷池

1.消失的水

北方士族在西晋灭后,拥立司马后人南下,在建康(今南京)立都。北方士族把持朝政,排挤南方士族。庾亮掌政期间,内部矛盾十分尖锐。南方士族拥兵自重,多有谋取政权之意。为了防止拥有重兵的荆州刺史陶侃叛乱,庾亮令温峤守寻阳(今九江)。公元 327 年,历阳(今和县)镇将苏峻联合寿春(今寿县)镇将祖约起兵反晋,温峤有领兵东下以护卫南京之意,但庾亮未肯认同,复书温峤曰:"吾忧西陲,过于历阳,足下毋过雷池一步也。"庾亮后人知之甚少,但他给温峤的短笺却千古流传。这就是那句著名的成语"不敢越雷池一步"的来历。

至于后来发生在古雷池的那场战争,已是东晋王朝最后的时日,公元 410年。据史料记载,那场战争十分惨烈。《资治通鉴》记载:"刘欲军雷池,……卢循、徐道覆帅众数万,塞江而下,前后莫见舳舻之际,欲悉出轻舰,帅众齐力击之,……循兵大败,走还寻阳。"

雷池,位于今安徽省望江县境内。说来惭愧,作为生在望江长在望江的我,对于雷池却是陌生的。雷池,一直作为一个成语中的地名固化在我的脑海里。我甚至没有去想过,"不敢越雷池一步"的雷池当时究竟是怎样的面貌。在我对雷池迟钝的情感里,我以为远古的雷池就是现在的雷池——大面积的平原,只是有一点苍老而已。而一千六百年前发生的那场战争,是一次场面宏阔的水战。我生在雷池的怀抱里,但我的心却已离开得太久了。

走进雷池是在一个星期六的上午, 和同学邵一起。他是师大历史系毕业的,我说我们一起去探访一下古雷池吧。他爽快地答应了。在路上,他说他在雷池的黑鱼沟中学教过三年书,路径他熟悉,走小路能行。穿过县城的工业园区,巨大的宣传牌写着"敢越雷池,竞位争先"八个大字。越野型的瑞虎车开进乡村的土路,就渐渐地显示出了它的优势。优势出来了,劣势也就跟着出现。瑞虎车虽然底盘高,但密封不好,不一会,车内就腾起了灰雾,呛得人只咳嗽,无奈只好降下车窗。

车行七八里,路越来越不好走。路过黑鱼沟中学,邵的眼睛就没有离开过他曾经待过的地方。他用读过历史的眼光审视着自己的过去,不知他是否能想起自己旧时的身影。沿途是一排排的农舍,路边堆满了棉花秆,邵下来清除路障。我打量着这曾经是一片水域的雷池——现今是一望无际的原野。原野上生长着树和庄稼。大片的庄稼地里农人们正在勤劳地耕作。太阳悬在天空,大地上的一切都散发着泥土的气息。一只黑鸟低低地飞过我的车顶,我目送它落在高过屋檐的电线上。一条土黄色的狗警惕地看了我们几眼,见我们打开车门,就灰溜溜地走了。

再次前行的时候,突然觉得自己这次探访的目的茫然了。我要探寻什么呢?我知道往日的雷水已化作历史的尘烟,消失在雷池的大地上。那记录着毋过雷池一步的书信,也早已不知遗失或腐烂在历史的哪个角落里了。我有点懒洋洋起来。邵看出了我的低落,说我们到金盆去看看,据说金盆有个古老的传说。我问什么样的传说?他说,应该是和雷池相关的传说。我笑着说,就到传说中的传说去看看吧。

金盆原来也只是一个村落,与雷池大地上的其他村落没什么区别。唯一不同的是金盆有一条稍长的河沟。它会是昔日古雷水在这个我们叫着雷池乡的最后停留吗?我从内心里拒绝——它不是。我宁愿它要么沉入大地的深处,要么彻底地飘向天空。面对现实,看着那曾经承载历史的汪洋,我不得不接受了它是如此的污秽不堪。

邵向一些老者打听着金盆这个地名的由来,人们告诉我们,金盆最早叫四大金盆,顾名思义,是四个像盆一样的湖泊,在围湖造田的年代给填平了,水又一次消失于大地。至于有怎样的传说,则没人知道了。

雷港中学我们有个同学在,邵提议到他那去,说不定能和我们说点什么。同学姓倪,倪姓是雷池的土著。他听说了我们的来意,很热心地带我们四处转了转。他家老屋的背后也有一条不长的河沟,里面长满了水草。倪告诉我这条河沟叫杨溪河,他说就是远古的大雷口——雷水在此处汇入长江。不远处的同马大堤像一条长龙,横卧蜿蜒。此时的杨溪河似雷池大地上的一节盲肠,等待它的也终将是在时间里消亡。那样一片汪洋的水都消失了,杨溪河像古雷水在此处留下的最后的墨斑,无论如何也洇润不出往日的浩瀚了。

南宋文学家鲍照《登大雷岸与妹书》对当时的雷池有这样一段描写:"南则积山万状,争气负高;东则砥原远隰,亡端靡际;北则陂池潜演,湖脉通连;西则回江永指,长波天合。"不难想象,当时的雷池是怎样的一片泽国了。

倪说印象里家谱里对雷池有记述的,可以到他老父亲那看看倪氏家谱。厚厚的三大本倪氏家谱,看着让人对时光恍惚起来。倪氏家谱上关于雷池的记载和我在县志上看到的大同小异。历史在一个家族的记录里留下了一个让我们遐想的旧影——倪氏家谱写上了这样的一句话:"雷水不知何处去,雷池深处可耕田。"

从同学倪家出来,他就把我们往饭店里带。沿路我想着古雷水是什么年代消失在雷池的大地,是人为还是自然?在这一片广袤的平原上,我想要寻找的古雷水已深深地沉入了这片大地。对于曾经的历史,我的带着任何一点情感的猜想,都显得浅薄起来。

来到饭店门口,见门头上挂着个古朴的招牌,上面写着"雷池酒楼"四个苍劲的大字。

不敢越雷池一步,在历史里沉没,在文化里昂扬起来。

2.水留在了地名里

望江县城曾经有一个酒厂,生产的酒注册为"雷池"。雷池系列酒在八九十年代闻名全国。2000年左右,厂子倒闭了,县政府把地皮卖给了开发商,如今是一幢幢住宅楼。这曾经的望江的标志,也销声匿迹了。前几年,本县的几个文人办了一份民间性质的报纸,取名为《雷池文化报》,不定期地寄过一些给我。我仔细看了看,不是广告,就是整版面地发一些让人读不下去的文字,介绍栏里还注明为某某著名的作家。文化的味道倒是像没放盐的白菜。文化一旦当做招牌,看着就像树幌子。历史的水流走了,我们把水注进了文化里。这是很要不得的。去年县文联办了一份内部交流的刊物,叫《雷池》,我看了几期,看出了一丝惊喜,私下以为,这才是雷池文化的缩影。古雷池的水走了,但地名把它留下了。

望江的地名绝大部分都缀有:墩、嘴、滩、湾、渡、洲、港、圩。从地理学的角度比较,滩、湾、港不难理解,只有墩与嘴,那也相当于岛与半岛了。也就是说,所有的这些都是冲着水而来的。

所谓墩,一定在命名时是四面环水的。如:曾墩、一里墩、五里墩、陆家墩、鲇鱼墩、凤凰墩、张家墩等。

而嘴至少是有两面或者是三面伸进水面中的。如:刘家嘴、郭河嘴、西家嘴、方家嘴、杨树嘴、土岗嘴、沙嘴、苍风嘴。我打字的时候把"苍风嘴"打成了"苍风醉",怔了一下,觉得缥缈,像远逝的水。

滩、湾、港、渡,当然是靠近水面的了。徐家滩、老鸹滩、陶寓滩、西湾、杨湾、周湾、大湾、上湾、下湾、南港、北港、雷港、古港、芦席港、何家渡、计家渡、赤湖渡、武昌渡。武昌渡恐怕是最后一个消失的渡口。刚上班的那年,1989年夏天的一个黄昏,到一个同事家去,要过武昌渡。我在长江边长大,自然不怕水。但那次推着自行车上渡船,走不宽的跳板没事,上船头了摇晃起来,连人带车落进了武昌湖。那是我第一次亲近武昌湖,全身心地。如今武昌湖上建了一座大桥,叫武昌湖大桥。那古老的武昌渡旁边的小屋前两年还在,几天前我路过,看到小屋的旧址上建起了新楼,武昌渡算是彻底地消失了。

再如:白沙洲、磨盘洲、新洲、福洲,莲洲。莲洲是我故乡的名字。在外地读书的时候,给父亲写信,地址上写着望江县莲洲乡湖东村。现在不用给父亲写信了,如果想念母亲,就回家。如果非要写信,这样的地址父亲是收不到了。撤乡并镇,莲洲被撤;乡镇并村,湖东也并掉。父亲还在,莲洲不在了,湖东也让另一个村名代替了。那片土地还在,我想当某一天父母离开我以后,我是否还能找到通向故乡的道路呢?在这样一个巨变的年代,一个地名的消亡比一个人的消失来得更快。

故乡湖东这个地名消亡了,谁能保证那些叫着"墩、嘴、湾"的地名不会一个个消失在人们的记忆里呢?

3.对一个湖的描述

我上班的地点是一个叫高士的地方,而到高士就要经过武昌湖。

武昌湖,曾经是古雷池的一部分。现今也只有武昌湖还保留古雷水的浩渺。为了便利交通,十年前穿湖建了一座桥,叫武昌湖大桥。这样武昌湖就无形中一分为二,有了上湖和下湖之称(也称里湖和外湖)。上湖有大面积的水草,远远望去,像草原一样,绵延数公里。上湖生长着水草的湖面,在逐渐地变成湿地,湿地侵吞的湖面达数千亩。

一到冬天,迁徙的鸟在此停歇,恋爱、交尾,抚育后代。这一片有着水草的湿地是它们最理想的家园。站在湖边,你能看见几十万只飞鸟居留在湿地里,起飞,然后落下。最多的是天鹅,它们起飞的姿态看得你自卑,一只鸟竟可以那样地优雅。人类除了思想,是没什么可以和鸟类比的;而恰恰是思得太少想得太多,让人类远离了优雅。

听管湖的人跟我讲,湿地里的天鹅蛋用卡车都装不完。他说他就用麻袋进去装过,家里用盐水浸了不少,问我哪天有空上他家去吃天鹅蛋。我说,天鹅是国家一级保护动物,你可不能这么干。他说,我这样做也是为了保护天鹅,天鹅根本孵化不了它生下的蛋,减少孵化的数量是为了天鹅更好地孵化后代;不这样它也会主动放弃一部分,而有时它放弃的恰恰是将要出生的天鹅蛋。我勉强同意他的说法,但内心里还是认为他有点瞎扯淡。我说下次你还这么做的话,我们连朋友都没得做了。他痞味地笑了笑,倒让我有点不自在起来。

那天我在湖边的酒店陪领导吃饭，美丽的女店主亲自上菜，说这是红烧天鹅。领导连声说好，他吃得头顶上汗珠直冒。我没动筷子。我的拒绝一点也不美丽。

下湖盛产各类淡水鱼以及螃蟹。武昌湖出品的螃蟹近几年名声鹊起，去年在上海得了个金奖。螃蟹名注册为"武昌湖"牌，湖北的一官方协会组织向国家相关部门投诉侵权，望江人把湖北人请了过来，让他们实地来看看。武昌湖的历史退吓了湖北人。望江民间歌谣当中有个《湖泊谣》唱道："漳湖府，泊湖县；武昌湖里都督院。"这个歌谣唱了有千年的历史了，望江人想了几个世纪，也想不出"武昌湖里都督院"是什么意思。

前十年武昌湖还是默默无闻的。大桥通了以后，酒店建起来了，螃蟹也出名了。县政府招商也招进了武昌湖。湖边的几百亩土地以低廉的价格卖了出去，更大的酒店将在湖边耸立。城市里的人们像发现新大陆似的，带着惊喜不断地涌向武昌湖。人们甩着螃蟹的脚称赞着这里的原生态。人们也真是奇怪，一方面对原生态的环境表示出前所未有的喜欢，一方面又带着极强烈的兴趣来破坏它。一如某些有了钱的变态的男人。武昌湖的水像一个委屈的少女，在强权里被霸占了。

沈天鸿在《关于一个湖的知识》里写到："我推测，也许再过二十年，这外湖可能就真的变成桑田了：茂密的蒿草加速了泥沙淤积，每年腐烂的蒿草又都变成了泥土，湖床正在一年一年升高。而湖泊不是河流，不可能进行疏浚。原来沧桑变化并不需要太多的时间。"他说的湖，正是武昌湖。

想起古老的歌谣："漳湖府，泊湖县；武昌湖里都督院。"难道它唱的是今朝么？漳湖早已没湖，是一片陆地；泊湖也成了一个乡。我惊出了一身冷汗——最后的武昌湖难道也会变成高楼林立的大地吗？

对一个湖的描述，竟然让我写出了这样的感觉，是一开始我没想到的。

村庄里的父母

　　天没亮的时候，我醒了，一惊。

　　我从没这么早醒过，妻子常常唠叨我的借口之一就是爱睡懒觉。我无心和她辩驳，我如果语言上胜利了，行动上就得早起。最近几年我是夜猫子，晚上不睡觉，早晨起不来。醒这么早是有回数的。我望着卧室里的天花板。其实天还是黑的，房间里更是黑。我并没看见天花板，但我知道我望着的是天花板。邻家的少年一定是让尿憋醒了，咚咚的下楼声就像在我家响着一样。我知道是他，他下楼的声音比他父母都有力。有时半夜他会大吼一声，我也不吃惊。如果他接着大吼的话，八成是他父亲干预了。他父亲的声音我听得很混沌，少年是一声高过一声地吼，然后就是"咚咚"地下楼，把房子像鼓一样地敲响了。我这样想的时候，他上楼了，然后没什么声音。他去睡回笼觉了。我翻了个身，想接着睡一会儿。一点不似往日，睡不着，头脑越发清醒起来。

　　我想起了在老家住着的父亲和母亲。母亲一定起床了，母亲现在必须起早。

　　早几年都是父亲早起，烧好开水，洗好茶具，然后为自己泡一杯早茶。父亲真正醒来是从埋头用嘴唇接触茶杯边沿的那一刻开始的，雾一般的茶气熏开了父亲的眼睛。父亲一边喝茶一边打开电视机，看还没下场的电视剧。父亲会把声音开得老大，母亲就在床上喊，你黑早不睡觉，也不让别人睡觉吗？父亲就拧小点，并且不断地换着频道，他想找到一个适合他的剧情。其实父亲从没如愿过，他的希望总在下一个。这样的反复于父亲是每天必做的功课。早间的新闻在固定的时间到来时，父亲以为是他不断更换频道得来的。父亲为他的努力松了一口气，喝上了第三杯茶。世间的事情在新闻里老套地出现着，以致我回家父亲像有所发现地向我诉说，同样的一件事在西安和合肥同时发生在不同人的身上，他奇怪了。其实生活原本是老套的，新闻何尝不是旧时光景。一如父亲自己，生命进入耄耋之年，一年浓缩成了一天。只是随季节的不同，脱一件衣，再脱一件衣，加一件衣，再加一件衣，一年就过去了。

　　母亲起来了。母亲要在老式的床边坐上十几分钟，活动活动下肢，用手反复地捶打着膝盖，等腿有点热了才能下床走路。来到厢房，母亲见父亲靠在椅子上打呼噜，"嗒"地关了电视机。父亲却醒了，说我在看呢。母亲说，你头脑壳上还长了两只眼睛啊？父亲的眼睛长在头脑的两侧。父亲起来打开电视机，母亲懒得理他。主要是没有这份闲工夫——锅要洗，饭要烧，还有换下的脏衣，母亲要忙到日头上了屋后的树顶，才消停片刻。

母亲好像没有闲着的时候。从有记忆开始，印象里母亲只有睡觉时是不劳作的。一个永远操劳的母亲比一本厚厚的书博大，比学校影响深远。一个勤劳苦做的母亲，她的孩子是永远坏不到哪里去的。她的儿女会瞬间在她曲背弓腰的背影里长大，坚强的心灵将伴他一生。在我的一些念想里，母亲有时会和村庄重叠在一起。有时恍惚中，脑海里浮起旧时的光景，村庄像一只木船漂流在身边的夜里，船上坐着母亲。母亲以双手为桨，在夜的河流里划到我的身边。我在梦里奇怪，于是问母亲，我说妈，你不是不会划船吗？母亲笑了，说，哪个母亲不会划船呐。我点点头，好像很懂母亲的意思。母亲似乎是为了验证我的点头，两手一动，船就调了个头，母亲划动的背影慢慢地消失在无垠的黑暗里。

我一惊，醒了。轻轻地喊了声"妈妈"，才知刚才我做梦了，梦里母亲划着船来看我。母亲总是这样，宁愿自己辛苦，生怕让我劳力。知道我想她，就来我梦里了。

天还没亮，我这么早醒来是有回数的。我喜欢睡懒觉，为此妻子没少唠叨，我也懒得去和她理论。妻子勤快，勤快的人在家庭里是有发言权的。这很重要。所以当她问我，怎么醒得这么早？我没言语。我继续望着天花板，它大概的轮廓若隐若现。

父亲摔倒以后坐上了轮椅，母亲就要早起了。等该忙的一切忙完，母亲就把父亲从床上扶起，穿好衣服，让父亲小心地拄好双拐。母亲用一条黑色的长围巾拦父亲的腰系住，在后背打个活结，再用双手死死地拎着围巾跟在父亲后面，两个人亦步亦趋。从睡觉的房间走到堂屋左边的厢房，九米的距离，父亲要用十分钟。母亲会不断地提醒父亲，老头子，要小心啊。父亲则涨红着脸，咬着牙拖着步子向前。父亲迈的步子一旦失衡，都是向后仰。我觉得有些不可能，我说你拄着拐杖走路，重心应该向前的，就是失衡也是向前趴，怎么向后了呢？母亲说，是向后倒，你大已倒过两回了。有一次父亲倒在母亲身上，压伤了母亲，母亲怎么也推不动父亲，对着村庄的大路喊着，希望有个人路过。喊了许久也没有。母亲说，都出远门了。村庄像母亲的喊声一样空旷，空旷得让人惊慌。最后母亲挣扎着爬了起来，喊来了四德哥。六十岁的四德哥花了吃奶的力气才把父亲从地上抱上了轮椅。我问父亲，怎么就向后倒了呢？父亲说，因为母亲在后面。

我明白父亲后面还没说出的话，正因为母亲在后面保护着他，所以他走

路把重心后移了，认为后面有母亲依靠，结果连母亲都伤了。觉得有了依靠反而更容易摔倒，在八十岁的父亲身上有了体现。

一只老鼠击鼓一样快速地从天花板上跑过，它也像少年一样是让尿憋醒了吗？我象征性地"唬"了一声，想让它听出我声音里的威严。老鼠没睬我，继续跑了个来回。它在晨练。我没看见老鼠，当然老鼠也不会看见我，我们之间让天花板隔成了两个不同的世界。黑暗对于它是司空见惯，我不想接着谈黑暗对于我来说的问题。世界就是这样有区别的，即使天花板是我自己安装上去的。老鼠们尽可能地生活在我们看不见的地方，而阻挡视线的物体是我们自己摆放的。老鼠一定耻笑过我们，尽管它的耻笑对于我们来说很可笑。但总不能因为要消灭一只会耻笑人的老鼠而折掉一栋房子吧。真这样，老鼠就对了。尽管我对老鼠根本没什么好感。

人的思想是被一些响动破坏的。我的脑海里浮现着母亲艰难地扶着父亲前行，老屋的门开着，阳光伏在四十年的梧桐树叶上，漏在地面的阳光，图形像秋天的树叶。关了一夜的鸡被放出来以后，在梧桐树底下扇着翅膀，树叶间飘落的阳光就被它们扇得抖动起来，鸡突然地好看。老鼠就是这时对我的思想进行破坏，好在我能暂时把它放在一边。

母亲种的五月红一定开出了大朵大朵的红花，每朵花里都藏有母亲传给我的口信。

母亲把父亲扶到了堂屋左边的厢房，就去忙自己的事了。父亲坐到藤椅上打开电视机，反复地调换着频道，他说想找一个唱戏的台。父亲喜欢听家乡的黄梅戏，我就买了一些碟片给他，他不看，就是要看电视里放的，我没办法。父亲调台停下来几分钟就会睡着，而电视机照样在响着，里面的人不时发出一些笑声，父亲是听不见的；年轻的人们在父亲的对面尽情地演绎着生活，把欢乐表演到离谱，把悲伤表演到极致。父亲偶尔睁开眼睛，会喊一声母亲，不见母亲应声，父亲会继续喊，直到母亲在屋后的菜园里大声地说，喊什么喊啊！父亲则又眯上了眼睛。电视机是不关的，父亲最怕的是他的世界里没有声响。村庄是寂静的，老屋是寂静的，父亲自己也是寂静的。如果电视机一关，父亲就会迅速地睁开眼睛，惊恐地望着四周。母亲说，我说你这个老头子啊，你这不是浪费电吗？父亲无力地辩白，我在看呢。等母亲去忙碌了，父亲就又把电视机打开，眯上眼睛。

整个上午母亲都会在后园里。浇水、滴粪，搭架、除草。母亲把时光翻动在泥土里，把阳光当水一样浇在后园的菜地。母亲一瓢洒出去，就洒出了一片阳光。老葫芦做的瓢，泛着黑宝石一样的光亮；葫芦瓢也像母亲一样老了，它在时间里裂开的身体，母亲用麻绳把它缝合，那细密有致的绳纹一如时光的划痕。太阳慢慢地向老屋顶攀爬，一只过路的鸟俯瞰了母亲一眼飞走了。母亲种的菜也吃不了，她和父亲不需要那么多。母亲见不得土地荒着。母亲说看着土地上的绿色，她身体里的病痛就会好点；看着一块地荒着，她的心脏病就会复发。

母亲说太阳的脚走到屋门口时，她就该烧中饭锅了。吃过中饭，父亲坐在轮椅里，让母亲把他推到屋门口，坐到阳光里。收音机抱在怀里，父亲把音量调到最大，听过去的故事。母亲收拾好碗筷，拿着扫帚来到门口的梧桐树下，拢着飘落的树叶。然后，四处张望。

天麻麻亮的时候，妻子就起床了。我翻了个身，闭上眼睛，脑海里又泛起大片的阳光。

母亲种的五月红一定开出了大朵大朵的红花，每朵花里都藏有母亲传给我的口信。

午后的光阴对父母来说是用来等待的。父亲巴望着有人来家里坐，和他说说话。偌大的村庄，路上一个人影也没有，风都是孤单地吹过。碰巧路上走过一个行人，父亲则大声地问着，到哪去啊？行人侧目，不认识父亲的就径直走了；父亲认识的，就会停下来，和父亲说上几句话，然后匆忙地离开。父亲在一丝兴奋里归于平静，然后在午后的阳光里打起了瞌睡。收音机里在说着宋朝的故事，马蹄声急促地在父亲的身边远去了。父亲和村庄一样，睡在了日暮的边缘。母亲小心地把父亲推进了堂屋，即使在阳光里，睡着也是容易感冒的。太阳在向西边沉落，天空就慢慢地灰暗了。

母亲捧着装满稻谷的筲箕，呼唤着四处觅食的鸡。鸡扑打着翅膀从四面八方奋力地聚拢到母亲的脚边，母亲把稻谷撒在门口空旷的地带，鸡们一边啄食一边打起架了。

母亲抬起头，望着大路……

我得起床了。母亲种的五月红一定开出了大朵大朵的红花，每朵花里都藏有母亲传给我的口信。我要回去，看五月红的花朵里，母亲给我留了什么样的口信。

时光的划痕

1.铁匠铺

铁匠铺在他家主屋的左边，中间是门面，里面挂满了已打好的锄头、铁锹、菜刀、镰刀，还有一些我以前没有见过的铁具，用麻绳系着，杂乱无章地挂在墙壁的铁钉上。

那是1989年的夏天，我刚分到小镇税务所不久，所里的老同志让我去他家把这个月的税收了。我站在他家门口的时候，他正光着膀子和他父亲打铁。炉火红红的，映着他戴着深度近视眼镜的脸。抡起的铁锤在半空中闪着白光，挥臂抛洒的汗水滴落在要打的铁器上，发出"哒哒"的声响。他们父子俩你一锤我一锤地打在通红的铁上，溅起的铁火星胡乱地飞舞，瞬间就灭了。我下意识地眨着眼睛，感到一股热浪向我包围过来。他和他父亲很像，但他的身板在他父亲壮实身材的映衬下，显得格外的单薄而瘦小。他父亲抡锤时看见了我，我笑了一下。他父亲明白我笑的意思，知道我是收这个月的税来了。当时社会上对我们税务人员没有好的印象，流传着这样的顺口溜——银行是爹，财政是娘，工商税务两条狼。前几天我和所里的老同志来过一次，他父亲说手头紧，让我们过些日子再来，但那天看见他坐在堂屋的桌边看闲书。正要抬脚进去，他父亲没好气地说道，没有钱，人都没得饭吃了，哪里还有钱交税啊！我抬起的脚让他父亲的这句话搁置了一下，但我还是进到了他家的堂屋里。他父亲歇了手中的铁锤，脸色阴沉着，对我说，走吧走吧，没得钱，什么时候来都没有。我尴尬地立在他家的堂屋里，站也不是，走也不是(我哪里还有什么狼样)。这时他过来，推了推滑落鼻梁的眼镜，说你先回去吧，等会我送到你所里去。我夹着税包出了他家，身后传来他父亲责骂他的声音。那天下午他真的把当月的税款送来了。他上午说的时候我心里一直以为是他免得我尴尬的托词，想不到他真的来了。我开着税票，他站在旁边满头大汗。心里很感激他，我执意要留他坐，他说父亲还等他回去打铁呢。我把他请到了我的房间，他很拘谨，半边屁股坐在椅子上。和他交谈才知道，他高考落榜了，所以他父亲情绪很坏，还让我别往心里去；他说他这是第三次落榜了，他不想再复读，就和他父亲打铁了。我倒了一杯水给他，他一直端在手上，到临走的时候都没喝一口。

我分管的街道不是很长，但基本上都是个体户。我在读税务专业的时候，以为收税就是算算账，扒拉扒拉算盘珠子就行了，但就是没想过上门找人家要钱。领导说年轻人就该多锻炼锻炼，于是我在街道上跑得就比较勤。有空闲的时候，我会到他家门口，看他父子俩打铁，这时他就会对我笑笑，招呼着要我进去喝茶。我笑着对他摆了摆手。他家的隔壁是个篾匠铺，篾匠的隔壁是个卖陶器的，茶壶、瓦罐、尿壶、水缸什么都有。我到篾匠铺里坐了一会儿。篾匠姓檀，我喊他檀老。檀老看着我面生，说你是新来的，我说是。他说看你像是读过书的，我打个谜你猜猜。我来了兴趣，说你讲。檀老说，篾扎的纸糊的，经不得风经不得雨，哪个要？鬼要。我说完了？檀老说，没了，你猜啊。我想了半天没猜出。打铁的他不知什么时候站在我身后笑出了声，说是花圈。我说是啊，你真聪明，没考取大学你还真冤呢。他的脸些微有点红，说我们这个街上的人都知道，你是外来的就难晓得了。接着他对我说这本来是一副对联，上联就是篾匠铺的先人写的，谜底就在结尾二字上了，下联是隔壁的陶器店的先人对的。我急忙问，那下联一定也是个谜面了。他说是的。接着他就说了下联：泥捏的窑烧的，装不得酒装不得油，有吗用？屌用。顺着他刚才说的思路我知道是尿壶了。听他说，原来这副对联有一百多年的历史了。当时篾匠家和陶器店因这副对联红火了很久，篾店卖花圈，陶器店卖尿壶闻名十里八乡。两家的对联像招牌一样挂在隔壁处，招揽了无数的顾客。最后檀老的父辈上两家闹了不愉快，就再也没有挂出了。

从那以后我没事的时候就晃到他家去坐坐，他偶尔也会到我们税务所来玩，大都是晚上。有一次他见我在看一本小说，眼睛一亮，说能不能借给他看看，我说你拿去看吧，看完了再来换。他说父亲不准他看书，更不许他买书，说他再看书眼睛就要瞎了，眼睛一瞎就屎都搞不到吃了。我笑了，他也笑了一下，说他父亲就是这么说的。我问他，打铁累不累啊？他说，比读书考大学要轻松。

他看书的速度很快，三天头上就来换另外一本。我有点怀疑他是否真的看了，就问他这本书怎么样，他竟然能说出个子丑寅卯来。我们这样交往有段时间后，他拿来一个作文本，说是他写的文章，让我看看。我很惊讶，他的文笔很好。

因工作需要我被派到另外一个乡镇收税，一旬才回所一次。这样我们见面就渐渐地少了起来。偶尔在街道上遇见他，他比以前壮实了点。他羞涩地说，他父亲给他找了门亲事，明年准备结婚了。再后来在街上遇见他抱着孩子了，他说是女孩。他比结婚前看起来高了不少。我问他还看书吗？他说哪有时

间看,要打铁还要管孩子。他老婆我见过一次,是个粗壮的女人。我曾和他开玩笑说,你的身板压得住你老婆吗?他推了推眼镜说,我念了一肚子的书,压得住的,知识就是力量啊。听他这样说,我很认真地看了他一会儿。

在小镇工作了七年之后,因家里有变故,我主动要求调到了离老家近的一个税务所,这样可以照顾年迈的父母。在那个税务所一待又是七年。七年后我又调回了他在的小镇,不过不叫税务所,而叫税务分局了。在分局上班不久,有一天他推着眼镜进来了,说要找我。我热情地接待了他,并问他有什么事。他说他买了辆客运的面包车,听说我在这负责,问能不能让他的车少交点税。我有点无奈,说这真的很难办。他很不高兴,像当初他父亲一样地阴着个脸,说这么点事你都帮不了,愤愤地要走。我见留他也可能是尴尬,就把他送出大门。想问他这七年怎样,是什么时候不打铁的,但这句话终究是咽回了肚里。

其间他不知从哪里弄到了我的手机号码,曾打过几次电话给我,询问着和运输有关的税收业务,并问我能不能弄几张运输发票给他。我向他解释说,运输发票和增值税发票一样,是严管的票据,需要正规手续才能领取的。他问那其他的发票能不能弄几张,我笑着说,什么发票都不能随便弄。他说,你脑子是不是出了点问题?我说,你说我啊?他说,是你。于是他挂了电话。放下电话,我脑海里却浮现了1989年夏天的他,赤着上身和父亲打铁的模样。那时炉火通红。

我偶尔还会在上下班等车的地方看见他。原来是他老婆开车,他卖票。听车站的其他车主说,他凶得很。我说不会吧,他挺书生的啊。一次我等车,他说,过一段他要跑上海了。我来不及说祝贺他的话,有人搭车,他急忙把人引到了他的车上。

这几年听说他跑上海的长途发了。他曾打电话给我,说要请我吃饭。我说不用,改日我请你吧,他说你这家伙是不是瞧不起我啊?我说哪里啊,不会的。

离他打电话给我有一段时日了。我急着到县城的车站去搭车,走得很匆忙。进了车站,见停车场里围满了人,里面好像有人在打架。我走得急,就在附近的长椅上坐下来喘气。我平静了气息,来到我要搭的车边,卖票的女孩说师傅在人堆里看打架,要等会儿。我也挤进了人群。我看见了他凶狠的模样,手上血糊糊的,两个人打他一个,他竟占了上风。他眼镜被对方打落了,让另一个人给踏碎了。之后两个人把他扑倒在地。我正要往里挤,他突然拔出了雪亮的长刀,砍向了一个人的手臂。其中的一个拉起被砍的同伙迅速地离开了。我没有走到他面前去,转过身我上了要搭的客车。

当客车开动的时候，我心里泛起了一股莫名的伤感。那赤着上身单薄而瘦小的打铁少年，我怎么也不能和眼前的他联系起来。那第一次送税给我的他，捧着水杯不喝一口的拘谨少年，让时光留在了最初的小镇。觉得这时光竟也像着奔跑的客车，把过往的我们丢在沿途不同的小站，掠住在我们心里刻下划痕的那一个，一路而去。

2. 顺治街

我还没到紧靠长江叫漳湖的小镇上班时就听说过他。

弟兄七个，他排行老五，叫袁小五。听说他弟兄在沿江一带非常有名，上至芜湖，下到九江，只要在黑道上混的，没有人不知道他袁氏七兄弟；尤其是他，特能打，且心狠手辣。他在村子里当村主任时，因为经济上的问题，和漳湖镇的镇长闹翻了，镇长通过司法机关把他弄进了班房，结果被判了两年。

那是1996年，我调到漳湖税务所时，他已坐了一年的牢。他家就在我们税务所斜对面。袁小六家竟然和我们隔壁，我们的另一个邻居是派出所。一正一邪把我们夹在中间。他弟兄七个只有袁小七没有结婚。袁小七长得一表人才，比金城武差不到哪里去。身高、模样、气质都有得一拼。

单位所在小镇的那条街叫顺治街。据说是顺治皇帝在长江里航行时，在小镇停留了一下，且顺便小解（撒了泡黄尿），后来人就把这条街叫了顺治街，并且编了门牌号。我们单位是零六号，派出所是零五号，袁小六家是零七号。从派出所依次向前推，分别是零四号农行营业所，零三号邮政局，零二号工商所，零一号镇政府。我猜想叫顺治街一定是近几十年，政府官员在历史草堆里翻弄出来的。袁小六曾找到我，说把我们的门牌号换一下。我说，那怎么行！他说，有什么不行？我说这是政府定的，怎么能随便换。他说，你的门牌号叫了我的名字，而派出所的叫了老五的名字，这样不妥也不好。究竟怎样个不妥与不好我没问他。

袁小六的老婆还真不丑，甚至还有点漂亮。每天上午她都走进我所的大门，穿过楼梯下的长廊，到后园的厕所去。我问所里的其他同事，他们家没有厕所吗？同事说，他们家都有厕所，但不上，就是喜欢上单位的厕所，一直是这样好多年了。我觉得我初来乍到，不便说些什么。

袁小六家也开了个杂货店，听同事说，以前的老所长曾要他家交税，袁小六不说不交，就是说没钱，好几年都这样。我试探过和我同龄的年轻所长，他说，我们别惹这些无赖。

袁小六的摩托车都是停放在我所的院子里。有一天他气冲冲地来骑摩托车,后面紧跟着他气喘喘的老婆,拉扯着袁小六的上衣,他转身就是一脚把他老婆踹翻在地,他老婆倒地大哭。院子里站了很多的同事,袁小六起劲了,正准备再去踹刚刚爬起的老婆,我一把从后面抱住了他,他想摆脱我,没有成功。所里的其他人把他老婆拉回了家。袁小六认真看了我一眼,眼睛里都是打量的光芒。他的老婆黄梅戏唱得蛮正宗的。有时天阴,她小店门口会聚一帮人,她唱"西窗独坐倍凄凉",听的人屏声静气,她的声音就传得很远。税务所对面有家黎明饭店,是我分管。那姓王的老板交税不是太及时。有一次他又迟交了,我说下次要收滞纳金。他说,账难收,光袁小七一个人就欠了他很多钱,你们总得考虑考虑吧。我说那归派出所管,不是我们考虑的范围。王老板说,派出所也好不到哪里去。我当时想,袁小七这么帅的一个小伙子,怎么干了兔子都不干的事。后来我才知道,自从袁小五进了班房,袁氏兄弟吃饭的码头让林氏兄弟占了。袁氏兄弟当中,只有袁小七独来独往,他想有自己的江湖,而不是在他哥袁小五身边混饭吃。初闯江湖的他是没有经济实力的,但为了笼络一帮人,所以就大吃身边的草。

1997年的夏天,袁小五刑满释放了。他回来的第二天就光着个上身晃到了我所的院子里。那是我第一次见他,白静的面孔,上唇有着浓黑的胡须;从肚脐眼向上一直到咽喉底部,一条长长的黑毛布满前胸。脸上自有一股霸气和杀伐。我在办公室里,他走了进来,看了我一眼算是招呼,拿了一张报纸转身就到后院的厕所里去了。

我看过一些闲书,知道像他这样长相的人,是非富即豪的。这身上的豪气处置不当就会变成匪气。两年的囚禁看来一点都没有去掉他身体里的杀伐,似乎只是增添了他重占江湖的资本。他的脸上有着卷土重来的不平静。

一个星期以后,他果然在顺治街的供销餐厅上演了血腥的一幕。

袁小五得知林氏兄弟在供销餐厅吃饭,带着袁小六就去了。事情的经过是当时在场的农机站的陈站长向我描述的。袁小五进去掀了林氏兄弟的饭桌,战斗就打响了。一开始是袁小五一个人对付林氏兄弟,袁小六照顾四周,并说这是他们和林氏兄弟的事,无干人别动。林氏兄弟其中一个让袁小五打趴下了,另一个冲到餐厅拿来了一把菜刀,快速地砍向了袁小六。袁小六用手臂一挡,顿时血光四溅。袁小五从身后抽出了一把长刀,刺进了拿刀的林安高的后背。陈站长说,袁小五不愧是老江湖,刀早就藏在身后了。当袁小五正要刺第二刀时,林安高的老婆突然冲了进来,用身体迎向了袁小五。袁小五迟疑了片刻,就在这当口,林安高一刀就砍在了袁小五的左脸。袁小五一刀同时也刺了过去,林安高的老婆反身抱住了林安高,袁小五一刀刺进了林安高老婆的屁股里。供销餐厅里血流成河。

后来袁小五的左脸缝了二十七针。他和林安高各自在县医院躺了二十多天。听说派出所介入了,打斗的双方表示都不相互追究,最后不了了之。这一战的最大好处是为出狱后的袁小五赢来了不小的江湖地位。

国家为了稳固长江大堤,使沿江的人民不受水患之害,拨出巨款加固长江堤坝。我们那一带江堤护坡工程的总额达一个亿,中标的都是外地的大建筑公司。到我所登记报税的是浙江和湖北的两家公司。浙江的是位女老板,报税时问我,你们这地方黑道上最有威信的是谁?正好袁小五光着个膀子从我所院里经过,我指给她看,喏,脸上有疤痕的就是他。接着我说,你最好找我隔壁的派出所,女老板淡淡地笑了一下,问行吗?我说应该没问题。

袁小五先找上了门,要浙江的女老板十五万元的保护费。女老板抱着侥幸的心理找了派出所,结果派出所派出的干警让袁小六给打伤了。我问隔壁派出所的所长,所长说,袁小六初犯,干警先动的手,关了袁小六一天。我说完结了?他说只能这样了。最后浙江的女老板出了数额不菲的保护费给了袁小五。

从那以后,是秋天了。我经常看见隔壁的所长坐在袁小五的家门口晒太阳,有时手上拿着袁小五老婆给他洗好的衣裳。他说话的声音高而尖,我坐在办公室里都能听见。他象棋下得非常好,我和他下过一盘,但不是他的对手。他说,全县象棋比赛他拿过第二名。难怪。我总觉得不对劲,他和袁小五怎么突然地像亲戚一样。

其他的建筑公司,据说袁小五也收了不同数额的保护费。那段时间我和他有了个脸熟,他到我所后院去,回来的时候会到我的办公室里坐坐,没光膀子的他样子文雅极了,以至我和他说话的时候,会忽略他是名震沿江一带的老大。他说话时甚至带点羞涩,这是我没想到的,也许与他长期和人打交道更多地使用身体语言有关吧。

长江护坡工程为袁小五带来了丰厚的回报。因着这份回报,我会不断地听到他与别人的打斗,都是他赢了,没有一点悬念。他家那几年热闹非凡,四处八道的社会闲碎聚集一堂,弄得顺治街乌烟瘴气。我隔壁的所长深居简出。有时打电话邀我,到派出所的三楼和他打打乒乓球。他推挡的技术真不赖,只是扣杀的水平臭了点。

2000 年,长江里采沙就像挖黄金一样。袁小五当然介入了。但长江里采沙是国家明令禁止的,一般人也采不了,能进入长江的都是江湖上的"名流"(美其名曰)。他们有的打通了关节,有的是凭着亡命的本钱纠集在一起。那采砂船只要长长的吸筒伸进江底,吐出来的就是钞票。袁小五凭自己的名号,在长江上有了一席之地。当地的公安是不是明管暗放不得而知。最后袁小五是让

芜湖的水上特警给抓走了。

很有段时间了，袁小五被放出来后曾到我办公室里坐，说了他那次被抓的经历。他反复在我面前念叨着，其实我早该收手了，我一直有预感，总觉得不妙，但还是没有躲掉。

袁小五的这一次被抓再到放出来，花去了他所有的非法所得。之后袁小五在顺治街就销声匿迹了。

几年后我调离了那个有顺治街叫漳湖的地方，到了另外一个分局继续收税。有关漳湖的一些小道消息还是能传进我的耳朵。像那个会下棋的派出所所长，也调离了漳湖，但离婚了，找了一个比他小十几岁的女人。但就是一直没有袁小五的传说。

前不久我到一户企业，刚进办公室就见袁小五坐在沙发上，我有点惊讶，但没表露出来。我问他怎么来了？他说他的车子停在路边，车门忘了锁，让我所在的镇上一个小混混盗开，发动开出没多远就撞。小混混把车子撞坏了人却跑了，所以他找来了。我笑着说，谁这么大胆敢偷你袁小五的车啊。袁小五说话还是有点羞涩，说想找老总（我到的那户企业）帮帮忙，能否让派出所出面协调一下。我心想这事要是搁在七八年前，早就是火并了。听袁小五这样说，我竟然恍惚了很久，像不认识他一样地看着他，他以为我怎么了。

他临走的时候给我们在座的人一人发了一支烟，不住地说着打扰、不好意思、我要先离开了。他离去的背影像个儒雅的文人。

收税笔记

1.那些夜晚

收税多年,常常奔波于乡野。遇上不好的天气,或者路途太远的话,就会找一户住下。如果是现在的话,就会围上一桌,玩着传统的麻将;而那时是不玩的,抽上一支劣质的香烟,一凳一茶,听乡间的俚趣。常常是夜半了,灯也倦了,人却还精神;许是歇户的主人怕着我的孤单,掏尽自己的所有,让夜不寂寞吧。农家的冬夜都会早早地歇去的,因着我的不睡而把夜拉长,拉长的夜晚就用话语填满着;而这填着的话语都让我装进了行囊,一直放着。

话语竟也似酒,封存久了,就醇。打开是迟早的事,仅仅是一个激灵,就让我想起那些夜,和夜晚的故事来。

故事一:"停当"和"董达"的堂客

这里的"停当"和"董达"是我按方言的发音写下的,意思是贤惠和不贤惠的堂客。为了听的原味,就用这四个字代替了。

男人为自家地里的事与另外一家的男劳力发生了纠纷,两个人争得脸红脖子粗,撸袖子,瞪眼睛,在空中挥舞着拳头。剑拔弩张,一触即发,旁边围满了看热闹的人们。这样的事在农村不说天天有,也是时有发生的。而看热闹是人们在地间休闲的最好娱乐了。男劳力的一句话刚好伤了男人的最痛处,男人说:"今天我不废了你,我就不是男人!"男劳力说:"有本事你就来!"男人看看手中的锄头,往地下一扔,飞步就往家赶。回到家,就直奔挂在墙上的长刀。女人刚好在家做饭,拉住男人说:"快把我灶膛里的火掏了,不然饭就焦了。"男人一甩手,刀就上了另一只手,女人说:"我的饭好了,要打架也要吃了饭去打,有劲也少吃点亏。"男人望着女人,女人说:"来,坐下吃饭,吃完了我们一起去打。"女人在男人犹豫的片刻,就把饭端上了他的手。男人吃完饭,突然觉得不那么气了,而女人的眼睛就一直没离开过男人的脸。男人望着女人的眼睛,心里自我嘀咕着:我刚才干吗要回来拿刀?他突然对"刀"这个字眼生出一丝恐慌来。一场流血让这个"停当"的女人化解了。

再回过头来说男劳力,他的堂客急急地赶到地里,指着他的鼻子说:"你这个没用的东西,让人家欺负,还好意思站在这里。"男劳力站在那越想越气,一挥手中的锄头,就要撺上门去。这一挥倒好,就挥到了站在旁边看热闹的人的头上,把人家的头磕开了一口子,鲜血淋淋,这一下人家不依了。那"董达"的堂客说:"鬼叫你站在他背后,磕到活该。"这一句话说的,被磕的人不顾疼痛,两个人就扭打在了一起,天昏地暗,拉都拉不开。最后闹到派出所,男劳力赔了几百块钱了事。好好的休了场的事件,让这"董达"的堂客搅和成一摊烂泥。

这个故事,是歇户的男主人和我在一个冬夜唠下的,而故事中的"男人"就是他自己。他说,男人这辈子啊,得遇上一个"停当"的女人;如果碰到一个"董达"的堂客,你就有罪受了。

故事二:留下你的麻袋

老彭家是我们税务所收税时落脚的一个点。他家在离我们单位三十公里的地方,因着他妻子的贤惠和老彭自己的热络,只要去了他那个地方,我们都会提前打好招呼,晚上会上他家歇脚。那时交通是极不便利的,骑着自行车下去,一待就会是几天。老彭家在我到税务上班之前就是落脚点了,接触以后,才知老彭这人真的是没话说。你来一次他热情,你来 N 次他还是周到,没有一定的心胸,谁会做到呢?何况那时税收一个小店一年也就收百把块钱,你不收他,他也是贴本的买卖。如果我们要是说了,他说:"跟你们打交道,怎么能说生意上的话呢?你们到我家,是看得起我老彭啊。"实际上我们心里跟明镜似的,我们亏着老彭呢。

老彭从改革开放时就开着小店了。按理说他应该早步入先富的行列,可老彭无论做什么事都不是很钻营,他常挂在口头的一句话就是:"有那样就行了。"有时问起他家的情况,他老婆会说:"比上不足,比下有余。"于是我们税务所的老同志就对老彭说:"老彭,你讨着一个好老婆呢。"老彭就嘿嘿地笑。

老彭没什么事的时候喜欢喝点酒。如果有哪一家客气的话,留我们吃饭,我们会叫上他。他从不忸怩,他不是忸怩的人,这也是我们能长交的一个原因。在酒席桌上,无论怎么拉,他是不坐一席的,拉急了,他会说:"你们是领导,我怎么能坐一席呢?"他这不是忸怩,是坚持了。在酒席上,几杯酒下去,因着和我们接触的多,他会说上与税有关的话,并且头头是道,结尾还会着重一句:"税务所的同志也辛苦着呢!人家是为谁啊?"常常听得我们竟然激情满怀,你说怪不怪?

我们一起的都是些没结婚的小伙子占多,在枯燥的乡村,寂寞的夜晚,老彭还真是为我们打发过不少。有时酒过三巡,就要老彭说混话。一般是要推辞一番的，但喝过酒就不用了。老彭会打开话匣子，说他年轻时的乐事，说着说着，会说不说了不说了，我现在不行了，现在是你们年轻人的事了。我们笑着，实际上他已说完。我想着，什么人，他都会有故事呢。

那天在老彭家里吃饭，也许是大家白天都跑累了，没有谁提议要玩，就都早早地睡下了。同屋睡的老同志，临睡前在屋角的有陈尿的便桶里尿了一泡，那味道当时差点让我窒息，可又逃离不了，最后用毛衣捂住鼻孔才睡下。老彭在店堂里看店，一个人睡，本来因尿臊味想过去跟他睡，想想还是算了。

老彭睡到半夜，突然地就醒了。借着微弱的光，他发现窗子外有人用长长的铁钩伸进来，在极力地钩他家店铺里的布，第一反应告诉他，有小偷。老彭睁着眼睛想：好大胆的贼，我家可住着税务所的同志，这么些人在，你竟敢来偷我的东西。哼，等会儿老子叫你偷鸡不成蚀把米。老彭睁着眼睛见他用铁钩钩住成捆的布匹，再钩进布头，收钩，用手拉着布头；他一边拉着，里面的布就滚着。老彭又想：狗日的，老子等一下让你装布的麻袋都给我吓留下。老彭准备喊了，又想，等一下再喊，他还没装进。老彭就睁着眼睛心里笑呵呵地想着。

天刚蒙蒙亮，老彭的老婆来收拾店堂，老彭一个激灵爬起来，大声地喊道："留下你的麻袋！"吓得他老婆一大跳。

吃早饭的时候，老彭边吃边跟我们说他昨夜的事，当时笑的我一口饭就喷出去了。老彭说："我怎么又睡着了呢？你们说说，我那时候怎么就睡着了呢？"老彭不但没让贼留下麻袋，还白白损失了两卷布，说着的时候，脸上满是不解。他不解他怎么会睡着，却没有懊恼；只有他老婆边盛饭给他边说："你这个人哪，还想留下人家的麻袋，哪天自己被偷走了都不会知道。"我在想，谁会把老彭偷去呢？

2.焦大爷

(1)

一起下乡收税，到纳税户家是免不了要自我介绍的。比如人家问，同志你贵姓啊？我们都会答，姓胡或者姓张。轮到焦大爷，他会说："我是焦家老屋的。"听的人就自言自语：哦，姓焦。此时焦大爷则非常沮丧，他处心积虑的回答，还是让人家说出他最不愿说的两个字。这时我们就忍不住地笑出声，纳税户被我们笑得一脸的茫然。

焦大爷本名不叫焦大爷。这样的事常常发生，我们综合他的秉性，说，你

今后干脆就叫"焦大爷"得了,免得人家问你,你绕一个圈子还得回到"姓焦"上来。他想了想,也就默认了。因为"姓焦"和"性交"同音,焦大爷忌讳。但叫他焦大爷还是改不了他"姓焦"的本姓。就是一口说焦大爷,有时还是逃不了要"姓焦"的事实。焦大爷是叫出了名,可依然还是改变不了介绍时令人尴尬的局面。同事们下去搞检查都愿意和焦大爷一个组,疲乏的时候,一句"姓焦的"就笑得解乏了。

其实,焦大爷并不大,只是我们因他有忌讳才这么叫他。他和我高中同学,读书的时候一天到晚腋下夹一副象棋,逢谁有闲就下,棋艺不见长,兴趣倒是越来越浓。我们是高中生,他的模样看起来却像个初中生,个头不高,一双眼睛上下左右,很少停歇。他进教室是火风,出教室像冲锋。高考落榜因着上辈的关系就到税务所当起了协税员。财校毕业后我刚好也分到了他所在的税务所,这样我们就由同学变成了同事。在一个单位,又常常一起下去,由于焦大爷叫的久了,他的真名我们几乎都已忽略了。

焦大爷骑自行车的技术,在税务所是一流的水平。他能够不扶车把和我们骑得一样快。他结婚早,我们还不知另一半在哪的时候,他的孩子就在他肩头了。远远地,如果你见有人骑着自行车,肩头驮个孩子,一手扶把,一手扶孩子,不要问,就是他了。可他收税的水平和骑车的水平就刚好相反,遇上难缠的纳税户,我们戏称他三斧子下去不见效的话,就没戏了;回来后,领导批评他,他赌气丢下一句,这税不是人收的。领导很生气,焦大爷就很难看。他因几次收税的挫折,要回家不干,被他爹又赶了回来。税务所协税员的待遇是非常低的,工作大家还是要一样地做。我劝说过他,我说你这样回家又能干些啥呢?他说,他村里谁谁在外面搞了多少钱,他也要去挣大钱;我说,你算了吧,你看看你自己是不是那块料。

所里任务逼紧了,焦大爷会找上我陪他跑上一两天,效果明显但收益不大。收税这项工作真的不是字面上理解的意思,不是你一说"法",对方就交了;而是与你平时同纳税户的交流和多接触密切相关,还有你整个管区的纳税次序、公平程度等诸多因素的影响。老话说,要钱如割肉呢,不动点脑子还真就不好收。焦大爷收税到哪都是一阵风,和他骑车一样快。上户了,说声,有钱没?把这个季度的税交了。对方说:焦会记啊,我这一天到晚都没生意,哪有钱交税啊?我是真的想交,可就是拿不出来钱啊。焦大爷这时就有点蒙了,不知应对,丢下一句我下次再来就走了。而这样的情况在大部分纳税户身上都会发生。他劳而无功的时候就多了。

遇上人多一起下乡检查,焦大爷就显得很兴奋。因为他不用单兵作战,还可以适当地在人后,不用上前。我说,姓焦的,你这样可不行,这是你一次难得的学习机会,你以为是陪你玩啊?焦大爷脸就红,可红过他还是那样,有什么办法?但在酒席桌上喝酒,他还是能应付一下的。同事们送他个外号"焦八盅",也就是说,他一次酒量八盅是没有问题的,当然是那种五钱的小盅子。所以每次喝到八盅,同事们就不逼他了。喝多了,就发些奇谈怪论。什么收税不如回家摸鱼,会叫的鸟不如下蛋的鸡,上班是为了不让老爹爹气死等。有人就说,你爹爹不是为你好啊?他说,他是为他自己。很多的谬论,大家也说服不了他,随他去。

老婆第二胎给他生了个儿子,他就嚷嚷:我还是要回家做生意,不然养不大。

焦大爷最终还是没有离开,尽管工作中他少不了受训挨骂。他管区的任务,在那时每年一度的大检查中,我们都会集中一段时间,帮他清理了。这样就挨到了1994年,朱总理给他带来了福音。税务机构国地分设,他爹给他买了个商品粮户口,让他一下子就变成了正式的税务干部。像他这样的有着一大批,活跃在我们税务战线上。成了正式税干的焦大爷,在工作能力上还是没有一点提高。收税对他来说还是照样地难,唯一的变化是听说他恋上了赌博。虽然分家时他进了国税,但我们还是在一个院子里办公,见到他是常有的。见面了,我说:焦大爷,听说你赌上了?他说:我发现这社会就麻将桌上公平,全凭各自的手气,输赢都痛快。我说,你这是什么混账逻辑,这社会哪点对你不公平了?你从协税员摇身一变为国家干部。你别让人家卖了你,你还帮他数钱。他一脸笃定地说,不可能。

很有些日子不见焦大爷,毕竟不在一个单位,要各忙各的事。有一天听分局的一位老同志说,焦大爷一晚上输了一万一千块钱,说着边摇头,焦大爷啊,焦大爷,一副恨铁不成钢的古道热肠。遇见焦大爷的话,我以为他一定会很颓废很懊恼。可真见他,他说,手气真差,钱让老爹给补上了,一副功德圆满的样子。我心想,他那在税务系统退休的爹,总有一天会让这单传的孩子给活活气死。

焦大爷骑摩托车的水平在我们这个地方也称得上一流。一只手骑摩托对大家来说不稀奇,关键他能体现一个"快"字,另一只手遇到紧急情况他还是不拿出来。我说,你玩命啊?他竟然一脸单纯的笑,我还真是不解。他有许多让我不解的行为,比如任务完成不了,他自己就把税票开出来,替纳税户先垫上;再比如纳税户说什么他都相信,还有他一个月不回家,他老婆不吱声,他敢把屠户的女儿带回来睡觉。我说,你真的不愧我们叫你"焦大爷"啊。

焦大爷好像长不大,我们一打眼就看出年近不惑,他看起来还像个高中生。时常还是能见到他急火火地在乡间收税,还是时常听说他输钱;偶尔碰面,他还说那句老话,这税不是人收的,有朝一日我还是要出去。听了也就听了,我也懒得去反驳,我知道没有人暂时能改变得了他。他在自己的思想里一直很愉快地走着,不上进但也不那么潦倒。他还在认为麻将凭手气,人生无需太努力,他这一路都是这样走的;他唯一说过的理想就是出去挣大钱,他也就是说说,一直没兑现,但他还没有放弃。有时工作上的原因在一起了,我总改不了要说上两句的毛病,我说你不要抱一些不切实际的幻想,国税收入不菲了;你有这样的境遇是你的造化。他听了,进不去。他说,我是吉人自有天相,你们只有一个孩子,我有俩;你在地方部队我还是国军;你读了那么多年书是收税,我读了那么点书也是收税。我说,姓焦的,你真是身在福中不知福啊,但愿你能一路走好。我接着说,焦大爷,我要写写你。就写焦大爷,猴年生人,现年三十八岁;说话的时候眼睛上下左右,不停歇,有着貌似的单纯。他说,你写就写吧。于是就写了这篇,以为记。

(2)

可就在我写好这篇关于焦大爷的文字不久,焦大爷还真的出事了。听到他出事的时候,我有点不安,但没有惊讶。我的不安来源于我的文字。我的文字里一直有一种隐隐的担忧在里面,而担忧最终变成了事实,这多少让我有点愧歉。

焦大爷遗失了二十四份空白完税证!遗失空白完税证对于身为税务机关的人员来说,可谓非同小可。完税证是税务人员的生命,你们得像保护自己的身体一样保管好完税证。刚进税务系统上班的时候,领导就这样告诫。而焦大爷现今竟丢了二十四份,对于他来说,情况的严重可想而知。

那一段时间,焦大爷跑遍了他每一个落脚的地点。县国税局上上下下发动了大批的人帮他一起回忆和寻找,并且在县电视台打出了悬赏的广告。

寻找一直没有中断。这期间我曾去找过焦大爷,但他一直在乡间奔走,没有见着面。在回来的路上,我想,见面我要说些什么呢?是安慰,还是数落?似乎都是又都不是。我只在心里默默地为他祈祷,但愿他能找回。

时间在无果中一天天过去。听说焦大爷憔悴了许多,我心里竟生出无端的感慨。上级机关看看实在没有找回的希望时,登报作废了焦大爷遗失的二十四份税票,并对焦大爷作出了相关的处理决定。

事过不久,焦大爷突然接到了一个陌生人的电话,陌生人说知道税票的下落。电话是在公用电话亭打的,说完就挂了。第二天那个陌生的电话又打来了,问焦大爷想不想要回那二十四份税票。这样的电话焦大爷隔天就会接到一个。最后对方提出要求,拿一万五千元的赎金,在离县城五十公里的江城一手交钱一手交票。焦大爷请示了上级领导,领导同意交易,但要求谨慎。

后面的记叙是焦大爷本人坐在我的办公室里,在烟雾缭绕中向我叙述的。

那天单位的领导和几个同事一起陪焦大爷去的江城。对方说好上午十点交易,可在电话里不断地变换交易地点。从上午十点一直周旋到午后一点,最后才定在一集贸市场,同时还不许焦大爷自己露面,只让单位一同事前去交易。

当那位同事出现在集贸市场时,突然从旁边冲出两个陌生人,迅速地抢下他手中的手机,摔向地面。然后立马把他挟进一辆出租车,拿出税票,拿走同事身上的赎金,把他推下出租车。

实际上焦大爷的叙述比我记录的还要复杂,过程还要惊险,因为工作原因我不能写得过于详细。但我想不妨碍大家的理解就行了。

焦大爷说完,我和他有过一番对话的。

我问,你为什么不报案?这是一起典型的违法敲诈事件。

焦大爷说,领导征求过我的意见,我不想让事情闹大,就说不报案。

我说,赎金谁出?焦大爷说,赎金我出,但上级说以后考虑。

我问,既然税票已登报作废,你为什么还要出钱去赎回来?而且整个过程也说明,这件事是有预谋的,先偷你的税票,后敲诈。

焦大爷说,是啊,我只想证明税票不是我遗失的,而是被偷的。

我说,这有什么区别吗?遗失和被偷,都是你保管不善哪。还有,你自己处理也被处理了,税票也登报作废了,你花钱再赎回来有什么意义呢?

焦大爷说,当然有区别。另外把税票赎回来,是不想让单位和同事们承担我掉票的连带责任。

我问,什么样的连带责任?

焦大爷说,如果税票找不回来,单位的同事都会受到经济处罚。

我说,怎么会有这样的规定?他说,有。大家都会扣钱的。

我说,你想过没有,你们这样去赎回税票,不是更增加了我们所有税收人员税票的危险性?

焦大爷说,我没考虑到。

我说,你掉票的时候,我很内疚。他说,内疚什么?我说,我写你的那些文字,竟有着某种先兆,给你带来了不好的运气(他已看了我写的第一部分)。

焦大爷说,不关你的文字。实际上,我掉票也不止一次,不过以前都让我给找了回来。还没说完,他的手机就响了,接过电话,匆匆忙忙就走了。

焦大爷没来得及说出他认为的区别,或者他不想说,也可能区别只在他

的内心。他只活在自己的原则或做人的标准里。虽然他曾经的理想和某些行为不那么深入人心，也不切合实际，但那一切都是他自己的。

没见焦大爷很有一段时间了，如果再见面的话，我想我该换一个角度来看焦大爷了。

3.伏　击

收税的经历中，曾经有些像打游击战争。埋伏、出击、交手，最后以正义的一方取得胜利而告终。期间的斗智斗勇而不赌狠，很是有趣。单兵出击是很危险的，集体性的作战成了必须。尽管这些年的税收管理在理想的模式里，向征纳之间的"零距离"迈进，但依然不能杜绝这种冲突的真实存在，这样的际遇在每年的国家税事报告里都会有记载；一个领域一旦存在着斗争，就会有牺牲。我们不能忽略，也不能忘记。而在我的收税生涯中，就有过类似的经历。

90年代初期，对生猪市场的税收实行"三定一分"的管理政策，即集中宰杀、集中检疫、集中交税、分散经营。这项税收政策的出台，无论对税收的管理，还是对老百姓能吃上放心肉，都是一件天大的好事。但对交税户——屠商来说，则会由过去的诸项不正规而走向正规。由不正规向正规化的转变，任何领域都缺乏主动性，何况以杀猪为业的屠工，由来已久，都是些泼皮无赖户，更是变着法子玩花样，想着法子偷逃税。而作为主管机关的我们，就自然而然地和他们来了一场没有硝烟的偷税和反偷税的战斗。而这场战斗的主力军，就由我们一群年轻人组成了。

生猪税收以前的管理模式都是实行核定征收方式，收效甚微。因其经营的特点而注定，散、乱、无固定场所和从业人员众多，征收难度可想而知。实行"三定一分"的政策，屠户不是小学生，能够排队进学校；为了不进点宰杀，同时更为了偷逃税款，无所不用其极。内销白肉我们可以上门查验，也是查不胜偷；尤其是偷杀的生猪大量地运往周边的城市，成为逃避税收的最大漏洞。正常的进点户对此也是怨声载道，心理慢慢失衡，如何堵住这道口子，不仅仅是税收收入的需要，更是"三定一分"政策能否成功实行的首要保证。而这一场迫在眉睫的战斗就落在了我们的身上。

通过一段时间的调查，我们了解到偷宰的屠户一般都是深夜出门，用三轮车、农用车、自行车三种交通工具，在午夜过后到天麻麻亮的这段时间里，选择不同的时间不同的地点，陆陆续续出县。他们有一个严密的组织，有望风的，有打前哨的；还有专门游荡于小镇刺探税务所的行踪的。了解到这些，我们及时跟所领导进行了汇报,并作出了周密的伏击计划。偷宰户出县进入周边的城市,只有两条路,而且每条路都只有一个出口:一个出口叫堤湖,另一个叫上闸。上闸近,堤湖远。我们向领导建议,一是制造假象,让不去的同志们在所里打牌给探子看;二是放前哨——骑自行车的,堵大车——农用车。具体到两条线的安排,领导让我们随机应变。在一个下弦月的秋夜,我们一行六个人悄悄出发了。

在路上我说,我们安排两个人在路途较远的堤湖,再从食品部门抽调两人;大兵力我们得用在上闸,也从食品调两人来。有人持反对意见,说,大量的白肉肯定会从堤湖出去;我说他们一定会从上闸走。原因有二:一是他们也会认为我们要是伏击的话,一定会在堤湖;二是探子会把我们不伏击的消息带回去,他们更会选择从上闸过。

我们一行到达伏击地点已是秋夜十一点,附近的住户基本上已睡了,只有不多的几户人家还亮着灯,许是勤快的女人在做着针线活,也可能是在等着夜归的人儿。我没事就想象着灯下村妇的模样,是恬淡地引线还是焦灼地蹙眉,或许是农家的辛苦,还在忙碌着吧。我们潜伏引来了几声犬吠,一声即起,众犬应声,给夜平添了几分惊悚。犬声由近及远,及至零落消失在夜的别处。这样一个安静的夜晚,又有着怎样的故事要发生呢?我们忐忑着,有一丝丝恐慌,夹杂着兴奋。衣服穿得较少的同事在午夜过后,感到了夜的冷。烟还是要抽的,谁知我们的伏击在哪一个点到来呢?夜把一切都藏着,藏住了我们,同时也给对方提供了便利。因为有夜,才有了许多的不可思议的发生;也因为有夜,才使这一刻的到来显得剑拔弩张;那一刻我突然领悟到为什么许多的战斗,我们称之为与黑暗作斗争了。是的,与黑暗斗争,也斗争在黑夜里。

时间在我们静静的等待中流失。因为有等待,感觉是那样的缓慢;还是因为有等待,我们竟感觉到夜有了重量,沉沉地压在我们每一个人的心头。指针已指向下半夜的两点,来路的方向没有一点动静,只有夜的风拂动着树梢,夜鸟已眠了。蹲点旁的野草,湿透透的。手指如果不小心舞上了巴茅,它细密的尖刺就会划你一道长口,绝对有血珠子沁出。

到三点的时候,真的有人要睡了,大家甚至怀疑今夜会是我们一方的坚守。就在这时,听见了自行车的声音,待他骑近的时候,我们看见了车后挂着的猪肉,闪着些微的白光,还见到约会时焦急等待而姗姗来迟的女友,恨不得上去亲一口猪肉。大家一下子兴奋了,亲一口暂时是不行,按原计划,放行。悄悄跟踪他过了出口,见他卸下了白肉,在草丛里藏好,四处望了望。我们在黑暗处大气不敢出。他骑着车又向原路返回了。

烟是早就灭掉了，手电筒攥在手心，生怕不小心按亮了它。后面轰轰烈烈将要到来的是他们的全部。大约过去了十几分钟，又有两人骑着自行车出现了，后面也带着白肉；带队的说，放行，看来今天晚上他们有大量的外运，不然怎么一探再探。我们看着那两人出口向市区方向去了，赶忙搬来农户门口的树段，拦在了出口处。并且整体向他们来的方向推进了一百米，以防他们硬闯。

机器的轰鸣声由远及近。这样的深夜，听起来感觉像是春雷，有一丝心喜的惊恐。终于来了，来了就好。我们六人分两边站好，待农用车开近的时候，一起打开手电筒，用突然的光明逼停他们。轰鸣声慢慢地传入耳鼓，前方的路还是黑暗，他们竟然没开灯行使！我们打开手电的同时，车子突然加快了速度，灯也亮了，射向通往市区的方向；带着灰尘，溅起路边积水，车子把这一切甩在我们的身上，向前奔去。一百米，我们积蓄了一个晚上的力量，紧跟着飞奔的车，一起到达彼此的终点。

任何不法者，一旦人赃俱获，辩白已显多余。狡辩还是有的，但也只有声而无音了。这次伏击，我们共查获二十一头偷宰的生猪；当我们从草丛里把那藏着的猪肉搬上车的时候，骑车的那位，痛苦的表情里夹杂着更多的是不解。

堤湖方向的由于没有亲见，这里只作简单的记录。一辆三轮车在同事们伏击的时候，和我这边一样，强行冲关。由于事先没设障，一同事在追击当中被车子挂倒摔伤；但最后还是成功堵截。

等到我们把截获的白肉押运到食品部门的时候，天已大亮了。

陆

失落的村庄

【作者简介】

陈瑶，笔名湘江往北，1979年生，湖南长沙人，2005年开始散文创作，主要作品有《第三只耳洞的出路》、《让日子慢下来》、《挣扎》、《符号》和《茉莉花香》等。

【写在前面】

城市以北，沿着湘江顺流而下，会发现一处青石堆砌的码头，码头向里走，就是我居住了二十年的小镇。镇子不大，人口不多，镇上的居民靠捕鱼和开采麻石矿为生。每天清晨，河水泛着波光，当我还在睡梦中的时候，就能听到他们满足的吆喝声，渔船载着满满的收获靠岸，是他们一天的付出与希望。傍晚，大山深处就会传来阵阵开采石矿的声音，偶尔还有爆破声，一天的清静被打破。

湘江的水和麻石山，养育着镇上几百口人，我是喝湘江水长大的，在大山里摸索，在水里浸泡，童年的全部记忆都与之有关。在小镇居住的两处房子，是我二十岁之前的快乐地。大院，秋日的阳光下，老人们眯着眼在台阶上喝茶聊天，逢年过节，四层楼是镇上最热闹的一处地。

我试图用文字来忆起，才知所有的细节与片断早已经刻入骨髓，融入血液，从来就没背弃过自己的内心。坚信写作是抒写内心，抵达内心的过程，从内心出发，遵循内心，说真话，说实话，关注底层，充满人文关怀和悲悯情怀的写作，更能令自己看清这个世界，内心澄清！

拾起散落的碎片

一豆灯,幽幽黄黄,灯下是一支笔和几页纸,透过那些跳跃在方块里的精灵,那并不华丽的灵动,我知道,自己早已沉沦不能自拔。一直在想,若是把对文字的这份挚爱融入学习当中,那神圣的殿堂应该不远。后来又想,当年若是把对文字的这份执著坚持下去,门庭将会是怎样的花开花落?

1

很多事情都是无法说得清楚的,比如说人,昨天还在眼前晃动,今天却消失得无影无踪,任凭怎么寻觅。

教室里那桌椅静静地伫立在墙角,所有的细节在慢慢地流淌,风缓缓吹过,原来昨天他的沉思不语是冥冥中的暗示,原来昨天的玩笑当真起来就如此简单,原来他真的只想再最后听她哼那曲子,原来他早已经洞悉一切。

那个夏日的正午,气温走极端炙烤着万物,脚板着地都有一种热气由掌底腾升,一路向上直达肺及心脏。树奄拉着枝,叶挽扶着花,狗儿猫儿都躲藏起来,哪里凉快就待哪里。身旁人都很热,一种浮在上端的热,于是江边成了最好的去处,三五成群地与江水拥抱,江水与孩子们嬉戏打闹,仿佛有用不完的力气,一波接一波,似乎感叹这份相惜来之不易。十五岁的琛,和孩子们一样,享受着江水的清凉,释放着心底的热量,孩子们天真灿烂的笑声里,伴着江水浑厚硬朗的嗓音,在这个夏天谱写成一曲优美和谐的乐章!

就在这时,江发怒了。一浪高过一浪,盖过了孩子们的身影,伴随着风的低吼,江水犹如惊涛骇浪般汹涌,是不曾有过的气势汹汹,似要吞并眼前的一切。

岸上没有人,孩子们惊呆了,不敢相信刚才和颜悦色的江说怒就恼,一个个挣脱江水的怀抱,无奈,琛却挣不开那份宿命,脱不下那份沉重。越来越多的人涌至江边,与江对峙,有一对身影哭倒在地,痛恨江水无情带走了自己的希望与命根,痛恨自己的希望与命根如此薄情不孝,决然离去。

琛就这样离去,毫无征兆。

太阳在此刻渐渐隐去,仅仅剩下天际的一抹晚霞,猩红猩红,一种怆然油然而生,欲哭无泪。猩红的周边飘浮起一簇浮云,惨白惨白,一种悲哀掠过心

头,满眼绝望。浮云下面是那条江,一江的水沉寂了许多,暮色下的沉寂,是那么的无奈,一声叹息!

每年的这个时刻,一对年迈的身影,相互搀扶,步履蹒跚地出现在江边,河水低声从老人身边流过。

2

夜深人静,由不得自己不去想,由不得自己不用文字记载。可是一个人的房间有点凉,是心凉。

那个晚上,那个洪水吞噬的晚上,四周人声喧嚣,风肆意地刮起,树被刮倒,屋顶被掀起,人群被吹散,万物在此刻显得如此渺小,弱不禁风。父亲打算背起孩子蹚过屋前的洪水,父亲的背很宽很厚也很结实,孩子柔嫩瘦小的身子在父亲肩头无半点分量,却在父亲心里烙下了沉重的印。这孩子太轻了,平时竟然没有察觉到,父亲的心隐隐在疼,也在暗暗自责,这孩子自幼体弱多病,若不是家里太穷,若不是因为穷而缺少营养滋补,也不至于如此之轻!

洪水如同猛兽,撕扯着眼前的一切,也侵蚀着母亲的心,这孩子刚满月就跟着大人同出同进,因为母亲假期休完,却又不忍心断奶,推车急匆匆赶往车间成了街头一道风景。每每这时母亲就很沉重却又很感恩。若不是刹那间手脚快,流离井下将会多出一条生命,若不是这孩子生命力极强,换作任何人早就轮回前世。

是啊,这孩子生命力极强。天真无邪的眸子里透露出的是一份坚定,一份信任。看看身边的父母亲,窗外,雨淅淅沥沥地下个不停,不是不害怕,不是不恐慌,当那双大手紧紧握住这双小手,当这双小手紧紧拽住另外一双大手的时候,家的温暖在那个深夜足够支撑三颗相融的心,没有什么可以阻挡!

风不知什么时候停了,父亲将两面梯子叠在一起,搭上了对面的屋顶,那是一种新生的希望,三条人影在屋檐上面匍匐前行,那是寻找安全的脚步。

从此,这个家多了一份理解与包容,没有什么比活着更好。

3

隔壁四口之家,世世代代以打鱼为生,靠着这一江湘水养活全家。凌晨两点得要去江中放钓,到五点收钓,春夏秋冬四季如此。春季,踩着晨露,夏季,迎着朝霞,秋季,和着夜风,冬季,嵌入冰霜。那一网收获不少,那一网空空如也,那一网满心喜悦,那一网愁眉苦脸。江面上,总是看到一叶小舟载着希望的梦渐渐远去。

江水养育着岸边的万物,也会收取一些回报。

男人在那个清晨,踩着繁星点点,背起那份沉重,把自己溶入到江中。那是场意外,却不知是江水无情还是人有情,男人再也没有带来女人和孩子的希望与梦。那个家,虽然清贫却也舒适,虽然劳累却也幸福,而今即将支离破碎,生命的消失来得太快太突然,让人措手不及。

秋风低声而过,女人的泪痕一直未干,心不甘啊。早晨自己还亲手为他做了早餐,看着他狼吞虎咽,怎能接受那是他最后的早餐!临出门前,还顺手替他搭上件毛衣,亲手编织的,男人总爱穿在身上不肯脱下,怎能接受那是男人唯一不舍去的温暖!站在门口目送他,直至背影远离,渐渐成个墨点才收回期盼的心,怎能接受那颗期盼的心从此再也收不回来。

初冬,零零碎碎下起了雪,女人的心凉到了极点,屋子里很久没有生起柴火了。没有生起柴火的房间格外阴冷潮湿,女人自从男人走后就沉默着,把自己封锁在黑暗的屋子里。雪打在窗子上,咚咚响,女人的眼神瞬间明亮起来,那是男人回来看她的脚步。男人还有两个孩子,可怜兮兮,承受着失去父亲的惨痛,和母亲绝望的悲哀。

树叶黄了又青,青了又绿,女人背起了男人经常背的网,异常沉重。女人挺了挺身子,直起腰,拾起了这个家的希望,身后是两双清澈明亮而又充满期待的眸子。女人是为了孩子为了这个家,因为那是男人的希望!

从此,江上仍旧飘浮着那只船,女人循着男人的脚步,寻找着男人的气息,把希望与梦寄托在无情的江水之间!

也许江的另一头就是她的梦!

4

女人是水做的,那个女人却把自己做成了水,覆水难收。

固定的时间,固定的地点,有着瘦小却结实的身影,一袭不变的白色衣裤,只因那个男人曾说过喜欢白色的她,只因那个男人说过会回来接她,于是,她信守着这份幸福的承诺,一天一天地等下去,仿佛要把自己等成一块石头,盼成一块石头。

春天的风总是很暖,吹在脸上有点痒,花丛中的两个身影,风中的两声欢笑都是那个春天最美丽的景色。蔚蓝的天空,连云都是整团整团地聚集在一起,当阳光透过云层折射出万紫千红,云都羞红了脸,白里透红。云深处飞过一对鸟影,云淡风轻的日子里,有着无尽的缠绵与甜蜜。

女人总是回忆着那些美丽的日子,头发长了又短了,短了又长了,那些美丽的日子渐渐成了心事,女人从此沉默。女人用自己的沉默面对四周疑惑的目光,她明白,她懂得。门前的花开了又落,屋后的竹子砍了又生,女人眼过处是深秋的沧桑,落叶的无语。

女人将白色换成了黑色,这样的年龄早已过了素面朝天的白,黑色看起来更适合现在的样子,略施淡妆,宛若那熟透的杏仁,有一种深沉之美。女人没有把自己盼成石头,不是她不再继续,不是她不再等待,偶尔放下便是新生。

第三个春天到来的时候,风渐渐暖和起来,风里有种喜悦,洋溢在那片美丽依旧的丛林中。树还是那么的翠绿,草还是那么的清嫩,花还是那么的娇艳,人还是那么的心仪。女人的衣物渐渐色彩丰富起来,五彩缤纷。风带来了希望,也将带着两颗美丽的心一同远去。

关于外婆的一些记忆

当我开始用文字来纪念外婆的时候，就知道自己将会长时间地低沉。文字更多的时候并不能让人释怀，反而会让自己陷入更深。记忆的窗口一旦被撕开，便再也无法缝合，那些关于外婆的文字，从那道撕裂的口子中流出，慢慢还原。

1

我对外婆的记忆，并不完整，可是对外婆的那份情感至今无人能比。有些时候我会憎恨自己，很多不应该忘记的片断我都将它们随处乱放，想要拾起的时候才发现全都是碎片，满脑子的碎片，就像是一堆纸屑，让我永远也无法拼凑成一个完整的画面。现在，我如果不及时将这些碎片好好地清理一下，我担心它们会一片一片地慢慢消失，首先从我的视线里消失，接着从我的生活里消失，然后从我的记忆里消失，最后，从我的生命里消失。

外婆给我最深却又最模糊最不解的记忆，是她死前的一场对话。

那时，外婆不可能知道她说完这些话后的一周就会离开，外婆才五十九岁，谁也不会把一位身体硬朗充满活力的老人和死亡联系在一起，更不会去猜测或是设想那些关于生老病死的情景，后来，我又想，也许外婆当初有过某些方面的预感，关于生命关于死亡，不然她也不会无缘无故地和一个才八岁大的孩子讲那番至今都让我无法想明白的话。

那是一场关于死亡的对话，也不能说是对话，因为当时我清清楚楚地记得只有外婆一个人在不停地说，仿佛自言自语，却又不完全是自言自语，因为她是认认真真地对着我说的，而我也是很认真地在听。

那个冬天，窗外已经漫天雪花，那时候下场雪是很隆重而又让人兴奋的事情，尤其对于才八岁大的孩子。大片大片的雪花从天空飘落，地上早已经白了，是那种纯洁厚实的白，白得让人洁净，厚得让人踏实。院子里的梧桐树在那年冬天也老了，长满了白色的胡子，却不像地上的白，是那种透明轻盈的白。冬天一直以它的美丽妖娆安静地存在于我的生命里。关于冬天的记忆也是从八岁那年才开始的，因为那年外婆走了，因为那年外婆讲了许多让我这辈子都费解的话。我一直以为关于冬天的记忆会逗留在八岁那个阶段，准确地说我是从那年开始，才开始更多地关注冬天而不是春天、秋天或是夏天，关注冬天里的自然，包括植物、动物或是人物，只要是一切有生命的东西，都是我要关注的，直至刚刚过去的这个冬天，这个并不可爱甚至还有点恐怖的冬天。其实，我不想在关于外婆的文字里提及这个季节，它仿佛是找不着路四处乱窜，我不能让它再一次把我的记忆窜乱，或是打断，我要保留一点，哪怕只有一点的完整的记忆，用来想念我生命中最珍贵却又最短暂的一份情感。

现在是我八岁时的冬天，外婆搂着我在怀里。外婆把我从一岁搂到八岁，也搂着我从一岁睡到八岁，八年的温暖，八年的关怀，八年的絮絮叨叨，像放影片一样晃过眼前。我用手按压住眼角，只有这样才不会让自己的情感肆意流露，而影响这些文字的质感。窗外仍在飘着雪花，每到晚上，我总是怕黑，总是会问外婆天什么时候亮，而每当这个时候外婆就会更加搂紧我，讲个故事或是哼个歌谣，我在外婆的故事里或是童谣里慢慢入睡。那天，我清清楚楚地记得那天，窗外没有往常一样黑，我分明看到一种白，与黑对抗，透过窗子我睁大眼睛，傻傻地问外婆说天是亮了还是根本没有黑。现在想来应该是当时的雪太厚，把整个大地铺上了一层厚银毯，把天空照亮了。外婆没有像平时一样给我讲个故事或是童谣，却说等她死后等我长大后一定要对华姨好。外婆一个劲地问我记住没有，直到我问外婆："不用对妈妈好吗？只要对华姨好是吗？"外婆才重复了一遍刚才的话。后来外婆还说了些什么不重要了，重要的是后来我的一些想法或是一些做法发生变化。也许有些事情并没有发生，那些事情有一些是我的记忆，有一些是我的梦境，有一些是当时真实存在的模糊片断，可是加在一起我仍旧无法拼个完整，只好一次一次用那些片断，那些零碎的记忆去猜测外婆说那些话背后的故事，去证实那些话背后一定隐藏了更大更让人震惊的事实，只不过至今为止，我仍旧没有理清一些思绪，那些模糊的朦胧的往事时刻左右我的情感。这些年过去了，我很少把关于这些往事的片断拿出来整理，并不是我已经放弃，或者是开始怀疑，也许一切真的如我不敢想象的那样，也许一切仅仅只是我的猜测，也许一切只是我没有分清梦境与现实，最真实的表达就是我一直在坚持着某种信念，直到水落石出的那天。

外婆在那次之后的一周就病倒了，准确的时间是大年三十的晚上十二点。我为什么会把这个时间记得那样准确，连我自己都不敢相信，可确实是凌晨十二点，全家人都在收看春节联欢晚会，妈妈正准备去院子里燃鞭炮的时候，外婆突然之间昏倒。当时外婆坐在床边烤火，我和姐姐正商量着谁去点那个最大的爆竹，就见外婆往床下倒去，等到爸妈手忙脚乱地扶起外婆到床上的时候,她已经昏迷不醒,直至那一刻我都没有意识到那是外婆最后一次陪着我们看电视,没有意识到我的生命里从此将失去一位至亲,一位最最疼爱我的外婆,隐藏了许多故事,关于我身世等等的那些费解之谜。

外婆从昏迷至离去时间很短,只有十来天。可是关于那十天的记忆我却没有抓住很多。十天,短短的十天里我甚至都没有在外婆的床边安安静静地待过,我能用我的不懂事,能用我的年幼无知来解释这些吗?我不能。八岁的孩子,对于一位有着深深感情的老人竟然没有丝毫的关心与担忧,是当时根本就不懂,还是现在的自己根本想不起来,无从说起,唯一让我无法原谅自己的,是竟然在外婆离开人世的那一刻才开始懂事,真正长大。其实每每提到此,我是懊悔的,可是我却不能流露,因为没有人会责怪一个才八岁大的孩子,也没有人会在当时关注这些,更多的是因为我一直有个很好的理由为自己开脱,虽然我不需要给自己找个理由,开脱什么,即便那是我无意识的举动,我仍旧可以很好地将那些悔恨那些阴晦深藏起来,甚至埋藏。

还有一些是关于恨,很淡很轻,不是对自己,而是对他们,另外一些我的至亲。其实我也是长大后隐约听来或是感觉到的一些大概,我已经没有力气去猜测那些大概的真实性,可是并不影响我对这些大概的轻蔑和讽刺,甚至还有那么一点点恨。

外婆是脑溢血,母亲决定送外婆到长沙大医院治疗,托人打听说是要动手术开颅。在当时开颅是很恐怖的事情,也是最没有把握的手术,成功率只有百分之一。于是很多朋友,亲人,包括来看望外婆的邻居,一个一个都在劝说母亲放弃,那样太危险,搞不好就再也醒不来。随着自己的长大,懂得越多越能够理解母亲在当时的矛盾与无助。母亲的软弱加上父亲的淡漠,外婆失去了一次存活下去的机会,或许我这样叙述有点过于武断,当然我也没有怪父母的意思,只是我宁愿这样武断地相信,外婆的确是失去了一次生存的机会,哪怕是手术不成功,也不会有任何遗憾,母亲也好,长大后的我也好。母亲的遗憾显而易见,我的遗憾却包含更多更复杂的情绪在里面。我真希望时光能够倒流,用我现在懂得的回到当时,帮助昏迷中的外婆作一次选择,一次在她生命中最重大的选择,可是时光不能回到从前,我的恨我的痛在这一刻随着我的这些文字渐渐明朗渐渐浮出水面,而我的眼泪随我的这些情感的加深而涌出眼眶,一滴、一滴,滴进了心底。

在那十天的时间里,有一天给我的感受最强烈。隐约记得外婆昏迷七八天的时候,家里请来了另一位老人,是迷信吧。那位老人不停地在外婆身上拍,从上到下,使劲地拍,当时我被吓到了,我躲在一个角落里看着她那么卖力,似乎要把外婆身上的什么魔鬼都拍走。我再望了一眼外婆,她的眼睛仍旧望着前方,似乎没有任何感觉,我真想把外婆摇醒,要她将那可恶的老女人赶走,可是我不敢过去,那是大人的地盘,而我只是个八岁大的孩子,还是个胆小怕事、冷漠的孩子。我也幻想那个老女人能把那些病魔掐走,这样外婆就会好起来,可是能吗?不能。不然那个老女人在折腾半天后,不会扔下一句没救了就匆匆离开,连茶水钱都没拿。

凭着那个无知的老女人的一句话,大人们开始忙碌外婆的后事。当时华姨给外婆换的寿衣,换衣服的时候才发现外婆身上全都是伤,青的紫的,大腿内侧都是密密麻麻的伤痕,是那老女人掐的。华姨看到后就大哭起来,边哭边骂,临死的时候还要受这种折磨,何必啊。那种场面让在场的每一个人心酸,而我只会傻愣愣地发呆。华姨把我拉到外婆的身边,边流着眼泪边说,瑶瑶,你外婆以前总是惦记着你,说要把口袋里的钱都给你。这些话是那样的熟悉,那个冬天的晚上,那个比白天还亮的冬天的晚上,我问外婆什么时候死,死了要记得把口袋里的钱都给我。而现在,外婆临死前还惦记着我的那些蠢话不能瞑目。华姨在外婆口袋里掏出一百块钱,一边对外婆说话一边递到我手上,说了些什么我不记得了,只记得当时我非常害怕,不敢要却又不敢拒绝。那些幼稚无知的话似乎成了一种定局,那就是外婆终于要离我而去,而走之前要把身上的钱留给我才安心。

大人们一直在忙着准备外婆的后事,而我却根本感觉不到外婆即将离开,没有悲伤没有眼泪。晚上十点左右,母亲要我和姐姐到二楼的李姨家里去睡,母亲是怕吓着我们。我和姐姐被安排到了一个陌生的床上,我不停地翻身,不停地眨眼又闭眼,在那时我就懂得用疲惫来麻痹自己,让自己能尽快地入睡。我看着天花板,不停地数羊,我闭上眼睛,在心里不停地数,一只两只,整个人陷入了无穷无尽的黑暗空间,到处是数字,很多很多。迷迷糊糊中,我被李姨推醒。在那一刹那,我开始恐惧,腿脚发软,是外婆昏迷后的这些日子里唯一的一次恐慌,我有预感一定会有什么事情发生。我全身无力,在李姨还没有开口说任何话的时候,我就有预感,眼泪开始不由自主地往下流,不停地流,李姨摸着我的头说,孩子莫哭了,快下去见你外婆最后一面吧。

不知道是怎样下楼的,那种害怕无法用文字来形容,巨大的恐惧笼罩着我,泪水模糊了双眼,哽咽着发不出声。我走得很慢,一半是因为腿脚发软,一半是因为仿佛只要我下了这层楼梯,外婆就撒手离开了我。

我和姐姐来到一个房间,外婆静静地躺在那个小床上,是那么的瘦小,母亲、华姨就跪在床边,一个声音说,只有出气没有进气了,另一个声音说撑不了太久了,于是整个房间里的人就这样静静地望着同一个地方,大家都在等着外婆咽气。这是多么残忍的事实,血淋淋地再一次呈现在我的面前,我能够感觉出我的心在滴血，不是因为外婆走的刹那，而是因为所有的人都在等着看外婆咽气，我不愿意看到这样的残酷，那就像看到一把刀在割着自己的肉，还不能躲避。

外婆就是在众目睽睽之下，在大家的守望中离去的。母亲、华姨、姐姐和我都跪下给外婆烧纸钱，姐姐哭得很大声，可是我却没有了一滴眼泪，我只是低着头，拼命地烧纸钱，甚至想要挤出几滴眼泪，都是徒劳，包括后来送外婆上山，我都没有再留下一滴眼泪。我终于长大了，终于懂事了，我的悲伤不在当时，我的眼泪也没有流在过去，我的悲伤在之后的日日夜夜，我的眼泪流在每个想念外婆的时候。

在外婆走后，我就开始日夜做噩梦，而且是相同的一个梦。梦里外婆拿着一把钥匙对我说，要知道我为什么要你对华姨好吗？去找到这把钥匙就明白了。梦非常短却很清晰，短得每次醒来天还没亮，清晰得在我醒来还记得每一个情景和每一句话。那是一片很小很小的钥匙，就在距离我很近的地方，可是当我想要伸手的时候，梦就在这个时候停止了，我就回到了现实。这样的梦，一次两次无妨，我也不会放在心上，可是夜夜重复，天天重复，那些场景就像是重复播放的碟片，在梦里我努力想要拿到那把钥匙，醒后又拼命想要寻找到那把钥匙，到后来我都无法分辨出钥匙究竟是在梦里还是在现实里，那些前面被我省略的其实是我根本想不起来的话，隐约又会出现脑海，怀疑是自己遗忘了某个细节，或是漏了某个片断。接下来的每个日子里，我不是在找钥匙，而是在寻找那些被自己抹去的记忆碎片，然后一点一点地拼凑成完整的图片。

从外婆的死再往前面一点，像倒带一样，我要把过去和外婆生活在一起的点点滴滴全都用文字记录下来，不在今天，不在明天，在往后想起来的每个时间里。

2

外婆的离去让我仿佛一夜之间长大，一种忧郁出现在那个本不应该有的季节，眉宇之间那抹淡淡的忧伤从那个季节开始落定，在往后的日子里，我更关心的是我的那个梦和梦里的那把钥匙。

外婆是个苦命的女人，却又是一个坚强有性格的女人。这些都是在后来的日子，在外婆去世后的日子里，姨妈断断续续说给我听的。外婆原本应该有个完整的家，有份安定的生活。外公，我那未曾谋面的外公，原是一位乡村大夫，可是关于外公的叙述姨妈也不是很清楚，因为外公并不是姨妈的父亲。这件事大概是我长大后才知道的，除了有些诧异，我没法融入任何情感，对于一位至亲却是那样的陌生，这不是我的原因，事实原本如此。

姨妈的叙述其实一直围绕着小时候的我，她一直掩饰不住满心的喜悦和深深的叹息。外公的职业在当时很吃香，收入是一般的家庭不能比的，可是外公是个热心肠，很多时候从来都不收取那些病人的钱，有些是熟人亲朋之类的，有些是条件困难的，外公还经常在村里四处游医，上门给那些穷人治病。虽然这样，外公和外婆还是很幸福，至少我是这样认为的，因为外公和外婆一样有颗善良的心，加上生下我的母亲和我的舅舅，一个四口之家。外公外婆都有一份工作，固定的收入足够让这个家庭在当地衣食无忧。

艰难的日子在那一年春天到来，那一场灾难把这个原本安定的家摧毁了。

那是一个多灾多难的春天，一场肺痨感染了很多人，外公作为医生，信守自己的职责，走村入户。外婆或许有些预感，那个早晨在外公出门前拉住了他，吞吞吐吐地说些不着边际的话，无非是能不能今天不去之类的话。可是外公没有放在心上，和平时一样出门，却没有和平时一样回来。外婆一直后悔当时为什么没有坚持，为什么那么听信外公的话，不然，只要过了那一天也许什么事情都不会发生，那些灾难也不会在接下来的日子里接踵而至，让人猝不及防。

外公因为那天的出诊而感染上了疾病，在没有得到及时治疗的情况下离开了外婆，离开了才两岁大的女儿和刚出世的儿子，当年外婆才二十几岁，正是年轻和幸福的开始。外婆的一生从那个时候起就彻底改变了，失去了外公，不仅仅意味着失去一位亲人，失去一份感情，还失去了一个家的顶梁柱，一个年轻的女人带着两个孩子开始漫长辛苦的人生路程，这些只会在电影里或是书中出现的场景与姨妈的叙述重叠，悲切。

外婆含辛茹苦的生活姨妈没有太多的叙述，只是告诉我她在外公去世的第三个年头改嫁了，生下了姨妈。其实，这并不是新的开始，有了新的家庭不一定会有新的生活。我不了解当时外婆改嫁的情况，是自己选的，还是通过别人介绍，是自己愿意还是生活所逼，这些都不重要，重要的是我一直关心着外婆到底生活得好不好，可是我也并没有见到我第二个外公。

姨妈仿佛不太愿意提及太多关于她亲生父亲的事情，只是说他脾气很爆，相当不好。于是整个画面中不时出现外婆怄气或是被打的场景，我比任何时候都要气愤都要束手无策，我那可怜的外婆第二次的选择仍旧是个错误。后来我一直在想，外婆对外公的感情应该很深才对，若非生活所逼，若不是万不得已她不会改嫁。然而这些都不足以打倒外婆，在当时外婆的心里还在想念逝去的外公,那是一份寄托也是一份牵挂。

仍旧是春天,那个春天里外婆差点疯掉。

外婆有一个儿子,比我的母亲小两岁,外婆重男轻女的思想很重,这也是后来和我的父亲一直有隔阂的最主要的原因之一,因为她一直认为我的父亲重男轻女,因为母亲没有为父亲传宗接代而对母亲不好。在当时比母亲小两岁的舅舅是外婆的全部精神支柱,这个支柱足够支撑一切,包括外公的去世,包括新家庭的不安宁,甚至还包括更多那些我根本不知道,也无法猜测的一切。可是那年春天这个唯一的支柱轰然倒塌,十七岁,我那才十七岁的舅舅,我那还不曾见过面的舅舅,被查出得了白血病,对外婆来说这是一个致命的打击,以目前这样的医疗水平都不能完全攻破,更何况在当时,外婆的世界里从此只有灰色。

外婆也是在那一年放弃工作,带着舅舅四处寻医。寻医的过程是何等艰苦,在这里我不用作太多叙述,因为本身与病魔作抗争就是世上最痛最难的事情,过程虽然叫人心酸,可是仍旧充满希望。我想外婆是一位伟大的母亲,不仅如此,还是一位了不起的女性。可是这样一位可敬可仰的女性,却没有得到上天的眷顾,她没能帮助儿子战胜病魔,没能留住儿子年轻的生命,甚至还要眼睁睁地看着花朵样的生命就这样在自己手中消逝,这是一种折磨,是一种多么残忍的折磨。我仿佛又回到了外婆去世的那一刻,那种眼睁睁地看着生命的流逝却无能为力的绝望再一次将我刺痛,我能够感受到外婆所受到的打击,不单因为我现在已为人母,对外婆的那份感情仿佛让我和她身心相通。

一个月以后,舅舅因治疗无效永远离开了,那年他才十七岁,而外婆已经老了,唯一的精神支柱瞬间倒塌,外婆接近精神崩溃的边缘,不吃不喝,整日望着舅舅的相片,以泪洗面。外婆的生命也正在慢慢地消失,她的气息也近微弱。青年丧夫中年丧子,有什么比这两件事情更残酷,更惨痛。外婆的心在滴血,我能感受得到,可是外婆的伤痛远不在此,人在最脆弱的时候是禁不起打击的,哪怕一点点,也足以要她的命。

我的新外公在这个时候提出回到农村,回到他曾经的乡下,离开这个外婆生活了几十年的小镇。外婆坚决反对,因为那样就意味着一家人全部回家种田,而当时母亲已经马上就要工作了。可是那个男人意志坚决,根本没有回旋的余地,外婆陷入两难的境地,那个带血的伤口没有好,却要作出如此重大的决定,走还是留。这是一个两难,走的话虽然日子更苦更累,但毕竟是一个家,不走的话,就意味着分开。

难以想象外婆是如何挣扎过来的,一定是流着泪滴着血的疼痛,一定是伤了心断了魂的抉择，外婆在旧伤未愈的情况下，咬牙作出的决定，是那种置之死地而后生的勇气。写到这我突然间对那个我没有见过面的老人有一点憎恨，虽然在前不久也刚刚离开人世，我心恨啊。外婆最后的决定显而易见，不然也没今天的我，我也不会在今天过着小资的生活，安安静静地写字。

外婆在当时的决定是任何人都不曾想到的，却是至今为止母亲和姨妈认为最明智的选择。外婆选择留下，选择结束这段可笑的婚姻，带着同母异父的一对姐妹开始了新的生活，再苦再累都是一种开始，新的开始。

3

我不知道这还能不能算是关于外婆的记忆，因为这一切都是在外婆离去之后才开始的事情，或是在外婆离去之后才发生的事情，现在，正慢慢地浮出记忆，呈现在我的面前。而此时此刻我原封不动地将它们呈现出来，丝毫不去理会那些记忆会带给自己多大的惶恐与不安。呈现出来未必是一件坏事，但肯定不是好事，那意味着自己将再一次回到过去那些日子，那些失落与无助将在我的叙述当中逐渐清晰。

这一切都得从外婆走了后说起。那个年龄里极不相称的忧郁一直伴随着我长大，甚至在我流浪的那些日子里都不曾离去。我惊讶自己用流浪这个字眼，这之前从来没有想到过的两个字，现在出现在自己的文字里。准确地说，我是流浪过，或者是漂泊过，在一个不属于自己的地方游走，从白天到夜晚，从日出到日落。

我在这个城市安家之前，就一直游走在这座城市当中，曾幻想着有一天自己可以归属这座城市，融入这座城市。对我来说，安定的生活比什么都真实，而那些真实却距离我遥远。我努力朝着这份真实靠近，不停地奔波在生存的空间里，还要抵挡那些橙色的力量。我之所以用橙色来形容那些红尘俗事，无非是提醒自己远离色彩。为了生存，或者为了更好地压抑自己，我选择一个人漂浮在这个城市的边缘，游走是我唯一的方式。

我还需要用大量的文字才能形容我的那段时光，却在内心本能地拒绝着有关它们的叙述。其实那不是丑恶的，虽然不美丽却单纯，那仅仅只是我的一个成长经历，在我还没有任何能力改变一切之前，我除了顺其自然，能做的就是坚持。

我清楚地记得第一次站直了身躯和父亲说话的情景。那是比现在还要炎热的夏天，没有风，只有热浪一波一波地从脚下往上涌，太阳烘烤着大地，父亲的脾气远比这烈日还要烈，是母亲的眼泪让我的声音放大，我说我再也不用你管了，母亲以后的生活由我来照料。这话我是流着眼泪吼出来的，第二天我就离开了那个小镇，来到这座陌生的城市开始了自己的打工生活，用自己挣来的钱养活自己。

我不是想表明什么，只是想更加清晰地呈现，用漂泊来形容那些日子是很贴切的。我穿过那些陌生的建筑，在一个又一个陌生到熟悉的环境里赚些微薄的薪水，城市的兴荣繁华与我无关，更多的只是冷嘲热讽，我在这座城市的底层呼吸，那个空间只是我短暂歇息的场所，没有温暖，没有色彩，除非用来睡眠，我没有半点长时期逗留的念头。还记得那些凌晨，一个人穿越湘江一桥，桥上橘色的路灯至今还留在脑海里，仿佛闭上眼就能感觉到它们的温暖，我很谨慎，走一段就会停下来回头看看，我不知道自己希望看到什么或者看不到什么，我害怕那些陌生的尾随着自己的脚步，害怕那些恐怖的追随自己的哨声，我总是死死抓紧自己的包，虽然包里没有任何值钱的东西，我甚至想到了后果，万一我的包将不得不离开我，我会主动放弃，我不想看到更为悲惨的事情。穿过一桥，就是漫无边际的黑暗，夜静得可怕，路也漫长得可怕，那条小巷子是我最黑暗最无助的记忆，我几乎是用跑，飞快地跑，心脏的负荷超出了自己的想象。风在耳边发出令人颤抖的声音，深一脚浅一脚地踏过那些坑坑洼洼。跑过小巷子，就是转角的楼梯，我在那里缓慢下来，不是要稳定自己的情绪，是必须缓慢下来，因为自己不能像猫一样，在黑暗里寻找光明，我只能一步一步地摸黑前行，数着楼梯，到达那个小小的房间。曾想到过用手电筒，借助那微弱的亮光给自己壮胆，最终被放弃。因为人总是容易被自己吓到，寂静的夜里，那些一亮一闪的灯光不会给自己带来多大的力量，反而会一点一点侵蚀自己仅存的勇气。

这些不曾告诉过任何人，第一是因为语言的乏力，那些黑暗的路程是我根本无法说清楚的，那些黑暗里的提心吊胆是我无法表述的；第二是没有倾吐的必要，有些事情过了就过了，再提似乎缺少很多。而现在我选择用文字来记录那些事情，只是为了更好地看清自己成长路上的点滴。唯一庆幸的是，那些黑暗的路程只是路程，在那些路程里虽然有过悲惨的故事，但都与我无关，而我也是因为不想成为故事的主角而重新考虑自己接下来的生活。

没有工作，生活也就成为了唯一的难题。在这里，我不得不重新提一下除了母亲以外的另外一个女人，也就是在前面的叙述里提到过的华姨。其实外婆离去时说的话我一直记在心里，虽然不能明白，但至少我不能忘记。

我在和华姨通了电话后，就放弃了那份艰辛的工作，结束了那段提着胆走黑路的日子，来到另外一个小镇，那里住着华姨和她的家人。

重新回到这个小镇，我记不清自己有多久没有来过，我童年生活的大部分记忆都在这里，那些欢乐，那些幸福都在这里流动，仿佛自己就不曾离开过，那些瓦，那些泥还是那样的熟悉，那些人那些事还是那样清晰，华姨给我的爱与感情在外婆离去的日子温暖着我，鼓舞着我。虽然在外婆带我的那些年，我无法完整地记下华姨对我的好，但是在外婆离去，在我人生经历低谷的时候，华姨给我的温暖足以抚平那些细碎的伤口。可是，我已经忘记有多久没有见到她了，也不知道是什么原因让彼此疏远，那些都不重要，重要的是在我生命里有着一个至关重要的亲人，在我人生面临抉择的时候，在我失意彷徨的时候，在我失去主张的时候，她像是黑暗中的那些橘色的路灯一直陪伴左右。

安静的生活对于我来说，是一种蜕变，那些平淡的充实的生活是我新的开始。

在华姨家，是一种毫无压力的生活，是一种轻松自然的相处，她用一颗包容的心温暖着孤寂的我，我的那些鲁莽浮躁，那些固执无知就在这平淡真实的生活里渐渐淡去。华姨的家境也不是很好，可是她仍旧每月给我足够的零花钱或是生活费，从来不多语，只是说在外面，在那个城市里，没有钱是无法生活的。心高气傲的我就是在这温情中开始沉淀，如果说外婆的离去让我的心里成长，华姨的关爱却让我思想沉静。

很多的傍晚，在华姨家前面的小院里，花坛前固定出现两个身影，那是我和姨妈晚饭后休息的固定场所。她总是跟我讲过去的事情，讲我八岁以前的事情，讲那些关于外婆的事情。她用一种不紧不慢的语调，叙说着记忆里的故事，每当这时，霞光照在她的身上、脸上，有一种奇怪的颜色。那时候对色彩的认识很浅，鲜艳的、夺目的都是年轻人喜欢的，而我偏偏爱上冷色调，比如蓝，深蓝、靛蓝都让我莫名其妙地喜欢，而眼前华姨身上的色彩是我从来没有见到过的神秘，无法用文字来形容。以至若干年后我回想，那是耀眼的金色里糅进了夜色的黑。

或许，华姨从最开始就在我眼里读出了那份冲动，那份莽撞，只不过她没有说出来，而那些刻意的陪伴是她的另一种方式，或者在那些陪伴的日子里，华姨也由最开始的刻意到后来的自然，到最后自己完全陷入那无边无际的记忆河流里。

华姨跟我说得最多的还是外婆，还是她与外婆共同照料我的那几年。

回到那间老房子，斑驳的墙壁仍旧残缺，中央的木床很宽敞，我和外婆就睡在木床上面，那时候的自己每天晚上要喝一大杯白糖开水，我还记得我爱叫：糖糖水，因为吐字不清晰的原因，我总把糖糖水叫成了凉凉水。华姨说到这里的时候，我就完全想起来了关于凉凉水的故事。多少个晚上，外婆都要在半夜里醒来给我端糖水,还要时刻担心有尿床的事情发生。外婆的收入在当时算很好了,父母都有了工作,也没有了经济负担,于是,她每月的工资几乎都用在了我的身上,老房子前面就是一个小商店,我还记得叫秀兰商店,那里是我经常跑的地方,外婆的钱基本上都花在了那个小商店里。

华姨的声音很平缓,像是唠家常,或者说一些无关痛痒的事。

有一件事情,一直让华姨耿耿于怀,或者还有外婆。老房子隔壁住着一户人家,平常经常走动,只不过外婆和华姨都不太喜欢他们,说他们有些瞧人不来。可是,我还小,我不懂这些,他们家有两个小孩比我只大一两岁,于是成了玩伴。那时候,我常常一个人跑到他们家里玩,有一天,他们家煎面粉做成的薄饼,小孩子都是贪吃的,我也是一样。我就流着口水一直守在那里。最后他们给了我一块,我很高兴地用手捧着跑回家告诉外婆。

其实这也不是什么大事,小孩子在邻居家得到些吃的是很平常的事情。可是谁又知道,当时刚从油锅里拿出来的饼温度很高,对于我来说,娇嫩的皮肤又如何受得了这样的温度?然而,贪吃的欲望胜过一切,当我捧着饼跑到外婆面前的时候,外婆砰的一声就打掉了我手上的饼,那是我第一次见外婆发那么大的脾气,当时就吓到了,傻愣愣地站在那里,眼泪在眼眶里打着转转。

外婆气急了说,你这孩子怎么这样贪吃,手被烫成这样了。

这时我才感觉到疼,从手掌心传来火辣辣的刺痛,外婆摊开我的双手不停地哈气,手已经红了,并且起了水泡,外婆边吹气边流泪,边骂隔壁的人家边说我,她还是个孩子啊,做大人的怎么这样狠心,怎么不给她拿个碗装啊。而我早已经泣不成声,或者是掌心的刺痛让我流泪,或者是外婆的眼泪让我伤心,那一刻,那一次,我的心就有了缺口。只不过幼小的心灵无法明白其中的一切,以致现在回想起来,那种受歧视的感觉仍然存在,伤口不仅仅在手上,还在心头,一直就有。

那以后,外婆每个月固定放些钱在秀兰商店,说这孩子可怜,父母不在身边,她想吃什么就由着她吧。

从那时起,秀兰商店就像是专为我开的。

4

很多事情在想起之前是遥远的,甚至是粗略的,可是随着记忆的呈现,才发现自始至终都没有遗忘,只不过将它们封存,然后在某个特定的环境里将它裸露。我惊讶自己用的这个词,裸露,或者没有哪个词可以形容得如此贴

切,因为它们是那么真实。

记忆里有风低吟,像是外婆常常哼起的歌谣,随着这些文字的浮现,思念之情与日俱增,多少次黯然泪下,湿了衣襟;多少次梦里惊醒,一宿无眠。现在,外婆安静地睡在那个山坡上,每年母亲、华姨和我都会去看看,上炷香、烧点纸钱,对死者是一种悼念,对生者是一种寄托。每每这个时候,我总会静静地跪在坟前,什么也不说,什么也不做,就让自己沉静下来。

上一次去看望外婆的时候,只有我和华姨,我们照例像往常一样,点上香,然后跪在坟前,山上的草木长得很疯,枝枝叶叶布满整个坟头,那些带刺的灌木缠绕在一起,遮住了碑文。华姨告诉我,外婆走得太匆忙了,根本没有来得及交代后事。是的,当时华姨不在外婆身边,没有和我们住在一起,外婆晕倒后就一直昏迷不醒。

华姨后悔那时候没有坚持让外婆留下来,留在老房子里。其实在我懂事后,我就一直认为外婆的离去和自己有关,这个念头一旦形成,就再也不可能忽视或者抹去,并且还会伴随着时间,伴随着记忆一点点在心头滋生,就好像那坟前的草木失去控制。与草木不同的是,这个念头根本无法人为根除,我试过很多次,每每泪流满面,然后陷入极度的内疚与自责之中。

那间老房子早就卖了,在外婆随着我和父母一块住的时候。外婆心里有太多的不舍,住了一辈子的房子,说放弃哪有那么简单。在我六岁那年,父母接我回家读书,可是因为工作不能照顾我的生活起居,于是就希望外婆和我们住一起。其实我知道外婆是不愿意的,这种不愿意在后来和外婆同住的那两年越来越明显,外婆不愿意,一半是因为不想离开老房子,那里有她太多的感情,另一半还是因为父亲。在这里说到父亲,我没有半点偏激的成分,也不是要埋怨什么,只不过有些事实本来如此,我只是陈述或是呈现。

父母是自由恋爱,可是外婆当初死活不同意这门亲事,老人家的想法与年轻人不同。后来还是华姨告诉我,当时外婆不同意是有原因的,一是因为父亲家里穷,身为老大的父亲下面有五个弟妹要照料;二是因为父亲脾气不好,母亲的性格温顺柔弱,外婆担心母亲受气、受累。外婆的担心终归拗不过母亲的坚持,外婆在气愤、失望到不得不由着母亲的过程里,苍老了许多,甚至在母亲成亲的那天狠狠地哭了一场,以后就再也没有谁见到过外婆的眼泪了。我想,外婆的心早在"青年丧夫,中年丧子"的悲痛中麻木,外婆的眼泪在母亲执著的爱情里面干涸,剩下的就只有日复一日的生活。

华姨结婚后有了自己的家,在那老房子里面就只有我和外婆居住,我曾一直认为自己是外婆的希望,外婆带大我的那些年,多多少少我也给外婆疲惫的心一丝慰藉,那里有着我和外婆的快乐和幸福,而那些快乐是简单的,自然的,就像是一场趣味游戏在祖孙三人中进行,我被外婆和华姨宠着,被捧在手心里呵护着。那些幸福也是简单的,真实的,虽然有时候我也会急外婆气外婆,但那些在外婆眼里就是一种幸福,实实在在的存在,累点苦点没关系。

后来,外婆还是选择放弃老房子,放弃一些坚持。我还记得那是一个秋天的早晨,天蒙蒙亮,外婆早早起床,把屋子里里外外收拾了一番,父母早就在外面等候,还有一些陌生的面孔,他们是来买房子的。我趴在里屋的窗户上面,我不喜欢那些陌生人在我前面指指点点,他们在看房子,我在看外婆,看着外婆忙碌的身影,和头上灰白的发,我也不想和父母回去,那个小镇对我来说也是陌生的。外婆一直没有停下来,她动作很慢,轻轻地擦拭桌椅板凳,像是在抚摸自己的孩子,然后再极其不舍地转移到下一个动作。外婆的每一个动作,每一次转身,我的心就会跟着痉挛一下。这个词我是在犹豫片刻后写下来的,在当时孩子的思想里,只知道是难受,而在此刻一个大人的心里,痉挛是很贴切的。现在想来,外婆当年与第二个外公离婚的情景似乎在重演,外婆心里是难过的,无助的,却又是不能说的,外婆在经历激烈的思想斗争之后作出了选择,带着我和父母同住,离开那间老房子,这次的离去就意味着再也不会回来了,外婆是舍不得丢下我,更不愿意让母亲为难,外婆这一辈子都在为别人作打算,为别人考虑,甚至到临死的那一刻,她的心里还惦记着我。

外婆只简单收拾了我和她的衣服,什么都没带走,她说,既然再也回不来了,就什么都不带走吧。外婆说这话的时候没有任何表情,喃喃自语,牵着我的手,再一次回头看了看那间熟悉的老房子,眼角有颗晶莹的泪顺着流下,浸入了脚下的这块土地,以至若干年后,当我回来寻找旧房子的时候,当我再一次踏上曾经熟悉的土地上的时候,分明感觉到了脚下的温度,那是外婆的温度。

外婆带着我随父母住了两年,只有两年,就匆忙离开人世,我一直在想,外婆若不是因为我,也就不会离开老房子,若是没有离开老房子也就不会走得这么早,这个想法越来越强大,在我心里已经根深蒂固。

5

我用大量的篇幅来叙述旧房子,却始终无法表达出当时外婆矛盾与无奈的心情。外婆的心上一直有块伤疤,而现在我却残忍地在揭这块伤疤,我要让我的痛裸露出来,正视自己,哪怕很长时间内都无法走出来。我的痛是在外婆离去以后一点一点堆积起来的,或许是时间的推移加深了这些痛的

程度。

最开始回到父母身边,我很不适应。有了父亲的管教,母亲的唠叨,少了外婆和姨妈的溺爱,我不再随心所欲,甚至有点谨小慎微,有点惶恐。我总是无法适应父亲严厉的目光,只要父亲一瞪眼,我立马就会安静下来,默默地做着自己的事情。一开始,外婆都会说父亲,而我也仗着有外婆爱护而不理会父亲那一套,我行我素。当然,也没少挨父亲的打骂。

从小到大,唯一喜欢的运动就是打羽毛球,一打就忘记了时间。那是一个夏天,我和姐姐在院子里打羽毛球,从家门口朝外头望去就只能看到我的身影,姐姐在另一头被挡住了,我们正在兴头上的时候,父亲叫我去楼上他同事家里拿东西,我嗯了一声,仍旧继续和姐姐打球,跟着因为姐姐的提议我们换着边打。原本这只是再正常不过的事情,可是父亲见到我没有动静,再看到我和姐姐换了个头,发火了。

那是记忆中第一次挨打,我跪在地上,父亲拿着什么东西我想不起来了,只感觉打在身上真的很痛,一下一下,边打边骂。说不去拿东西就不去,还要和姐姐换边,想要她去。其实我知道根本不是那回事,只不过当时贪玩,父亲的呼喊没有听到心上,可是倔强的我就是不吭一声,哇哇大哭两声后就咬着牙任由父亲打骂。我的行动更加刺激了父亲,他感觉到这个孩子的陌生与顽劣,甚至说是被外婆惯坏了。外婆当时蹲在我身边,几次要我躲开父亲的痛打,甚至还替我挡了几下。倔强的我自始至终都没有开口,说出父亲想听到的表示悔过之类的话。其实我的身上很疼,甚至听到父亲怪罪外婆的时候,心里更加难受起来,我不想看到外婆因为我而受到父亲的责怪,却又不愿意开口向父亲承认错误,因为在我心里,我根本没有错,错就错在不应该让外婆替我挡了几下。

父亲最终在我的沉默里收起了家伙,外婆把我抱上床,用热毛巾替我敷伤口,边叹气边说:傻孩子你怎么就那么倔呢,外婆知道你不是故意的,也知道你乖巧懂事,可是你为什么不开口呢?我摸摸外婆红肿的手臂,眼泪哗哗直流,那不是疼痛的泪,那是委屈的泪,那是替外婆心疼的泪。那次经历对我的成长影响很大,我的倔强我的隐忍从那时候开始就已经成形,而在以后的岁月里,苦难和疼痛面前我都不曾哭泣,唯有委屈和感动才能让我从心底流泪。

我开始上学,开始像其他小朋友一样早出晚归,外婆就剩下一个人,忙完家里所有家务后,就坐在门口等,有时候也会看看电视,有时候也会出去走走,只不过越来越沉默,越来越没有更多的话,这与外婆以前的性格成了鲜明的对比。外婆以前很爱说话,也喜欢讲故事,与父母同住后,她与父亲发生过好几次不愉快,大部分是因为我。我的男孩性格,在父亲眼里是缺乏管教,是因为小时候外婆宠的原因,我的贪玩、我的淘气、我的倔强在那时都成了我是一个坏孩子的理由。父亲开始对我实施严格的管教,而外婆从最开始的袒护到后来的沉默,都被我一一看在眼里,可是我说不出来,我还只是个孩子,六七岁的孩子,孩子的眼里见到的只是谁对自己好,谁对自己不好,简单地形成了两种对比。

我或许只是外婆与父亲之间矛盾的引子,外婆与父亲真正的决裂是因为母亲。在这里我本不想过多地提起母亲,在我眼里她一直是性格温顺的贤妻良母,我也不想再一次用逆来顺受来形容父亲与母亲之间的关系,毕竟现在,在外婆走后的二十年后,在我成家立业之后,父亲与母亲早已经相敬如宾地安安静静地过着日子,如果母亲哪一天看到这篇文字,也请见谅,我只是想整理自己的那份情感,只是想再一次好好地想念外婆一次,因为朋友告诉我,过去的事情只能是过去,千万要记得走出来。所以,我想最后一次用文字来帮助自己清醒,在文字里深深地想念外婆一回,我那可怜可敬的外婆。

其实外婆心里一直有着隔阂,对于父亲母亲的婚事一直放心不下,她不止一次地对华姨说,如果哪天她死去,她不担心华姨,唯一担心的是母亲,担心母亲会受到欺负。外婆说这话的时候态度非常坚决,甚至从思想里就对父亲有成见。这个念头一直伴随着外婆,直到她离去。对于那一次事情我不想细说,无非就是因为另一个女人的出现(后来证明一切只是外婆猜测),外婆怀疑父亲对母亲不忠,就有了那次激烈的斗争,差点演变成家庭破裂。

父亲和外婆大吵了一架后搬出了家,而母亲整日以泪洗面,那段日子成了记忆中最灰暗的一部分,再也没有了欢笑,我开始害怕回家,害怕那种惶恐的日子,更害怕母亲无声的眼泪和外婆越来越苍老的模样。可是,我知道我很懂事,也必须懂事,放学后早早就回到家,甚至帮助外婆做些简单的家务,外婆很平静,平静到似乎看不见母亲的眼泪,可是这样的平静让我后怕,闭上眼睛就是母亲哭红的双眼,父亲甩门而出、头也不回和外婆无数个夜里辗转反侧不能入睡的场景,甚至还有外婆执意要母亲离婚。

我开始消瘦,脸色开始苍白,终于在父亲走后的半个月病倒,外婆慌了手脚,带着我这么大,从来没有见过我如此虚弱,脸色如此难看,一天又一天,我从未见到外婆那个样子,神色慌张,眼神恍惚,可是我已经连说话的力气都没有了。后来,父亲回来了,听说是外婆找到了他,还听说外婆去了几次,这中间的事情,只有外婆才清楚。

外婆离开旧房子只和我们生活了不到两年的时间,这两年,外婆曾想要回去,哪怕只看一看也行,都没能如愿,而在二十年后的某个日子里,我带着对外婆的想念和一点点内疚,站在曾经熟悉的地方,旧房子已经不在了,可是还留有外婆的气息。

那是一种很特别的气息,是外婆的气息,我能感觉得到。

哦,我的外婆!

江水清清

天际泛出白，一抹朝霞正将它染色，小镇开始苏醒，和小镇一同苏醒的是紧紧相伴左右的湘江水。

渔船渐渐多起来，有自己驾船从对面县里过来的农夫，他们挑着满满一担鲜绿的蔬菜，那些丝瓜、梗菜、莴笋都还在睡梦中，一滴两滴的口水还挂在嘴角，还有那些青的红的辣椒，挤在一起，头挨着头，肩蹭着肩。有些农夫坐渡口船，同样是一担子蔬菜，与自己驾船来的农夫不同的是，他们担子里的菜不是自己种的，而是从集贸中心批发过来，同样是绿的，却没有那种生机。渔船靠岸，船上多了一个网兜，网兜里有些活蹦乱跳的东西，近处一看，全是鱼，大大小小几十条，青灰色，眼睛鼓鼓的，腮帮不停地收缩，一紧一松，其中还掺杂着几只小虾，在那些鱼的身子底端气，细小的钳子把鱼肚戳出一道红印。渔船上的人天不亮就出来收网，这网是头天深夜放下去的，在江中水位比较深的地方，放很长很长的距离，然后在第二天凌晨起来收网，一天的收获就在里面。

在这些渔船里，国栋那瘦弱的身影很显眼。他还是个孩子，和那些大人们挤在一起特别扎眼，他摇着渔船，有时候是和母亲，有时候是和弟弟，更多的时候是一个人。渔船靠岸后，国栋吃力地背起网兜，和着水扔进了一个很大的脚盆，看着那些鲜活的小生命，国栋的脸上露出了少有的笑容。

湘江水养育了小镇上的数百口人，也是孩子们嬉戏打闹的好地方。尤其在夏天，江水清澈见底，傍晚时分，岸边聚集了许多前来纳凉的人，就包括孩子。孩子们光溜溜就下水了，懂水性的什么都不拿，在水里来来往往玩个痛快，累了就让自己漂在水面，闭着眼睛，任水流把自己托起，漂啊漂啊，忘记了时间，等到睁开眼睛才发现已经到了下游，又重新朝着上游的方向游去，清凉把整个身体都裹住了，夏天的燥热已经被洗净，只剩下清爽和快乐。也有些不懂水性的小孩，身边总跟着大人，还有一只救生圈。那时候的救生圈多半是一只废旧的大轮胎，黝黑色，有几处还泛黄，往不远处一扔，刚下水的小孩就摇摇晃晃扑腾起来，总算抓住了救生圈，钻了进去，这才露出嘴角的笑容。救生圈里的小孩很羡慕懂水性的人，能够与水融合在一起，看着自己被那只笨重的救生圈圈住，心中有点不快，就拼命用手用脚踢水，希望能早点摆脱这个大家伙。很快，他们也被水带来的清爽与快感所征服，全身心陶

醉在了水中。

那些祖祖辈辈喝湘江水长大的乡亲知道，这江这水不仅仅带来收获与希望，还有灾难与迫害。

1997年，这里发生了五十年一遇的洪水，正是这条湘江作祟：小镇被水淹掉了一多半，损失不计其数，庄稼田园被水淹没，池塘菜园被洪水覆盖。看着经营了很多年的家园苦苦挣扎在水中，我们感觉到了湘江的残忍。然而大家没有放弃，齐心协力战胜洪水，夺回了属于自己的家园。田可以再耕作，地可以再播种，房屋可以再补修，为了防止下一次的洪水，小镇修筑了防洪堤，比原来的增高了三米，后来，再也没有一次洪水大过1997年，小镇再也没有被水淹，而小镇上的人们又有了一个更好的去处——观赏江堤风光。

每年夏天，是渔民捕鱼的好时机，那些活蹦乱跳的鱼总能给小镇上的人们带来可观的收入，使他们的生活质量提高很多。收获的同时，每年在这个季节都有遭遇不幸的家庭，国栋的父亲，就在那年夏天永远地离去，抛下了妻子和两个幼小的孩子，永远消失在这江中。他们家世世代代捕鱼为生，国栋的父亲水性很好，为了这个家很努力，每次捕上来的鱼都是最多最大的。一个家庭就这样破碎，湘江却没有流露出一丝的怜悯，它仍旧客观存于我们的视线之中，而我们仍旧要与它共同生活。

小镇上的人们以一颗包容的心对待湘江，毕竟那是养育我们的母亲河，它的宽厚与富有，它的残酷与无情，我们都以一种坦然的心态面对。

离开小镇有些年了，我仍然忘不了它。端午节，全家一起回到了小镇。雨丝绵密，我走上那条高高的河堤，放眼望去，湘江一览无遗。踩着有些湿滑的泥路，我深一脚浅一脚地走下了河堤，河堤的另一面长满了青草，开着不知名的小黄花。接近水边，水远没有我想象中的清澈，而是浑浊，暗淡，竟然还有一股鱼臭味，水面浮了很多白色垃圾，随着水波荡来荡去，不远的地方有一个挖沙船，机器的轰鸣打破了原有的清静，从船舱里漏出的废油废水已经将沙场附近的水面污染。我已经记不清上次来这里的时间，三年，五年，甚至更久以前。昔日的欢乐与惆怅，隐约浮上心头，有多久没有亲近它了，然而此刻，面对这条早已失去往日神采的湘江，我早已丧失想要亲近它的冲动。

我想保留一点儿时对这条江的印象，没有再继续前行。往回走时，碰巧见到了国栋，与其说是巧合，不如说是国栋知道我回来了，尾随在后面。多年不见，彼此少了儿时的感觉，对于我的感叹，国栋只说了一句话，他说现在镇上的人们都不再喝这湘江水了，喝的都是净化过的自来水，水还是湘江水，却少了那丝甜味。

柒

在敦煌

【作者简介】

方健荣，男，笔名大野，上世纪70年代初出生，甘肃省敦煌市人。系甘肃省中华民族文化促进会会员，甘肃省作家协会会员，敦煌市作家协会副主席。1990年以来，先后在《诗刊》、《星星诗刊》、《绿风诗刊》、《诗潮》、台湾《葡萄园诗刊》、《诗探索》、《新华日报》、《甘肃日报》等国内三十余家报刊发表文学作品三百篇（首），新闻稿件千余篇，作品多次获奖，并入选多部选集。出版《天边的敦煌》、《敦煌之缘》，并主编散文选《敦煌印象》等书。

【写在前面】

在敦煌，既是一种尘世的形体漂浮，也是氤氲的精神笼罩。在敦煌，一切的现实都像是往事，一切的往事也都就是现在。这些文章是短小的，是我一个人在敦煌的生命状态，也是我一个人在敦煌的低吟。没有歌唱，但见内心；没有思想，却见灵魂。这些文字与我血肉相关，这些文字是拆散的我……骨头如花朵，情愫如沙尘。这是风后的存留，也是风起始与返回之时的沉静、自由和安享。

注：作者照片由青年作家曹建川拍摄。

湖上时光

1.早晨的湖

早晨起来，我会一个人做早餐。熬玉米粥或小米粥是挺有趣的事情，边用水煮一把鲜菜，一个人在餐桌前坐定，这种时光已经有五六年，我吃得很多，也吃得很有滋味。对我来说，这清淡的饮食像朴素的思想，让我获得简单平静和健康的生活。

做早餐时，我会从窗子后面探出头去，依着楼群的一排树长得很高，在树与楼之间成了深深的峡谷。我的目光在这一片开阔地方漫游，会看到天空中飞翔的鸟儿，还有带着阳光的云彩，更明亮的那一个湖静静地泊在不远处，因为这片水，生活仿佛有了不少的灵气。这是全新的一天啊，一年又一年，经过了多少年，我都在这城郊的一座高楼上，接近乡村，与这一片开阔的地方十分贴近，与这片湖泊长久地相望着。无数个全新的一天都是从这里开始的，我竟然从无察觉，竟然把这一切平淡中的美好当成了多余，或根本就没注意过。这是一个多好的地方，宁静自然，仿佛一个高尚的人的内心，已经摒除了嘈杂和烦恼。春天有时候会刮起黄色的沙尘暴，某个黄昏或夜晚，我去远远的一个朋友那里聊天，回来的时候我被刮在风里，但那样肆虐的大风从来没有让我丢失过。那楼下面的湖水肯定在风里被刮得一片浑浊，这世界上会有多少清纯的湖水不被风尘污染呢？尽管如此，我还是爱着这片湖水。等我回到家中，大开的窗户在黄风里吱吱作响，房子里落了那么多的沙尘，这样不小心的后果会让我整整把房子擦上半天，但仍然不会关着窗户，任其大开着，与蓝天、白云、绿树、湖泊相互照应。我把自己的心也这样打开着，在这样的地域，生命需要袒露，不再修饰，我会让一切进入，也希望自己进入融汇在这一切当中。第二天早晨我看到湖水依然清澈，一场风在一个夜晚被它悄悄地沉淀下去，找不到一丝痕迹。上善若水，这一片湖真是如此，厚德载物，一个人能不能这样。

每天早晨我会早早地下来，在湖边漫步。这时已经有一些人早早赶来，他们是那些希望健康长寿的人，年复一年在这里抓紧锻炼的人，从城里赶来这儿，练气功、打太极拳或跑步，围绕着湖水，精彩的一天让他们充满了新鲜的

希望和梦想。湖边的柳树是真正的风景树,那么大的树冠那么修长飘洒的树条,在风中摇曳出千种美姿,在湖边行走是多么自如的一件事。我往往一跑下楼,就扑向这湖边的人行道。这里的石头和绿地都是极好看的图案,石头踩在脚下的感觉是极美的,我会走上很久。这时候已经有人在湖边钓鱼,这是一些让我尊敬的人,他们比好多人懂得生活的乐趣,他们只为坐在湖边的这个早晨而感到生命的意义,知足常乐的人大概不会太多,但他们一定有这份闲适祥和的心境。其实,人能有一片湖映照并与之默默相望,该是很奢侈的事了。现在我觉得,我能与湖为伴是多么富足啊!

在湖边上的小凳子上坐上半天,也有更多的恋人在这里留下青春时光最难忘的回忆。因为这湖泊,人们显得美好而平静,似乎一切都被洗干净了,不掺杂任何杂念。就这样静静地,让心灵沉淀,让生命沉淀,让一切都如沙粒沉淀在清澈的心底。我宁愿不去做别的事,在这里消磨一个早晨美好闲适的时光,修炼自己粗糙的身心,体会人类生命中最永久不衰的无私正直和高尚品性,在这一刻我确实实被自己的内心迷住,原来是这么好的一颗心灵,善良、朴实、平淡得都让自己感动。这样平静的一个人,这么可靠的一颗心,其实是有力量面对这个世界上所有一切的。自己被自己彻底打动,不是人人都可以做到的,我真的是一个纯粹而洁净的人了。

最好的时候是下雨的早晨,我打一把伞,在湖边的草里行走,负氧离子含量很高的大颗大颗雨水,会让我禁不住对着这雨滴纷飞的湖面大口大口地呼吸,真清爽啊。我看到雨水在湖面上溅起来的细密的水波,这是一种平静后微微动荡的美,这时候适合用身体的每个部分倾听,仿佛自己和天地间每一片树叶都懂得了倾听的重要,雨水打在湖面上,更加清澈而活跃了,湖边的树在风雨里更加精神、碧绿。我宁愿扑向这场风雨,让雨水把我浇个透,这种近似野人的感觉,是多么愉快啊。在雨里我竟然会走那么长时间,雨水在脸上流着,心灵在雨里澄澈,这样的早晨,是我生命中的良辰,我十分珍惜地收获着美景,每每会用干渴的唇回味那雨中早晨湖泊的滋味。

这个湖泊,春天瓦蓝,人们在湖边的阔地上放风筝,夏天会吸引更多的人散心,秋天瘦下去,冬天就干了。有几个人春天从远处溪流里引水,把它充得满满的亮亮的,那时候我常常坐在湖边把脚伸进水里,还用手戏水,像一个孩子那样玩上半天。水把我的衣服弄湿了,也不觉得脏,湖水并不会污染一个人,人才会污染湖水。人的脚步所能到达的地方,一片天然的美景便会遭到破坏,今天这样的脚步并没有减少,而是越来越多了。当我亲近湖水一样的自然,我总是希望自己与之平等相处,希望自己呈现出天性中最为洁净的一面。湖水需要不断地更新,大概每周就要把原来的水放光,再把新的水引进来,因此这水一直清澈见底,小小的青蛙和鱼在阳光里看得清清楚楚,让我们迷恋忘返。在这湖边我不仅感到宁静富有,感到纯洁年轻,也悟出了不少人生的道理。除了爱这湖的透彻,我还喜欢在湖边的石凳子上坐下来,在微风扬着的枝条下读书。我知道我需要不断地充实我的思想,与一些真正的大师交流,他们会一次次把我带进一个全新的天地,把我引向生命和灵魂的高处,那时我就会茅塞顿开,豁然开朗。

在湖边居住,在早晨或黄昏的湖边行走,我已经离不开这湖,这样的早晨我渐渐地靠近了自己,我感到沉思默想的美好,就这样默不作声,看着湖水在阳光里敏感地涌出一条波纹,闪烁出它一天里最光亮的时刻。

2.湖上时光

我太喜欢在这湖上流连往返了,喜欢这样一种清澈无比的映照,喜欢一个人静静地坐在湖边上看湖,整个夏天,再没有别的事情让我动心。我想把一切都忘得干干净净,只与这湖水为伴,度过夏天里最愉快的时光。

阳光从早晨开始,照耀着这一片蓝色的湖水,我沿着一条小路,从不远的居所赶来。风吹得身上痒痒的,阳光晒在我的皮肤上,大多数时候,我穿着短衫、短裤,一种不加修饰又自由自在的样子,当身体在阳光里微微发出汗来时,我的皮肤也被夏天的阳光晒黑了。这样的早晨我青春的血液在哗哗地流淌,生命显示出无限生机,健康而又快活。这个湖泊不是裸露在旷野上,它像一个美丽的女子那样深藏在野草茂盛的最深处,因而每次我赶来都要走过被人们踩出来的长满野草的小路,周围更是长满茂盛高大的野草和树。我从没记住的某一条小路进来,又从别的地方找路出去,当穿过比人高出许多的芦苇丛时,都希望有一个人和我在这里捉迷藏,因而这片芦苇荡又唤起了我的童年的梦和记忆。

在湖边我喜欢坐下来,一坐一个早晨或一个黄昏。我还没有学会钓鱼,但有一位朋友经常来钓鱼,他也把这湖当成了人生的知己,他每每从钓鱼中获得许多乐趣,钓了大的鱼带回去吃,小一点的钓起来又扔进湖里。他认为钓鱼其实不是在钓鱼,是一种极为淡泊的人生而已,我还没有到五十岁,还没有修炼到他这样的境界,像他一样,面对这一片大湖时心无杂念,我还真的做不到。

这个湖是安静的,大多数时候这里来的人不多。人太多反而嘈杂起来。现在我对有人群的地方都有点敬而远之,这并不是逃避现实,而是不愿意随波逐流,因为那么多的人都在盲目地追逐着金钱,似乎人生再没有了别的意义,似乎人类也没有了别的出路。我于是更加喜欢起自然来,每每到自然中来,找到了心灵栖息的净地,生命和灵魂也极为纯净起来。是的,人是需要不断地净化自己的,生命成长的过程,应该是不断纯洁自己的过程,而不应该是一味地接受来自社会的那些乌七八糟的观念,那些使你急功近利的充满欲望的东西,永远不是人生的真谛。人类只有和大自然和睦相处,才会真正获得一种叫幸福的东西。现在我在这一片湖上,是无比幸福的。我甚至认为人生真正的幸福其实不多,却都十分简单,喜欢一个人,和她在一起,好好去爱她,是一种幸福。一生都去做自己喜欢的事情,不要被世俗的东西引诱,也是一种幸福。经常到自己得以休憩的一个地方去游玩,也是一种幸福,而这种与自然接近,与自然交往的过程,又是人生多么巨大的一种幸福啊。当我在这个湖上度过许许多多闲散的时光时,我是无比幸福的。可惜在现实生活中,很少有人像我一样把自己置身到大自然中来,他们认为每天挣钱为生计奔波是无比重要的事,而我恰恰和他们相反,我认为所有一切都不过是人赖以生存的手段,那些忙忙碌碌当然不重要了,更何况,要生存下来又是多么简单容易的事啊,是人类把这一切夸大了,看起来似乎很重要,其实根本不是那么回事,而体味人生和生命中的美好才是重要的。当在这湖上恬淡地做一个闲人的时候,我把这些都想清楚了,或者说我真的悟出来了。现在我觉得人一生中最重要的就是自由和爱情,这两样都比金钱重要,而我们有时候怕获得自由会无所适从,怕无所事事会找不到方向,人类真是可笑的动物,总拿着最重要的东西去换取最没用的东西。拿自由去换金钱是一种,拿爱情去换金钱也是一种,这都是人类的悲哀。因而在这湖边的许多时光里,我觉得我昏睡了许多年的心,一下子被这大自然的风唤醒了,你可以想象这一刻我内心是多么轻松和自由啊。

这片湖是我见过的最大的一片湖,夏天的早晨或黄昏,我总是到周围的芦苇丛中转悠,在密密的芦苇丛里,我听到了天籁之声,听到了一些说不上名字的水鸟清幽的鸣唱。那绿色的枝枝叶叶,轻轻地划在我的胳膊、小腿上,划在我的脸上额上,我们是多么亲密,童年时在麦田或玉米地中也是如此。有时候我就坐在一座小丘上的凉亭里,这是当地农民用芦苇编织并搭起来的圆形的亭子,零星地点缀在湖周围起伏的小丘上或开阔的平地上,这是大自然的房子,不怕风也不怕雨,如果说诗意的栖居,这种房子完全可以让人生活得更为朴素幸福,且几乎不花什么代价。人们曾经这样与草为伴,与湖为伴,但有一天人们都脚步匆匆拼命地急急涌向了城市,也就远离这最简单的幸福了。

很少的时候,我会坐在一叶小舟上,划着船在湖上,清风徐来,那水波细密地在湖上闪烁,仿佛细碎的银子,而湖底又是那么深,水草在水里轻轻摇动着,小小的鱼在水里清晰可见。而湖水是那么开阔,完全望不到尽头,更远处是长得更高的芦苇丛,那么高大的芦苇丛,是只有这里才可以看到的,像一些小小岛屿,让人心醉神迷。水里还有鸭子,十分可爱,在湖水里觅食,它们是那么平静,还有鹅,洁白洁白的,也是平静的。让人感到水鸟的性格是生灵中最好的一种性格了,慢悠悠的、无所事事的样子,真的是太好了。风吹着,感到身体是凉爽的,风一直吹着,让大自然也心情开阔。

走过一片湖与另一片湖之间,是木板铺出的小路,在芦苇丛里若隐若现,仿佛诗歌的跳跃的美。我在湖边看人们钓鱼,看人们划船,看着那湖泊,多像一只眼睛,想象真的是无力的。让清风吹着,波纹荡漾着,我在湖边闲逛着,看着湖的北边那红色的火焰般的小山倒映水中,觉得这是人生最快乐的时光了。

现在是盛夏,我希望在漫长的夏天和秋天,都能常常来这湖上,也许,一年四季变幻的美,都能让这湖深深地蓝成我无比思念中的那一块蓝宝石。

3.另一个湖泊

你在哪儿?在遥远的地方还是就在我不远的身旁。看不见你,已经很久很久了,几万年几千年,时光像流水匆匆远去了,我还在这西部偏僻的角落里守望。我是一片蔚蓝的怀着忧郁的湖泊,在早晨或黄昏,我都会思念你,思念这天地间另一片同样清澈的湖泊。

不知道会不会传来你的消息,一只飞鸟或一缕晨风,悄悄来到我的身边,它们的翅膀触到我一颗敏感的心,我整个的心,大海一样无边无际的心轻轻荡漾起来,这是我最快乐的时刻,在阳光和青草的簇拥里,我会泪流满面,天上的白云和湖底的石头都把我看得清清楚楚。我这一往情深的思念,你知道吗?在这茫茫戈壁和沙漠密布的大地上,我和你像一双自然的眼睛,谁也离不开谁,望着同一个远方,这是今天世间稀有的神话一样的爱情吗?

或者会来一只黄羊,两只野兔,这样我也不会太孤单,生命里拥有了最灿烂丰富的一天。可更多的时候,我是一个人。一片天底下纯净的湖泊,看不到你穿着亮亮的闪烁着金子一样光彩的裙子的身影,我就静静地思念着你,从早晨一直到黄昏。当黑夜来临,天上的星星都走进我的怀抱,我还是无法合上眼睛,去做一个关于你的好梦。

我就这样思念着你,甚至是毫无指望地思念着你,这种爱像几千年几万年来深深地种在我的心中,当造物主开天辟地在巨大的运动中造出你我,我们不小心破碎了离散了那一刻起,我就一直想念着你,一直呼唤着你,你是我的湖泊啊,是只属于我的湖泊啊!我的生命里从此留下了永久的甜蜜的化也化不开挥也挥不去的疼痛。

让我心疼而又苦苦寻觅着的美丽的湖泊啊,属于我的另一个湖泊,让我就这样思念着你,不管是前生还是来世,静静地在大地上,让春夏秋冬作证,让每一双靠近我的脚印作证。我爱着你,这无法说出口的语言,像我满脸荡起的皱纹,一波一波地淘洗着时光的碎银,把爱情深深地沉淀进我的心底。也许有一天你看到我,看到了我表面的平静,也看透了我清澈的内心。

这难道还不够吗?不值得你珍惜吗?我的生命中的另一个湖泊啊,你让我静静地注视着你,让我滚烫的心念着你,让大地紧紧地把我们捧在一起,让我们流向同一块血脉相连的草原,滋润同一片沙漠,开出同一个早晨的鲜花吧!

一片湖泊与另一片湖泊,静静地在西部的大地上,守望成那片永恒的美丽的风景。

4.看　湖

这是一处远离闹市的净地,这里有一片又一片明净的湖。这里没有车水马龙的喧嚣,没有压人的高楼的拥挤,更没有乌烟瘴气的侵扰。满眼都是绿,一种被清风澄灌过,被溪流淘洗过,被湖水净化过的纯净又野性十足的绿色。

一片湖又一片湖,在绿色与绿色之间亮亮地映照着蓝天,微微的波纹涌向岸边,阳光的银子碎裂又复原着,复原又碎裂着。这是一幅传神的水墨画。湖的中心有水鸟浮游,湖边有凝神的垂钓者。微风习习吹动芦苇,我的心情微动,一种生命的陶醉让我感到与湖的对应是很清澈的,虽然无言,对话却通过具体的身体和一颗心灵传达得那么切肤。

在一块石头上静坐,聆听大自然在此刻赋予湖水的清音,那几乎是渗透在泥土和植物根部的。湖水像远处风景的眼睛,天空很大,我像在它的睫毛下。我被一种来自遥远又如此接近的蔚蓝色融化了,自己与自己联系起来,自己与自己偎依着。唯独湖是真实而开阔的,似乎连我也是多余的了。

我用我的眼睛看湖,用我的生命读湖,用我的感觉体会湖,用我的思想概括湖。我被湖消受也消受着湖。这是多么愉快的感受啊!这片湖竟然浓缩了时间和空间,将我内心中早已泯灭早已荒芜的美好体验一一唤回到我的身边,让我迷失于这良辰美景,让我忘乎所以。

在湖边行走,拾起一块片状的石头,打一个潇洒美丽的水漂,然后静静地坐下来,我有点欣赏自我的感觉了。似乎一下子年轻了许多。远处的雪山洁白洁白的,绿色草滩上有蠕动着的黑点,那是马匹。风儿轻吹,流云飘忽,而这一切都可以从湖中看出来。

湖上的鸟儿飞了起来,这是另一番情景,一种吸引力让我蹲了下去,掬一捧清水,似乎我也成湖的一部分了。这是一种返璞归真吗?在湖边我没有任何矫饰,一切都是自自然然的。我似乎感到这一片湖水就在我的头顶,我被从头到脚,从里到外彻底地冲刷,痛快极了……

鸣沙山·月牙泉之梦

1.鸣沙山中

　　早晨起了个大早,与朋友结伴而行,赶往敦煌城南五公里的鸣沙山。天还略带点寒意,空气格外清新,一进鸣沙山的山门,视野立刻开阔起来,脚下是绵绵的沙滩,向南边望去是起伏连绵蔓延到天际的鸣沙山。游人们早早地赶来,往山里走,有的还骑着骆驼,山谷里传来叮叮咚咚悠远的驼铃声。美好的一天在游客们迫切地扑向这山的怀抱时开始了。

　　我们徒步前行,走过了像大海边的海滩一样的沙滩,这一片沙滩是被昨夜的风吹得很干净的沙子,那么细那么密,还留下风的波浪般的痕迹。在这沙滩上行走时,我感觉就在海边。也许在几百万年前,这里曾经是一片大海。我们在苦涩的风里走过,感受到人类脚步几多的沧桑,沧海桑田,这儿成了大海留下的最后一声叹息。耳畔似乎又传来郑智化的《水手》的歌声,此时此刻,我们在早晨的阳光里都脱掉鞋子,光着脚丫卷起裤管走在沙滩上了。

　　我们向东边的那座小山上走过去,那儿再往东有驼队正沿着山路向上攀登到一座鸣沙的山峰上去,我们选择了进山的路,今天我们要从这里爬过许多的山,一直到山里面去。不知道这山里还有什么,但我们有一种入山寻宝的愿望。鸣沙山不同于石头的山,这一座座大山,都是由一粒粒小小的尘埃般的细沙组成,那么多的沙,像巨大的水流,因为风的旋转流动,一千年一万年的聚积,大地上隆起了这一座座连绵的无限伸展的大山。这么多的沙组成这么雄浑的山,想必世间也是少有的。我们开始向上爬,最初的沙山还不太软,似乎是一场接一场雨过后沙粒凝结在了一处,踩上去硬硬的,如走平路。转眼工夫,我们登上了山顶,这时候看到那个驼队还在向东边走,他们要到那有帐篷的地方去,那儿插着红旗,在早晨的阳光里迎风飘扬。这一片山地在早晨的照耀下线条分明,简单明了,显得格外开阔。我们上的这座山还不算太高,有几个农民在这儿等游人,沙山上向下是几道爬山的木梯,这儿有不少滑板,有几个游客坐上滑板,从山顶上一推小船般向山下滑去,速度极快,也极冒险,让人有一种欲坐而后快的欲望。这种感觉一定是酣畅淋漓的,在鸣沙山中坐骆驼最好两个人,带着自己心爱的人,一前一后在驼铃声声中一颠一颠进到山中去,是多么浪漫享受的事。坐滑板则不同,女孩子是会害怕的,一般男的坐着在半山里翻船不能顺利到达山下是无所谓的事。我们没有骑骆驼,也没有坐滑板,我们看着别人在这大沙漠里体验着无法言说的快乐,也为自己能够到他们去不了的更远的山中而无限快慰。

我们走过这座山,就向另一座山上走去,光着脚的感觉真好,脚底下的千万颗沙粒细密地按摩着我们平时难得赤裸的双脚,那种舒服的感受好像从脚下很快传到了内心,传到了身体的每个细胞,每一滴滚烫的血,此时我们的生命活跃而幸福。我们边走边说笑,三个人说着许多自由而超凡的事,仿佛心灵上的一切束缚都在这早晨的清风里被吹得干干净净,一如这无边荡漾的沙海,在阳光里不夹杂任何一点别的想法。当我们爬到这座山顶时,脚下沙子一陷一陷的,我们都有些气喘吁吁了,但流淌在生命中的快乐是无以言表的。山风清清地吹过来,在我们的身体上,在我们的眼里,在我们的耳畔,声音呼呼作响。我们回过头看来时的路,山底下的人那么小,骆驼也小小的,那些小汽车像甲虫一样缓慢移动。而脚下和远处的山,都矮起来,一览众山小,真的是如此。而我们敦煌的这一片绿洲,真像一个盆子也有了边沿,都在目光所及之内。那座小城若隐若现,真是一堆小小的积木垒出的玩具,我想起"一片孤城万仞山",此时看鸣沙山和山下的小城就是这样一种感觉。东边的三危山和鸣沙山的色调形成了强烈的对比,三危山是蓝色的,鸣沙山一片灰浑。在绿洲四边,则是无边无际的大戈壁。原来我们生活的绿洲是这么小小的一点绿,在这沙漠和大戈壁之间,真的有点弱不禁风的感觉,似乎一场大风暴就可以把它吹得无影无踪。在这个时候看到的东西只有天和地,天地之间也就没有别的什么可以称道的了。朋友说在这山顶上真的把什么都忘了,什么名和利,什么恩恩怨怨,都不值得一提了。在绿洲的那座小城里,人们仍然在挣扎、拼搏,只不过是玩着一种十分可悲的游戏而已。在这巨大的沙山上,我们不由悟到了生命的真谛,感到自然的伟大,人类的渺小,都禁不住对着天空和群山呼喊起来,啊——嗬——嗬——,这喊声在早晨的清风里被传得很远,很远,不知道山下的人们听没听见。我们长啸着呼喊着,挥洒着生命中无穷无尽的想往和激动。

我们翻过这座山,向里面进入一片谷地,这时候所有一切都被山遮挡在外面了,我们进山了,这一大片开阔的谷地,我们走了好半天,有点累,几个人在沙滩上就地坐下来,喝点水,补充补充能量。山野之中寂静无声,偶尔可以看到远处一小片一小片绿,好像是野草,因为今夏雨水旺,这些小草竟然在沙漠里悄悄长出来了。还看到小小的蜥蜴,在沙漠上惊慌地逃跑,它那么无措的样子,我们真想追上去抓住它,但怎么可能,然后又为这种想法不好意思起

来。风清清的，山静静的，在这山里只有我们三个人，在大自然的怀抱里，我们的心灵无比的宁静，像这一地的沙滩，都沉淀在这茫茫的沙海中了。我们休息的时候，看见在我们身后那座山上翻下来一个人，他走得很快，不大工夫就到我们身边，是一个五十多岁仍很精神的男人，转眼工夫擦身而过，继续向里面走去，翻过那座山，就再也看不见了。我们几个年轻人和这位长者相比，真的算不上爬山的好手，对他暗自佩服起来。山谷里还有若隐若现的车辙，仿佛到更加遥远的山里去了。

我们又开始走过这沙滩的谷地，看到山地起伏变化万千，犹如在梦幻里一般，在这巨大的沙粒的世界里，只有风留下了波涛一样的痕迹，无边无际地荡漾开去。我们走过，只留下了赤裸的脚印，长长的，已经十分遥远。我们手脚并用，开始爬另一座更高大的山了，人类总在征服一座又一座高山，登上一个又一个顶峰，都说无限风光在险峰，在这大水流般柔和的线条组成的山里，也有无限的风光，只是人们很难体会到罢了。当我们登上这座山时，我们坐在山顶上，坐在那刀刃一般的山脊上，眼前的世界无比广阔，虽然都是沙的世界，但并不显得单调，起起伏伏回还往复不已，像一首巨大的颂歌在这里奏响，把大自然神秘莫测的美演绎得无穷无尽，余味深长。耳畔的清风吹着，眼里的沙粒滚动，还有什么时光比山里的早晨更让人沉醉流连呢？我们已经深深地被大自然的美所征服了。在这山顶上用手捧起沙粒再看着沙粒流水一般从手中流泻，仿佛这一天的好时光，都从我们手里这样欢快地流泻。这是让我们心满意足的时刻，我们在无边的沙海和手中的沙粒之间，听到了生命中最动人的那一种碎落，静静地在时光的沙漠的海上。

我们继续走，身后留下长长的脚印，又是一片沙的谷地，看到一些小树一样绿绿的植物，我不由跑过去停下来看着它们，原来是梭梭刺，还开着小小的葡萄大小的花，有红的，也有白的。在这大沙漠里，看到这绿色原来是这样一种沁人肺腑的心情。

不知道走了多久，我们翻过了多少座山，都有些累了，看到周围仍然是沙的海洋，那些山脊都如刀刃一般，风吹过的时候，山脊上像有烟尘随风飘荡，那细细的沙子如过眼的云烟，被人们踩下去，又被风刮起来，吹到山顶上去，在这山里变幻着自然不老的容颜。一大片谷地在脚下，太阳高高地照着，离山顶很近的地方，天蓝得像切入心灵一般，那种蓝是我从来没有看到过的，也是朋友们没有看到过的。我们禁不住久久地看那片天，那片蓝玻璃一般几乎化为水的天，不知道如何说一句话了，真想就一纵身跳进这蔚蓝的海水里去，山里面更远的地方是什么，我们再也看不到了。

天热起来，这时候看四周的山，像女人的乳房，像女人的身子，像女人的腿,就那么柔情地在我们的身边。鸣沙山是如此女性化的山,让人禁不住要去抚摸它迷人的肌肤,这山不仅仅像一个美人,让人沉醉,更像是一位青春勃发的母亲,像敦煌的母亲,在这里静静地躺着,深情地守望着绿洲盆地上的人们,一代又一代地繁衍、生息。在这柔软的怀抱里,我们都不由自主地躺下来,躺在这沙滩上,脱光衣服,赤裸着身体,似乎只有这样,才能表达此时此刻的心情,表达对自然无限的热爱和敬畏。不知道过了多久,太阳暖暖地照着,沙子滚烫滚烫,我们听到风声吹过,在这寂静的山里,风掠过发梢时带着亲人般扑面而来的凉爽情意。

一只鹰在天空中滑翔,它那么久都不抖动一下翅膀,从一座山滑向另一座山,让我们觉得一只鹰不知比一个人幸福了多少倍。天边的云洁白洁白,像一些涌向岸边的雪浪花。在这个夏天的早晨,我们在蓝天黄沙之间,在阳光的照耀和微风的吹拂里,似乎已经被融化了,和这沙山彻底地融为一体了。就想这样静静地躺着,什么也不想,让沙粒吹打在干净年轻的身体上,赤裸裸的,不愿到山外面的世界里去。

2.鸣沙山下

一个雨后的早晨,我独自来到了鸣沙山下的这一片旷野上。对我来说,这是一个全新的地方,我在敦煌的这块热土上生活了三十多年,但我从来没有到过这里,想必更多的人也不会来这里,人们只喜欢在纷拥的城市里行走,可我来了,当我走进这片野天野地,就被它罕有的美悄悄地俘虏了。

我走过一片夏天的树,风很大,吹得这片树哗哗作响,久久地在风里站着,彻骨的凉意从身体的四面八方吹过来,猛然感到,我也是一棵树了,站在旷野上,一年四季都被风吹着是一种多美的感觉。我抬头仰望着这些长得高高的修长的白杨树,那些绿叶是它们唱歌的语言,它们正在与风对应,唱一支关于生命的风之歌呢!这些挺拔的树比起城里市侩地活着的人,更让我充满了深深的敬意。我竟然用手去摸身边这棵大树,它的皮肤那么粗糙,甚至是伤痕累累,但它是多么高大挺拔啊,这难道不是我们缺钙的人生需要汲取的一种精神吗?

过了这片白杨树林,是一片戈壁石头滩,这是在西北戈壁里常见的一种地貌。戈壁上长着一堆一堆的梭梭刺,均匀地散布到远处,有些梭梭刺上开出了红的、白的两种颜色的小小花朵,特别惹人爱怜。地上有晒干的骆驼粪,好像骆驼们在这里吃过梭梭刺走了有好长时间了。这些岁月里梭梭刺们在雨水中快速地生长起来,竟然都成了这么一堆一堆的一大片群落了。在这一块领地里，只有梭梭刺这一种植物铺天盖地，很少见到别的植物，我不禁纳闷，兴许在这样的戈壁环境里，只有梭梭刺才成了真正的强者，这里成了它们的天地，它们的家园。在这片梭梭刺的尽头，看到水流过的痕迹，那沙地上细细的波纹像冲积出来的扇面，一切都是新鲜的，这个早晨，这片天地，我这个闲散的人。

远远是一道黄沙梁，那道黄沙梁从南向北延伸过去，颜色特别显眼，像堆着一道高高的麦粒，南边是一片一片绿色的树，远远地夹在鸣沙山与这片旷野之间，那是叫月牙泉的村子，此时只是一溜儿绿色而已。而这片旷野阔大深远，我向黄沙梁跑过去，当我走上这黄沙梁，站在高处向四面张望，却无法说出对它真实的感受了，只是一个劲地自语：真美，真是太美了！如果你不来这里，就永远体会不到这道黄沙梁细腻的美柔情的美无限伸展的美，在这旷野之上，它就像一个美丽的人那样贴近着我的胸怀，我在这黄沙梁上奔跑，呐喊，然后捧起沙粒，在阳光与风的吹拂里，挥洒着青青马儿般热血的激情。这一个黄沙梁竟然让我心海荡漾着，仿佛生命中有一种爱情也和大自然一样，干净安谧，久久地裸露在天与地之间。过了这道黄沙梁，更远处是又一道黄沙梁，那一道黄沙梁是这一道黄沙梁的好朋友吗？突然就明白了，这道黄沙梁在这么远的地方，即使一年四季没有人来，也是不孤独的，这两道黄沙梁，让我发现了自然无言而真诚的奥秘。

我还在这黄沙梁上，我像这道黄沙梁一样，深情地望着那远处的黄沙梁，兴许此刻，那道黄沙梁也向这边遥望着这道黄沙梁呢。在天地之间，彼此含情脉脉，彼此金黄金黄，像做着同一个灿烂温馨柔美的梦，静静地躺着，露出被风吹的光洁的肌肤。这个早晨，我仿佛成了它们天真无邪的孩子，我被它们捧着，被它们照耀着，甚至不是我在和它们玩，而是它们在巨大的手掌心里玩着我这样一个小小的孩子，看着我在沙里留下那蚂蚁般细小的脚印，它们一定会很好笑，因此脸上露出了那细密的风吹过的皱纹。在这样的天地里，人一下子被美翻了，还能够站起来吗，还能够有别的想法吗，坐在这早晨的黄沙梁上，只想让风吹上一万年。

我这才注意到鸣沙山，在那一溜儿绿的远处，看到了更远更大的鸣沙山，真的是一种大气势，感叹自然是一个大手笔，一座座大山被风吹成了柔和的波峰和波谷，仿佛有一位画家，还在不停地描画出鸣沙山的神韵。那一座座沙山，因为线条的流畅，在阳光里明暗清晰地涌动而来，此时我感觉到自己就在波涛汹涌的大海边上，鸣沙山内在的那一种力量，经久不息地拍打着我的心潮。猛然间，我又感到无比的寂静，似乎连风的声音也没有了。再看鸣沙山，有的像金字塔，有的像尖顶的草垛，更多的感觉无法说清，在天边上无限遥远地延伸着,这就是一幅画,有一支笔在看不见的地方,尽情挥动着,而我是膜拜着这高大雄奇又流畅的鸣沙山了。

在黄沙梁上走了很久,回过头来看到更远的鸣沙山,比先前矮多了,天的边上一溜儿蔚蓝色的山与鸣沙山相连着,那是三危山。我又想到了画家,是不是他把所有的蓝色都涂在了那个地方,三危山是那么蓝,直接让我心里一片清澈。我无法置信我看到的景象,这难道是真的吗?天底下会有这样的蔚蓝色的山,与鸣沙山的灰浑相比,与天上的白云地上的黄沙相比,与那绿的村庄相比,这一溜儿蓝深情而生动,久久地吸住了我的眼睛,我想这样忧伤而纯净的山脉,一定是敦煌灵魂的所在吧。虽然很少有几个敦煌人能够在这个早晨,在远远的地方看到这蔚蓝的三危山,但它一直就这样,仿佛一块蓝水晶的宝石,在敦煌眼里闪闪发出迷人的光泽。

在石头滩上我捡到几块奇特的石头,看到的是更多的石头。一棵红柳树吐着火焰般的花絮,燃烧成这里最美的风景,布谷鸟在旷野里叫着,远处那片绿色的村庄里传来拖拉机的咚咚声,天空里飞过一架飞机,隆隆的声音经久不散。这时候更感到这旷野的寂静,更加希望向着远处走去,翻过了那两道黄沙梁,我看到在有水渠和电线杆的地方,有更多的沙滩和红柳,一条石子路,从东往西向远处延伸去。

在这天地里,感到这是我所看到过的最美的景象了,这一片说不上名字的旷野,也许是敦煌最美的一个地方呢。我很想告诉人们来这里走一走看一看,可我又怕,当更多的人接踵而来时,这里会不会还是这样寂静,这样柔情,这样诗意又余味悠长呢?

我真的怕,我的叹息,像这旷野上的一朵小小的花,散发出淡淡的苦味。

3.鸣沙山中黄昏雨

鸣沙山最美的时刻是落日黄昏,那时天空的云和山间的清风,把人心都吹向一望无际的沙海。一个人或几个朋友,撞入鸣沙山的怀抱里,在沙漠上留下脚印,或在沙漠的高处坐下来等待黑夜来临。风吹着,天地间仿佛只有这一刻的浪漫无边,几个南国少女眼里,沙山上的奇遇不知又会在今生里多少次回眸想起。在鸣沙山上,在月牙泉边,在驼铃声声中,会留下诗酒的踪影。当天黑下来,星辰初起,这山谷间更是无限神秘起来,不知道多少次,我流连忘返在这大沙漠的怀抱里,这是一天里最自在的时光了。

这一次来鸣沙山,天气并不诗意,黑黑的云低垂着有些压抑。我带着几个省城来的孩子,他们第一次到敦煌,对什么都抱着天真好奇,一会儿想要骑骆

驼,一会儿又要开越野车到山里探险,挥洒着少年的风发意气。在山谷里走了不久,天下起雨来,不大,淋在身上凉凉的,好舒服。我暗自想,这是一个雨中的黄昏,大概很少有人在雨里来逛鸣沙山、月牙泉的。不几分钟,雨就成瓢泼大雨,在雨里几个人奔跑嬉戏,脸上、头上、身上到处都流动着雨水,一些游客匆匆坐观光车向山外去,几个骑骆驼的也惊慌失措的样子,这些在大城市里待得久了没经过风雨的现代人,怕是享受不了这一番风雨的洗礼。被雨淋在半路上,不仅用嘴唇品尝着大雨的滋味,也用整个身心来迎接着天地间无边无际倾落的大雨,和着雨声的旋律顷刻间被淋透了。我们仍然冒雨向山里继续走,这时候人们大都向山外跑,只我们几个反向而行。

沙石路上到处是浑浊的水流,雨好大,打在身上叭叭作响,十分生硬,水从脸上、衣服上流淌,几只落汤鸡在雨里咬着作响的牙,都感到了寒冷,有个孩子脱成了光膀子,说这样感觉好些;有两个孩子不想走了,要回去,可这是半路,往外走,仍在大雨中,其中一个埋怨起来,说真倒霉。脱光衣服的小孩却坚持往里走,到月牙泉还远,怎么办?我也是平生头一次在这地方遇雨,尽管浑身是水,却不愿就此逃回去。

继续向里走,在小泉湾不远看到好多茅草芦苇搭起来的凉亭,里面坐着一些游人避雨,这显然是我们此刻唯一投奔的地方。几个人跑进这亭子里,仍然是惊讶未定,敦煌的天竟如此,在这大雨里,谁会有心领略此地美景,又怎么能领略到沙漠神泉柔美的风韵呢?不远处的骆驼仍匆匆向山外跑去,此刻这山里已很难看到人影了,他们都躲到哪儿去了呢?这么大的山谷,只有大雨倾落的声音,把耳朵身体全都灌满了。

几个孩子的思想摇摆起来,进去还是不进去?距离月牙泉不太远了,但这短短的路显然成了艰难,这山谷里狂风劲吹,雨更大更急,仿佛是真正的暴风雨,我尽管也招架不住,但仍鼓励他们面对风雨,凡事不过是一个态度,经历风雨也是领略人生不可错过的一个过程,扑向大雨里不也是一件挺美的事儿吗?

这确实是艰难的行走,大雨和沙粒一起向我们袭击过来,打在脸上生疼生疼,打在身上也麻麻的疼,大风和雨挟裹着沙粒不停打击着我们小小的身体,每走一步都会被雨沙簇拥,甚至被风吹倒。这时候看到四面的鸣沙山,完全是一种奇妙的意境,山顶上,烟雾缭绕,沙子在风雨的吹打下变成了滚滚的烟尘,向天地间无边地倾洒。这里正在发生一场战争吗?我们被这难得一见的景色吸引,忘记自己身处在大风雨中了。天空划过一道闪电,很亮很亮,很快,天地间一片昏暗。衣服完全粘在了身上,从身体到心里都是冰凉冰凉,这是不是风雨的滋味,这一刻全感受到了。雨和沙粒打得眼睛睁不开,没想到肆虐的上天发怒时会有这么大的脾气威风,不仅把天地搞得一片昏暗凄凉,也把每一个小小的人搞得晕头转向。说实话,这阵势我快有点撑不住了,在这大风大雨里淋上这么半天,被无边的大雨和沙粒一次次击中,被风雨团团包围,找不到突围的方向了。

我和一个小孩继续向里走,在大风雨的吹打下,三个孩子被丢远了,当我们冲进月牙泉阁的平地上时,这里游人全无,人去楼空,只有风雨打着木板的声响,这是古乐一样原始自然的交响,在月泉阁的亭子里,静静地听着天地间无边的风雨声,声声入耳,飘扬的风雨和沙粒仍然向这里袭来,这一刻我们什么也想不起来。终于看到月牙泉了,风雨中那么瘦,为了看到这不安的湖泊,我们经历了这一场风雨,此刻雨水流在脸上,流在我们身体的每个部分,也落在月牙泉上,那一道道的风吹起的波纹和雨溅出的涟漪,凄清而柔美。这里竟是如此寂寞,月牙泉边的树并不平静,仿佛我们曾经的内心,这一刻我体会到了生命的真谛,体会到风雨的意义了。

扑向风雨的怀抱,我曾写下这样一句诗,现在真是如此。在风雨的怀抱和洗礼中,不觉得这是一种艰难,是一种享受了。一个人的心态确实太重要了,遇上这样的天气或境遇,有的人肯定会埋怨不休,半天都高兴不起来呢。而我们却感受了新鲜刺激,在风吹雨打之后,第一眼看到月牙泉的那一刻,满脸的风沙,满脸的雨水都不觉得是什么了。

天黑了,风和雨并没有停,游人们已惊散远去,没有车,失散的孩子也会合了。在雨中我们一步步向外走去,这山里只剩下我们几个,胜者为王,我想起一句话。这时候收到一位朋友的短信,大概想到我了。回一个电话过去,朋友听到我在风雨中游鸣沙山、月牙泉,都有些担心可笑了,怕我们被丢了或被风沙埋了。

几个孩子在雨中把手指含在嘴里打着十分响亮的口哨,虽然一个个衣冠不整不成样子,但显得开心潇洒。风雨之后的人是什么样子呢?看看我们几个就知道了,在风雨的怀抱里,真的会有一种别样的快乐,不信,你扑向这风雨的怀抱里就知道了。

4.月牙泉边的月夜

九月的夜晚,我们的旅游车泊在了月牙泉边。清新的风吹在脸庞和心上,猛然间顿消疲惫与杂念,虽然万家灯火的小城不远,但我们似乎早已走出久久围困着生命的喧嚣与浮躁,进入被清风吹得很干净的时光,一片沙漠的银色宁静之海。

　　疲惫了的人们，请你们在九月的夜晚，因为一轮明月相约而来，这是适合把身体放松的时刻，是适合浪漫的漂泊、思念并满怀着忧伤作一次短暂休憩的时刻。如果可能你就让脚步靠近那深深的一潭秋水，把自己融进一往情深的眼里，如果带着恋人，最好登一次高，在山顶上，像鸟儿翅膀挨着翅膀说一会儿话。多好啊！这人世间蕴含着无穷乐趣的一种体验，让你不由得忘了自己。

　　多少次我在日落时分撞入鸣沙山的怀抱，心甘情愿地走上大半天，看不够这里的山和水，也享不尽自己横生的妙想。几年前，我就被月牙泉边那一座横亘的大沙山深深倾倒，那道与天空相接的线条，仿佛切入我灵魂的一种走向，越高越远。几乎找不到一处平坦的地方，让神思停下来，山谷里是开着紫色花蕊的苜蓿，一片又一片，绿了游子的视野。我觉得在仰望那些高入云端的灰色山巅时，一个更广大的世界就展现在眼前，游人们滑沙、跳伞、骑骆驼，因为有了人，这人间宝地显出勃勃生气。特别想把一首诗歌写下来，温柔的鸣沙山谷地，已经把无数风尘仆仆赶来的游子彻底征服并留下来。也许你在梦中幻想过，要来一回，但当你在今生能来一回，你就肯定要跪倒一回，吃惊一回，心颤一回。

　　这时候我终于从惊叹鸣沙山的奇伟中转过头来，看见了月牙泉！原来就是这么一弯新月，悄悄地隐藏在大山的背后，这是在一片绿色芦苇丛里发出声响的水，在沙漠的深处，你的眼睛一下子潮湿了。内心里某个地方涌过波光，谁还愿意躲开此生的奇遇？仿佛一匹奔走了很久很累的马，当爱情的眼波垂青过来，天地间一片灿烂美好！多想偎依着啊！月牙泉，一下子把心揪得疼痛。人们还在留影，时间短暂的让他们不知还要做些什么？鸣沙山怀抱着月牙泉，月牙泉的碧波里又是重叠高远的无穷山巅。温馨的月牙泉使人做梦，心驰神往，那来自异国的美丽少女，悄悄地在情人的臂弯里留恋，久久不想走开。

　　月亮不知什么时候高起来，山谷里一片银白。这真是难得的时刻，很多人一起爬山，陷入沙的光脚怎么也拔不出来，气喘吁吁，爬一会儿便在绵绵细沙里坐下来，看同伴落后或超越过去，也许这种体验不同于登临华山之惊危，攀爬泰山之艰难，却是一种充满了生命快感的享受，额头的汗水渗出来，猛然发现自己的脚和腿也很困很酸。在半山腰里坐下来，看到月牙泉就在山底，仿佛一不小心栽下去就掉进了泉里。泉畔的月泉阁里有很多游客静下来小憩，边喝茶边赞叹。平和的境界便是如此，这是不是人生的真境界？我在这山里，每每都能真实地面对自我，忘记一切尘世中的烦恼，悟出生命的点滴。这处大自然宠爱的净土仿佛一味良药，让受伤的心恢复力量，让迷途的游子返璞归真！

不知什么时候月牙泉边的月泉阁里飘出了一阵吹笛和唱歌的声音。是日本歌曲《月亮沙漠》。唱歌的也是一些日本人。这山谷里顿时充满了异国情调，神秘起来。也许他们曾向往沙漠，当有一天梦想成真一头扑进这别有一番情趣的天地里，却又会怀念起远方的家园。那曲的调子很是忧伤，呜咽而缥缈，我想这时他们中那唱歌的女子眼里一定噙着泪水。

边停边往上爬，原来看起来不太高的山，等爬上来时才发现那一种高度，此刻你在山顶上霍然开朗。风吹着十分凉爽、干净的流沙，一望无际，起起伏伏，绵延到远方去。在这大水流般的流沙里坐下会生出许多离奇想法，别有一番滋味在心头，人生似乎变得更加开阔，很想放开喉咙对着山谷大声吼一气，又怕惊动了不远处一对同样做梦的少年。

没有听到沙山的鸣声，大自然也有沉思默想的时刻，不说一句话，只静静地倾听！月光、沙粒，这时候远处东边的沙壁仿佛刚刚下了一层雪，银子般的月光就那么一直洒遍了山谷。我们手里提着鞋子，装了满满的沙粒，当沙粒从手指间一滴滴流淌时，就好像习习的微风轻轻地吹进我们年轻的身体。我们也是一粒粒沙啊，在这茫茫沙海，在这茫茫人世，谁又能逃脱从命运的手指流淌、坠落，谁又能随风飘向远方？这样巨大的山体，就是这一粒粒沙的杰作，这样雪白的月光，也是因为这样的沙粒静静流泻！月色像雪，当我们走过，那种颜色使大地一片洁白，这时候，我想起盈盈水波的眼睛，想起广阔的西域仿佛手掌摊开在一片月光里。多么圣洁的时刻，在这人间是否还有人珍视一片月光？几千年，几万年，月亮就这么一次次跋涉而来，从最遥远的地方。而当面临月牙泉边的夜晚，所有的美便自然流露出来，让偶尔在月里相逢的人感叹起命运，让人浮想联翩欷歔不已。月色，照在谁的脸和头发上，衣服、鞋子上，立刻使梦境悠远起来，照在谁的思念上，让他从此又充满神奇的向往。月牙泉的水，在月光里沉静得不含一点尘埃，仿佛与天上明月对应，默默无语，又频送着秋波。这时月亮像是天上的一桶水，凉意渐渐浸入肌肤。这是敦煌的月光，让人想起飞翔的天女在什么地方起舞，月亮城像古老的丝绸闪现出光彩，今夜又有多少人的心头思绪无边。这月夜比白天更让人贴近心怀，比白天更能深深地进入一个人的灵魂，让你沉醉，让你遐想，让你举步维艰又感到乐趣无穷。这月夜呵，美得让人心碎，让人找不着北。

骆驼驮着游人远去，驼铃阵阵，满山谷的声响，几颗星星在鸣沙山不远的地方。我们不想离去，已经被一粒沙子打倒，被一滴湖水浸透，九月的额头依然沧桑，在月色的高地，头枕着沙粒，让梦想高远，让风把思念吹散！

月牙泉，也这样枕着沙粒，静静的不想睡去，秋天的清波静若无声！

5.月牙泉边的一个早晨

在山里走了很久,四面的沙漠无边无际。在平地上,坐下来,捧起细沙让风吹着沙子从手心里跌落,这是一个十分遥远的早晨,我们离人群很远,在这山里我们谁也不想思念,一切都平静而快乐。

然后又从另一条路往外走,光着脚走在沙漠上,留下长长的跋涉的脚印,有一位诗人写过《在东方的沙漠上》,我想大概是这样一种情景。只是这儿看不到骆驼,也听不到驼铃声,这儿是一片寂静的沙海。在一道沙梁上,看到被风过滤得十分纯净的大颗粒的五色沙,这些沙粒不像细沙,甚至有点粗野的感觉。拿出纯净水瓶子一口气把水喝光,然后三个人一人一处高兴地用手捧着往瓶子里装起了这一粒粒宝贝一样的五色沙。

走过了沙漠平地,走过了沙梁,眼前横亘着一座大沙山。想到这是最后一座大山了,我们激动起来,马上要出山了,我们爬过这山第一眼看到的应该是月牙泉。太阳照着沙滩,赤着的脚走着有点烫,有位朋友穿上了鞋子,我没穿,依然拿着鞋子,还有那两瓶珍贵的五色沙,像这早晨有所收获的人,心里充满无比的满足。我们开始爬这座山,一边寻找着月牙泉的方向。在山的那一边,那一汪浅浅的泉水真的是沙漠的眼吗?我们迫不及待想看到它美丽的容颜了。

登上山顶的一刻,眼前立刻豁然开朗。看到的是一个全新的世界,不再是沙漠沙漠沙漠,而是一点醉人的绿,还有一汪蓝,就在脚下,在深深的山谷里。这是一种十分奇妙的感觉,仿佛在荒漠里行走的旅人,突然听到了流水的声音,那扑面而来的绿让渴望已久的心摇曳不已。我们都在这座大山顶上坐了下来,风细微地吹过来,一点一点渗进了我们年轻的身体。此刻,我们不看别处,只把目光投向这脚底下的绿地和泉水。地是那么绿,水又是那么蓝,和周围的沙漠形成鲜明对比。四面的大沙漠几千年来没有埋没了这一眼清泉,让人不得不叹服自然造化的神奇。泉南边是绿绿的树,我数了一下,有十几棵,是胡杨树和柳树,这些树都是老树,陪伴着月牙泉度过了很漫长的岁月,泉水边可看到芦苇,只是不太多。游人们从泉水边走过,指指点点,走走停停,欢声笑语不断。月牙泉南边的台地上的月泉阁古朴典雅,凉亭里坐着休憩喝茶的游人,一个老者不停地扫着地板砖上的沙子。再往东的绿地很大,有新栽的树,绿地还被做成了一些清晰的图案。一条路连接着月牙泉和东边的沙地,这条路也通向山门外。游人们挺多,靠东边山底下一队骆驼正驮着游人进来,驼铃声响满了早晨的山谷。这个早晨和任何一个早晨没有区别,游人们都从远方风尘仆仆赶来，只为一睹月牙泉迷人的风采。

我坐在山顶上，远距离看着月牙泉，他们说这是天下沙漠第一泉，此刻它那么小那么瘦，形状酷似一弯新月，像一个纤弱的单纯的女子，静静地不说一句话。在大山的怀抱里，让人顿生怜爱之心。月牙泉的水浅了，敦煌的月光暗淡了，我突然想起早年写的诗中的这两句。真的，月牙泉的水浅了，而且这些年来水位一再下降，这成为敦煌人心头永远的痛。这样一处宝地，能不能永远地游人如织，充满勃勃生机呢？在这个早晨我不禁担心起来。能想出什么好的办法，抢救月牙泉，让水位上升一寸。虽然自己的力量实在微薄，但不为它着想，它会消失吗？在阳光里双手合十，我想到了佛祖，我祈求他一定保佑月牙泉。

这样一个简单的早晨，我们三个人坐在鸣沙山顶上，看着山底下那一汪清泉，都不禁伤心起来。而那些玩得开心的游客们是不会伤心的，他们只顾留影，只顾快乐，只顾为月牙泉的秀色和美景流连忘返，不知道月牙泉会面临怎样一种危机。也许天底下有爱心的人每人尽一点力，就可以抢救月牙泉，但在这样一个热热闹闹熙熙攘攘的早晨和年代，谁又会想到月牙泉呢，它毕竟在遥远的沙漠里，好多人连看它一眼都难呢，更别说替它担忧了。

有好多次，我走在月牙泉边都是思绪万千。像歌里唱的，如今每个地方都在改变，月牙泉是否依然？这是一个快速发展的时代，改变着也毁灭着，好多东西正从我们身边消失。从上世纪五十年代到今天，半个世纪月牙泉水位下降 10 米，如今月牙泉水位仅有 1 米多，这是不是一种改变，是不是另一种沧桑容颜。这里曾经是多么巨大的一片蔚蓝的湖泊啊，现在却成了这么小的一汪水，坐在这早晨的山顶上，我们又有了烦恼，又有了情感，又有了沉沉的责任感。

我们从山上往下走，一脚一脚陷进深深的沙里，脚几乎被烫伤，一转眼工夫我们跑到了山底下。坐在月泉阁的长廊里喝水的当儿，我们频频向月牙泉投送着目光，这目光是复杂的，像此刻我们独有的那种复杂的心情。

我看到泉边上的一棵树干了，像虬曲的撕心裂肺向着天空呐喊的勇士，我心里的疼，在这早晨的风里，又一次像月牙泉的波纹一样不知不觉中向这浅浅的岸边扩散开来。

我把手里那两瓶宝贝一样的五色沙，送给了一对恋人模样的南方游客。我想对他们说月牙泉快干了，看到他们那么激动的样子，又不忍心说。月牙泉在他们眼里是那么美，那么迷人，他们来月牙泉游玩的这个早晨，注定也会成为他们一生中最美好最幸福的记忆……

6.阳关夜

不知怎么把明月和阳关联系到一起的,甚至对这样的联想,令人吃惊。可又觉得没有比明月和阳关更确切的联系了。尤其在这如雪的夜晚,阳关的清风吹着马匹也吹着心。

月亮很小,扩散开的光晕,把那片天都擦亮了。我们已经平静下来,如同这宁静的夜,阳关就在脚下,故人就在身边,坐在风沙的土坡上,看到远处模糊的地平线和更远的山,如果不是在阳关,你会觉得这里和别处的夜晚没有什么区别。因在阳关,心情上的感受真的有所不同了,一些很明亮的想法既遥远又切近,实实在在地坐在这里,不想动,只想沉思,追溯历史的运行轨迹。先前还惊讶,为何阳关被风吹剩得一堆残碟,还大喊大叫,还围绕着那铁栅栏一圈又一圈从不同角度看,企图看出一些深奥无比的东西来,现在却平静下来,手里那枚古钱也平静了,它的一面像天上明月,另一面像眼前阳关。现在是夜晚,坐在微风里,似乎通过想象达到深入阳关的目的了,天上的明月酷似一座巨大的驿站,阳关也是这样一座驿站,虽然它早已坍塌了。仿佛听到一种声音,是号角的声音,是厮杀的声音,是马匹奔跑的声音。我终于听到一声长长的叹息。喝进肚里的酒现在发作了,晕晕乎乎里,朋友递过一支烟,我大大吸了一口。

旅行包里装着好多关于敦煌的书,其中就有那首凄婉的《渭城曲》,我想到了渭城,那儿客舍一定青青柳色也该新了吧,而阳关是荒凉的,只不过在夜晚你看不到荒凉,似乎只有一种无边的辽阔感,很想哼支什么歌。如果有了琵琶或羌笛就好了。

风吹、月明,马匹依然静静伫立,我们似乎回到了古人乡愁般的境界里,是一名戍关士卒?是一名匆匆商旅?还是诗人王维王之涣呢?

很晚很晚了,我们还没有回到客栈,阳关本是落脚之地,何况有天上明月相伴。就这样在微风的夜里静如止水,不怕一夜骤起的大风,像吹没古阳关那样,吹没了马匹和黄土般的躯体……

捌

一个人的几种历史

【作者简介】

　　青年河，男，原名孙光新。1973年生于鲁北平原腹地一条未名河流——青年河畔。现习散文，有散文刊于《散文》、《山花》等。。

【写在前面】

　　一个人的一生，基本上可以由这样几种历史构成：家族史、心灵史、观察史和流浪史。家族史是一个人的基因，心灵史是向内的，观察史是向外的，流浪史是一种阅历。这四种历史，构成了一个人支系庞杂的内心秘密。正是在这里，可以看一个人能走多远。

家　族　史

1.序言·根秘密

一棵树有多少根

一棵树有多少根。地下暗处的涌动。万千秘密的生长。与土地,是肌肤相亲,更是相依为命。纵横交错,是根,也是地下无数鲜活的生命个体。这是一个支系庞杂的家族,子嗣繁盛:……高、曾、祖、父、子、孙、重、玄……粗的、细的、毛细的、长的、短的……一棵树有多少根。潮湿、黑暗、阴冷养育着根的坚韧、顽强。剖开地表,发现根,涌动着肉眼无法看到的根的秘密。想起植物学上的一个词:根系。至少,我们无法知晓一棵树有多少根。我更不相信,一个植物学家能够洞晓根的秘密。尽管,他能够知晓根的林林总总,给植物的各部命名,并深入到植物的机体内,比如可以小到比毛还细小的细胞。但是,他只是知道了根的生理的、现象的部分。植物的内心,有谁能够言中,就像我在一个偶然之间,有幸目睹了根的爱情,但那也只是根的庞杂家族中的微小一员,而我所发现的,也只是它秘密内心的细微流露。

根,本身就是秘密。拆字,根的字根:艮。艮,为山。木与山在一起,何以成为了树的生命之始? 何以成为了我们的最初?

在古老的《诗经》里,我看到了对繁茂的根的美好祝福:麟之趾,振振公子,于嗟麟兮。/麟之定,振振公姓,于嗟麟兮。/麟之角,振振公族,于嗟麟兮。第一次懂得根,是在三老太太去世时。我赶回家中,家里一切都已经布置停当。在灵棚边的一棵树上,挂了一块牌子,上面用一块不大的烧纸贴了,烧纸上写满了密密麻麻的字,是我们这些为三老太太守灵的后辈子孙的名字。我还注意到,十几岁就参军离家一直未回来的三爷爷,死去近二十年的玉田爷爷、栓亭伯……他们都在其中, 与我们这些还在着的一起为三老太太守着,只是名字被圈了起来。在这条根上,父亲的曾祖父才是我们这个家族的主干。我并没有见过高祖父,也没见过曾祖父。但我知道,高祖父也不是这一棵树的主干,他只是众多分支中的一株。听父亲讲,我们这个村子中的孙姓一脉由别处迁来时,最初只有弟兄二人,现在已繁衍至百余口。最初的那兄

弟二人，就是我们这个村子里孙姓一族的根。二三十年里，我见过一些人的离去、一些孩子的降临，少了的是熟悉的面孔，多了的是陌生幼稚的面孔。三十年之前的村中往事，我基本隔膜，与我没有多大关系。

族谱，根的历史。我没有见过我们孙姓一脉的族谱（不知它是否还在。族谱里叠进了太多的光阴。有一天，我也会被以汉字的形式写进族谱，与祖先们静静地躺在一起。紧挨着根，最终我也会有了根的样子），所以我无法知晓这棵树的根的源起、走向、分支。我更不知，在这株上，有多少根、多少分支。这是谁也无法知晓的秘密。秘密，也是事实。丹纳说：自然界中最细小的部分也有生命，没有一种分析能够把这个无所不在的生命全部揭露。是的，我所看到的根，也只是根的庞大家族中的一个特例。我唯一所能知晓的是，一棵树只能有一株主根。

河网或者水系

根，更像一条河流。地下静止着的河流，缓慢而又不息。我随手写下一个词：蜗流。根所生处，河所流经。一株就是一条河流。一棵树的根系就是地下的河网，有人说，一棵树的树冠有多大，它的根就有多大。那是一条河流，一个人的思想无论有多深广，都会为河流的沉默与激越以及它的不息所惊叹。而，在地下的根，我们更无法参透。它为大地所遮蔽，是肉眼所不见。它的深广，我们无法企及。即便我们能够随手拔起一棵细小的树木，也能够看到它的根，但也并不是根的全部。尚有一些更为细小的、一些秘密在地下。它的气息，它的湿度、体温依旧还在地下，那是一条大河奔流过后的遗迹、印痕。这些在深处埋藏着的河流，这些大地深处的水系、河网，在黑暗里，汩汩地穿行在广大无边的河床里。那些声息，潮湿、遥远。

我还见过对一些地下河流的搬运。母亲，一个勤劳的乡下妇女，她完成了一次地下河流的搬运。一年，母亲在麦地里把一株桃树移回家中的院子里。那棵桃树在我家的院子里开花、结果，如是几年，但最终也是死去了。小时候，我们小孩子也经常做一些不成功的地下河流的搬运。树挪死。根，是无法移植的，我们也无法搬运一条河流。小堂叔爱军，一个不幸的乡下少年，父亲疯癫，母亲离他们而去。迫于生活，他远离自己的家，为别人上门养老，不时有他打架的消息传来。他流在一条不属于自己的河流里。离开了根，他的生活怎么幸福。早年，村中有邢姓一户，仅有一个孤老头子，那是一条即将消失的小河。邢姓一户消亡已有近三十年，现在，我已经记不起那条小河的样子了。迷糊爷爷家的养老女婿走了。在十几里外为别人家养老的天曾、山水几家人都已先后回到村子里。

我依然相信,那条河流一直不曾中断,不止在我的内心里日夜奔流。我依旧固执,一直在为了它在形式上的延续做着种种努力。有时,形式也是一种记忆,一种标志,是感情的外化与寄托。我的女儿、侄子依然在排序着我在乡下的辈分。没有一条河流能够流出它的河床,没有一棵树能够离它的根,也没有一个人能够背离他的族谱。

　　我依旧能够听到那些汩汩的流动,在属于自己的河床里。

浮萍的根

　　浮萍无根,在水里随风飘荡。浮萍无根吗?从水里把浮萍捞起,它会死去。水面,其实就是浮萍的家。家,无疑就是根的代名词。延续了多年的表格中至今还有籍贯一项。籍贯,其实就是祖先的居住地或者自己的出生地。只有一个浮萍一样的人,才能深刻地理解籍贯的意义。籍贯后面隐藏着的就是浮萍的根,是骨,是血,也是烙印。18世纪,一支在外流浪多年的浮萍,几经颠沛,终于回到了自己的家。20世纪里,香港、澳门相继回归,找到了根之所在。1962年1月24日,国民党元老于右任病重,以悲戚之情写下:"葬我于高山之上兮,望我大陆。大陆不可见兮,只有痛哭。葬我于高山之上兮,望我故乡。故乡不可见兮,永远不忘。天苍苍,野茫茫,山之上,国有殇。"他望着的,是他的根。他也是一株小小的浮萍,一直在流浪,最终没有能够回到他的根之所在,但在内心里,他一直与他的根在一起。他说,永远不忘。在流浪的煎熬之中,痛苦,但热烈,那是因为:游子内心里的明灯,一直在亮着。细小的浮萍,更能看到根,抑或更能知晓根,接近秘密之始。

第一次写到根的情感

　　所有的生命都有着惊人的相似。根,多像一个人,也有着自己的情感。这是一棵不大的树(以根来判断)。在它的根里,有一株略细于主根的根,一直横着伸向另一棵树的根。我惊讶于这株根的伸展形式,这多像一个人在深爱着另一个人。一棵树,也爱着另一棵树。这棵树的爱情,以根的走向在表达、在完成着。根的情感抑或树的情感。这棵爱着那一棵,它们也以互相靠近来表达着自己的情感与热爱。我还见过两棵缠绕在一起的树,一棵紧紧地缠绕着另一棵,其实是互相的:多像两个人的热烈拥抱。它们的根,也一定缠缠绵绵地厮守着。我曾经为它们取名夫妻树。一棵树也有着自己的爱情!那株仅次于主根的根,一直向着它所爱着的另一株根伸过去。黑暗之中,咫尺之间,一株根在享受着爱情的秘密。它的爱的气息为另一株根所感受。它们默视着,没有言语,张开怀抱,在等待着⋯⋯剖开地表,我铲断了那一株根,让它

们成为了牛郎织女。它们的厮守中断了。但它们还在爱着,并且把它们的爱传给了更微小的、细小的根,因为,根是无法断尽的。比如,野火烧不尽,春风吹又生。我相信,没有足够大的、足够宽的天河能够割断亘古的爱,所以有一些故事,比如鹊桥,比如梁祝化蝶,至今仍在流传。

再次写到根的情感

本属不同的根走到一起,多像一个奇迹。这其实是一个错误的判断。比如,地球就是我们共同的根,是物质的根,也是精神的根。地球上生长着的万物都是她的或更为细小的根。

"对于艺术家来说,真实和不真实之间、真和假之间,本没有明确界限。一件事未必非真即假,也可能亦真亦假。作为艺术家,我依然坚持这个观点,但是,作为公民,我不能真假不分,我必须追问,什么是真,什么是假……艺术中的语言依然是模糊不定的事物,像流沙……但追求真实的任务是不能停止的……"2005年里,在一位伟大的作家的话里,我看到的依然是对根的情感。这位作家用他的录音演讲维持着一个艺术家的良心与正义,因此,他看到的必须是根。什么是真:事物之初,或者说就是根。

因为根,我们撕撕扯扯地连在一起。在这株根上,我们还能看到另外的一些,那是从根开始的包容、宽广胸怀和慈爱内心:白求恩、柯棣华、爱因斯坦、藤野……一切源于相通之根,比如爱。

一株爱着另一株,必定是它们有着共通的地方。比如它们的气息、它们的习性。比如它们共有的名字:根。这一株不爱那一株,那一株也必定不爱这一株。但是,这一株又怎不爱那一株呢。我所铲断的,只是它们的物质的根的连接,它们的气息、它们的习性依旧在互相吸引着,马丁·路得·金说:我相信有一天,深谷弥合,高山夷平,崎岖化坦途,曲径成通衢。也许这是可能的,因为有些悄然无声的力量实在强大得令人无法想象,便如这根的力量。能够走到一起的两株不同的根,是因为它们内心的相通。我始终坚信:根是有内心的,那是生命的秘密与力量,那是根的秘密与力量。

2.曾祖父本纪

想起他

他,让我想到了源头。一条河流的下游永远无法见到它的上游,所以我没有理由见到他。在神界的律令面前,我敬畏有加。我的目光中,有着对他的仰望,穿越厚而黑的木门。那木门,是任何凡俗的目光都无法穿透的,所以,他给了我太多的神秘感。时光也无法令那木门朽烂,坚韧与牢固,是它的固有属性。

他,我不能不这样称呼他(请早已经在天国等待着我的您老人家谅解,为了讲述方便,我一再这样称呼您)。我知道,他非常想见到我,我是他的骄傲之一。但是,时光不允许,作为一条河流的源头,他所属的那条河流不允许,他是在我来到这个世界以前(我不知道,他是什么时候去了天国的)的某一年的某一天里无望地闭上他那疲惫的眼睛的。他是否知道,有多少最终不能流入大海的河流,就有多少家族要最终灭绝,这是任何人都无法左右的。我也无法知道,属于他的家族的那条河流,是否是一条可以流入大海的河流。我和他,都在寻找着属于我们这个家族的那条河流,我们找得很苦,直到现在还没有结果。我属于他的下游,他是我的源头,但我一定不是他的最下游,因为,早在九年前,他的第五代女孙来到这个世界,八年前,他的家族中又迎来了他的第五代男孙。我可以想象他在天国里欣慰而高兴的样子。那个小男孩的第一声啼哭一定猛烈而又富有生气地撞击了那扇又厚又黑的木门,那声音一直在他耳边回响着;那个小男孩的第一滴童子尿也一定滴在了那扇我永远无法看到的大木门上,他看着那一滴清澈无比的童子尿,激动得老泪纵横。这是他的家族生命的勃勃之兆。他的欣喜之情透过那木门,先是传递给了他的儿子,然后是他的孙子,然后是他的重孙,然后是那个尚在襁褓中的男婴。当我看到那个小生命的时候,我自然而然地想到了他,那也是我第一次想到我们这个家族的创立者。我第一次真切地感受到了他的存在,我感觉他离我如此之近,以至于我能够感受到他细微的呼吸。他就在我的身边,紧随着我,护佑着我。是谁推开了那扇厚重的大木门?一定是他。除了他,谁还有如此随心所欲之力呢。

在他的家族坐标系里,我排在第四区,现在已经有了第五区,尽管还很小,但我已经感到了那虎虎生气。他的这个坐标系上,现在可以画出一百年多一点的时间,这可以用一个世纪来表示了。我在为他祈祷与计算,他的生命与延续,可以越过两个世纪了,这是我在那个八岁小男童身上看到的。两个世纪,那可以是一个王朝的历史啊!目前可考的中国历史上,过二百年的王朝是屈指可数的。如此,他是我们这个家族的先祖。我祖在上,我跪下来,接受你的血、骨、精、气。我一直迷恋那个关于滴血浸骨的神奇传说,我以为这是一种心理上的科学,实践科学证伪的,被我们顽固地保留在内心。我相信,他一定给我留下了什么,即便不在肉体上,也在精神上,因为我得自父亲,父亲得自祖父,祖父得自他。总有些密码会被我们在不经意间破译,那是神助,是天意。冥

冥之中,他会给我们留下什么呢,那是我无法知道的。

有关他的本纪

我充满敬意地想,我可以为他写本纪了。

他的身份。他是农民,一个地道的农民,终生与土地为伴,终日劳作,披星戴月。他是我祖父的父亲,父亲的祖父,我的曾祖父,小女儿与小侄子的高祖父。祖父是他的四子。我来到这个世界的时候,他早已经离开了。

他的家庭。他兄弟三人,他为长。生子五,四男一女,三子年轻时出走,下落不明。生孙四,男女各二,一男孙一女孙中年亡。重孙二,皆书生。玄孙二,男女各一。

他的传承。他把他的近乎苛刻的勤劳,他把他的有些吝啬的节俭传了下来。在我的祖父身上,我看到的是近乎吝啬的节俭,那是窘迫生活所致。如每有客人来临,若住下吃饭时,祖父脸上便会骤然挂满冰霜;他把他的几于苛刻的勤劳给了父亲,如父亲以近六十岁的年龄如同年轻人一样整日泡在土地上侍弄属于自己的庄稼,那是对土地、对劳动、对收获的热爱。至于我这一代,已经不事农桑,因缺少阳光照射而使得皮肤有些细、白、近女子;在书房里吟咏,在灯光下书写,可以被人称为书生,也是他所不曾想到的,也是他梦寐以求的,因此我虽然觉得背叛了他却没有感到丝毫愧疚。在天国里,他一定非常想见到他的可以称为书生的后辈,那是他的骄傲与自豪。他以为,他家族中的这荣耀在村子里是独一无二的,从他脸上溢着的灼灼的光中可以看到。他俨然忘记了自己是一个地道而本分的农民。这是我仅知道的那扇木门里的秘密。这秘密,越来越多,并为我所永远无法知晓。我只能凭借着他对我暗中的示意去领会,去把握,那也是我所不能说出的。

他的性格。这是一个未知的领域,恐怕也是最为复杂的。我不能用想象他的样子的方法去回望。首先遇到的第一个困惑是,祖父与父亲的性格就迥然不同,是祖父的性格接近他,还是父亲的性格接近他?而我的性格既有与祖父相似的部分,也更有与父亲相似的部分。我还想到了大祖父、二祖父。大祖父,热情,好酒,喜读书,有点懒,对我有些溺爱;二祖父,吝啬,节俭,我不太喜欢这个老头。性格,表现在一个人的为人处世中,表现在与周围的人的协调、与自己身心的协调中。我比较喜欢父亲的性格,当然,那是在父亲与周围的协调方面,而在自我的协调方面,我却更倾向于祖父。哪一个属于他呢?是这些人的简单叠加,还是这些人的性格是他的性格的分裂?肯定不是。从父亲对他满怀深情的讲述里,我猜测,他是一个随和的乡下老头。他自身和谐,他与周边和谐,这可以看做是我对他的祝福。

有关他之后的事情

他之后，首先是他的子辈，即我的祖父辈，大多零零落落地与他中断了。中断了的一。首先是我的三祖父。三祖父青年时期离家出走，就再也没有回到这个家族中来，尽管他的身后留下了一些传奇般的故事，但是我想，那也是一些无迹可循的事情，是村上人们饭后的谈资而已。

中断了的二。我的老姑母。老姑母是他唯一的女儿。老姑母年轻时出嫁，从此与这个家族的关系越来越远，最后，肯定会在某一处与他的家族的关系戛然而止。这样，他的家族里就可以不再提起我的这个老姑母了。

中断了的三。我的大祖父。大祖父与大祖母一辈子没有生养，也随着他们的离世中断了。早就中断了。

中断了的四。我的二祖父。二祖父去世有十余年了。二祖父有一子一女，女嫁走，与我们这个家族的关系与老姑母一样。但这个关系却被她提前结束了，她沉水而亡。那时，我只有十来岁。一子，我喊他栓亭大伯，一直光棍着。栓亭大伯死的时候，我七八岁的样子。栓亭大伯无妻无子，我为他扛的幡。栓亭大伯是喝药死的，可能是因为找不上媳妇吧。二祖父与这个家族的关系也中断了。

唯有祖父，在延续着他的家族。祖父，有一子一女。女，是我的姑姑，姑姑嫁走，与这个家族的关系也正在一点点远去着、模糊着，有一天也要断了的，只是时间问题。父亲有二子，我与弟弟。我有一女，从他的家族来看，我也要与他中断的；弟弟有一男，是他的家族的希望。

这样，他的身后是诸多的偶然或者意外，但也更加清晰。这就像一条河流，自源头开始，有许多分支，到中游、下游的时候，又只剩下了主干河流。

在偶然与意外之后，便是那个八岁小男童的必然。从他至那个八岁的小男童，整整五代，小男童就像一根独苗。小女儿出生之后，回到乡下老家，也只是家里的几个朋友看了看孩子就悄悄地了事。而那个八岁的小男童降生之后，回到乡下则是另一番景象了，村里的朋友凑了好几桌表示祝贺，满满的一屋子人。

他在太多的偶然与意外之后，终于等到了一个必然的结果。在那个小男童回到乡下老家时，在亲友们闹哄哄的祝贺里，在那个小男童一声高过一声的啼哭里，他老泪纵横。

有关他最后的事情

关于他的故事，我所知道的大多与三祖父有关，但也只是点滴。三祖父新婚即离家出走,肯定伤透了他的心。那时候,他心里充满了对三祖父的恨。二十年前,关于三祖父的故事,是村上的美谈。在爷爷、常增大爷他们的讲述里,三祖父是主角,只是偶尔才提及他,那也是为了讲述的方便而已。就像在那部由《西厢记》改编而来的电影《红娘》里,小姐莺莺只是个配角,小丫头红娘才是主角。

关于他的片言只语,是父亲告诉我的。他劳苦一生,最终还是倒在了自己的地里,手里紧紧攥着一把萝卜缨子。那时,他肯定什么也没来得及想,他只知道要薅地里的萝卜,萝卜长得很旺,得快点薅。那个时候,应该是秋天了。那应该是一幅很美的国画,天很高,青年河水蓝蓝的,天上的几朵云彩就映在河水里,河水有些微微的凉,除去几小块萝卜地里尚漾着深深的绿意之外,大地一片金黄。秋风吹过,是黄叶沙沙的响动。在青年河的秋天里,他感觉到自己有些累了,他把头稍稍地歪了过去,就永远地睡着了,甚至,连手中的萝卜缨子还没来得及扔掉。

我小时候经常在他去世的那片土地上玩耍。那是青年河边上的一片土地,后面树木丛生,前面视野开阔,确实是个好地方。最后,他也住在了那里,但后来,听说,为青年河清淤的时候,又把他压在了河滩下。姑姑迷信,找人算了卦,说他的家族里出秀才,但得把他的坟从河滩里迁到河岸上来。父亲说是迷信,这么多年了,大家也记不得他的坟的具体位置了。姑姑的迷信就这么搁了下来。但我知道,在青年河滩上,前面是青年河水不息地东去,背面是绿树掩映,有阳光,有风声,有虫跳,有鸟飞。我想,这个老头能够听着青年河水汩汩的流动,与青年河肌肤相亲,一定是幸福的。阳光照耀着他的大木门,大树遮掩着他的大木门,河水从他的大木门前流过,风声在他的大木门前吹过,虫儿在他的大木门前跳跃,鸟儿在他的大木门前飞去,又飞来。唯有我,不知他的大木门在哪里,正用笔在纸上笨拙地写着他的本纪。

3.对他的怀疑

一个怎样的人

我对他始终不了解。他身上有着太多的秘密是我所无法参透与知晓的,那是隔膜与生疏造成的,我一直对他有一种不远不近的感觉。在我们这个家族的长者中,他是唯一一个既没有令我感到亲近也没有令我感到讨厌的人。亲近的,我会像跟屁虫一样,乐滋滋地跟在后面,比如大爷爷,小时候,我就天天跟在大爷爷的屁股后面;讨厌的,只要一招惹了我,我就会撕破了脸皮地吵骂着,比如,我骂他的儿子、我的大伯栓亭——死栓亭不得好死,我骂了这个令我讨厌的人没几年,他就死掉了,这是我见过的我们家族里第一个死去的人。

他是我祖父的二哥,父亲的二伯,我喊他二爷爷。

这是一个又高又瘦的老头,脸很白,是那种终年不见阳光的白,所以给人一种阴沉沉的感觉。初见他的人,一定会在心里说:"这个人多孤僻啊。"这与他居住的环境正好相符。他的院子是我家原先住的院子,一棵又粗又壮的大槐树遮住了狭小的院子,阳光常年落不到院子里来。房子也都矮小,没有阳光,烟熏火燎的,给人一种隔世的感觉。我们一家在那个小院子里住的时候,我还不太记事。现在回想起来,总有一种不舒服的感觉。想想那地方,内心里就冷得要命。许多年后的今天,我想,这个老头像清教徒一样寡居在那个黑暗、阴冷的小院子里,他的内心也一定是冷冷的,那应该是一个人暮年生活的凄凉写照。但,就我所知道的他的二十几年的生活,也许他早就习惯了这样一种孤寂的生活方式。他的冷漠的外表正好是他清冷内心的写照。或许,他的内心早已经麻木,对于这样的生活,他早就无所谓了。

这绝对是我们这个家族里一个古怪的人。他的古怪来源于他的痛苦的内心,而他的痛苦的根源正是他所遭遇的种种不幸。他的内心晦暗到了极点,他又极力地去掩饰他伤痕累累的内心,不想却又把这一切都清清楚楚地写在了自己的脸上,这是他不曾想到的。我闭上眼睛就能清楚地想起这个老头的样子:脸白得吓人,个子高得厉害,让人产生一种禁不起一缕细微的风吹的感觉,说话的声音细细的、低低的,正好让你听得到。他最后的几年,由于瘦得厉害,两只眼睛都陷了下去。他住在那样的屋子里,就像住在地狱里一样。他死后,那院子一直闲着,夜晚我是不敢一个人去的,白天也给人阴森森的感觉。这真像一座小教堂,我看过的外国小说里的教堂,就给我这样一种感觉。

他的地位

然而,在他的黑暗的小屋子里,常常会聚着几个老头。一张小桌子,就着微弱的煤油灯的光,围着的是爷爷、常增大爷他们,有时大爷爷也去坐坐。几个老头一人举一根长烟斗,呛人的烟叶子味像要把他的小屋子撑破似的。几个老头,刺鼻的烟叶子味,使得这个小屋子多少有了点暖和的感觉。我始终不知道这几个老头们围在一起干什么,我试着猜想出这样三件事情:装烟斗、点火、吸两口;随便说一些过去的事情,或者说说某个老家伙;或者都静坐在那里,各自想各自的。这个孤僻的怪老头有什么样的魔力,让其他几个老头都心甘情愿地跑到他的地狱般的小屋子里去，与他一起忍受那黑暗、阴冷。要知道，在我们的小村子里，这几个老头都是自命不凡的人物，他们是想从他的身上或嘴里得到些什么，还是希望把他们自己的所知讲给他听，以显示自己在这个小村子里的非同一般？不管怎样，这几个老头是引二爷爷为知己的，在这个阴暗的小屋子里，比在他们自己的家里更能随心所欲。我小的时候，在漆黑的夜里路过这个院子，总会听到这几个老头大声说话的声音从里面传出来。在我们这个小村子里，这几个人是自以为是文化人的，现在，我也心悦诚服地这样认为。这是一个中心，这个中心的核心人物，就是我的那个坐在幽暗灯光下默不作声的二爷爷。这个时候，我相信二爷爷也受了那几个老头的感染，他脸上的表情也会有短暂的丰富。

这地方多像我们这个小村子的一个中心。返回头来冷静地想，这个老头所经历的苦难与不幸为他带来的身上的秘密绝对有理由吸引我们这个村子里那些自以为不同寻常的老头们。尽管，对于我们这个家族而言，这个老头可有可无，但，却是那几个老头在内心里编写各自的村史时一定要涉及的重要人物之一。因为这个原因，虽然我离开村子十余年，家族、村子已无法去具体析分，在我们这个家族中，我仍然把他看得比其他的人都重要。是他，让我们这个家族在那几个老头各自自以为是的村史上显得尤为重要，那是除去我没有见过面的三爷爷以外的人所无法替代的，这个老头对于我们这个家族的贡献微乎其微，但在那几个老头的个人的村子里却是一个无法绕过去的部分。他们的讲述，或许会偶有流传，许多年后，我们这个家族或许已经走到了尽头，但是这几个老头的讲述的偶然流传，却会使得它被演绎成为村上最为显赫的家族，而那些被时光击成碎片的、不再完整的故事会令更多的后来人心驰神往。

所以，我对于他的敬意，是我的家族，是这个小村子所无法了解的。而，这也是这个古怪的老头所不曾想到的。这是因为我有幸看破了这个小屋子里所含有的秘密。

心 灵 史

无距离

不是七贤

其实,我想一个个地写,那样的七个人,肯定出彩,出彩的方面不一样,有的愤青得出彩,有的混蛋得出彩,有的无赖得出彩,有的卑鄙得出彩,有的忠厚至诚得出彩。但是,我最终还是停了下来。在开始构思的那段日子里,我不看书,不写字;睡觉,赖在床上,没有睡意也不起来,浑身无力;看电视,没有喜欢看的,就频频地换台,看到深夜,有时看到外面的天都发亮了……一直写不下第一个字。与朋友说起这七个人,说对这七个人的看法。这也是我对这个世界——当今世界的认识的开始。大家都是这样的,因为认识人而开始认识整个世界。

以前,一提到这七个人,我内心里就充满向往,那是七个卓卓独立的人。现在不这么看了,七个人中的大部分至少是心理错乱的,这个贤字是后来好事者的意思。改变一个人看法的,是生活,是时间,是一个人独有的经历。记得看过一个故事,讲的是孔子见荣启期。荣启期对前来求教的孔子说:天生万物,以人为贵,我生而为人,所以我感到满足;人分男女,以男为尊,我生为男人,所以我感到满足……孔子听了,十分佩服荣。但我听了,却颇感不舒服,天生万物,人不过是万物之一罢了,人分男女,以女为人母,何以以男为尊……真不知道荣启期智慧在什么地方,他只不过是愚活了九十多岁。在南京,曾经出土过竹林七贤拼镶砖画,就是将竹林七人与荣启期拼在一起,有解释说,荣启期与这七个人都是高士。

我知道的是,这七个人至少并不像许多人所想象的那样——七个贤士,相反,其中有几个人是不贤至极。从后来的情形以及几个人的情状看,这几个人竟也能聚在一起,我突然想到一个成语:鱼龙混杂。当时的情形很清楚,比如有文献记载了一次聚会:阮籍、嵇康、山涛、刘伶等人在竹林酣饮,王戎后到,阮籍说:"俗物已复来败人意!"王戎笑道:"卿辈意,亦复可败邪?"还有,他们提倡的"越名教而任自然",在刘伶那里,哪里是自然,只有混蛋与放荡。

175

在我生活的周围，就满是他们的影子，贤与不贤。

比如三人

比如，我们说到王戎、阮咸、刘伶这三个人。这三个人都有点变态，以今天的标准来看，应该没有人愿意与这样的人为伍。阮咸虽"妙解音律，善弹琵琶"，但却放荡过分，他为母亲服丧期间，公然与姑母之女奴私通；有时还用大盆盛酒，与群猪共饮之，这真是文人里的败类。王戎身居高位，但吝啬，家里有很多田产，常常夜晚和夫人在灯下算计，他家里有李树，结的李子很好吃，但他却把李子的核钻破了再去卖。接下来，我们试着想一下，在我们的周围有一个叫刘伶的人，就与我们生活在一起，一天，我们去找他，推开他家的门，看到他赤裸着身体在喝酒，我们还没有反应过来，他却突然说了这样的话：我以天地为屋，以屋为裤子，你跑到我的裤子里来干什么？面对这样一个人，大家肯定会感到恶心，这与我们村子里的一些混混、无赖没有什么区别。这样的三个人，在我乡下的小村子里，几乎都能找到。或者说，这七个人，在我们乡下的小村子里，都能找到。这样想的时候，村子里那些熟悉的面孔，影子一样在我的眼前飘浮起来，喜欢的、讨厌的、尊敬的、鄙夷的，有面孔，也有嘴脸。紧接着，像水上的涟漪，一圈圈地荡漾开去，把我们小村周围的一些村子里的人、事也笼罩在了里面。前几天，村子里有人找到我，要我给他找律师打官司，说是他的儿媳妇跑了，要与他儿子离婚。以前我也隐约听到了一些关于他家媳妇的事情，他们一家人都虐待买来的媳妇，甚至还有更严重的事情，媳妇受不过就跑了。这也是我村子里的耻辱，一个令整个村子蒙羞的人，一件令整个村子蒙羞的事，我们整个村子都应该向这个远方来的女人道歉。但是依旧有人领着他来城里找人打官司，我真的很为我日思夜想的那个村子感到脸红。我突然想到，是不是自我记事以来，我对这小村子的爱与恨就一样的深？

小村子里还有太多正直的人，这也是我热爱她、频频说起她、日夜想念她、时常回到她身边的理由。比如春喜哥，比如我的父亲，比如故去的大爷爷、常增大爷、柱爷爷……有那么多的人，一次次地牵着我的手，让我向他们希望的方向跑去，我也努力地不使他们失望，以此洗去一些人给小村子带来的耻辱。我不好诅咒那些人，只好把王戎、阮咸、刘伶从故纸堆里拿出来晒。

我十分无奈。我感到我在这样一个环境里，被逼迫着，被挤压着。我的内心正在一点点地走向变态与阴暗，不息的青年河水也无法洗去我内心的柔弱。青年河不仅养育了正直的人，也养育着小人、流氓与人渣。她一视同仁，因为她宽厚。但，我却无法容忍那样一些人。就像在许多年后的某一天里，我翻开书本重新认识那七个人的时候,我才知道,竹林七贤实际上是一个非常不地道的称呼。我固执地剔除王戎、阮咸、刘伶这三个人,只留下阮籍、嵇康、向秀、山涛。这样,我也只好把我村子里的一些人从我内心的村子里剔除出去,但是,我无法剔除那些人给小村子带来的耻辱。

鄙夷,只有鄙夷。还有恶心。我不知道,我说的是王戎他们,还是被我剔除出村子的那些人。读到魏晋的时候,这几个人的嘴脸与我们村子里的那几张嘴脸重合起来。

简单的向秀

这个人,几乎没有多少事迹留下来,如果除去为嵇康拉过风箱,以及后来赴京出仕路过嵇康旧居时写下的《思旧赋》,这也是为怀念嵇康而作的。总觉得,他的资料太少,所以只能凭想象。他不张扬,有些柔弱,隐忍,最适合静坐竹林,可惜他无奈出仕。

他是嵇康的朋友,总在边上默默地为朋友做事,不太说话。他也是我的朋友,也是我自己。我想到两个朋友,一个是国内一位少有的优秀寓言作家,他一直帮助我,总是默默地,有时候聚在一起吃饭,我敬他酒,一切尽在酒中。我想,他也是这样想的吧。那是一个词:心有灵犀。还有一个朋友,是女的,在一起无话不说,有事找到她,总是热情,其实我也尽量不找她,我不想把朋友感情的纯洁用俗事破坏了。在我们的生活中,总是有这样一些人,在一边默默地为朋友做事,或大或小,或者就是谈心。他们的脸上那么平静,他们把对朋友的爱放在心里,只在内心里享受着为朋友付出的幸福。我对生活充满感激,其实,我是在感谢朋友们。我的愉悦就是他们的愉悦。孔夫子说:"有朋自远方来,不亦乐乎?"我的朋友就在我的身边,我比孔夫子快乐。

想起一个逝者。他死的时候,我才几岁,刚记事不长时间。听父亲说,他好交友,但不好酒,朋友们在一起喝酒的时候,他就在边上张罗,看到朋友们在一起开心的样子,他也很快乐。可惜他死得早,大家都想念他。他的名字叫辈(儿),我叫他辈(儿)哥。他比我父亲大七八岁,这么多年了,我还依稀记得他的样子:络腮胡子,但让人感到亲切。读向秀的时候,我最先想起的人就是他。他比向秀还简单。简单到这样一个人突然从我们生活中退场了,而我们记住的只是他的模样,他去了一个我永远记住的地方。

这么说,我在向秀身上只看到了友情与往事。友情能维系一个人的当下的精神的开阔;而往事,则是温暖与宽容。但向秀不是,他怀念与嵇康的友情,他沉浸在为嵇康拉风箱的那些日子里,他写下了《思旧赋》:将命适于远京兮,遂旋反而北徂。济黄河以泛舟兮,经山阳之旧居。瞻旷野之萧条兮,息予驾乎城隅。践二子之遗迹兮,历穷巷之空庐。叹《黍离》之愍周兮,悲《麦秀》于殷墟。惟古昔以怀今兮,心徘徊以踌躇。栋宇存而弗毁兮,形神逝其焉如!昔李斯之受罪兮,叹黄犬而长吟。悼嵇生之永辞兮,寄余命于寸阴。听鸣笛之慷慨兮,妙声绝而复寻。停驾言其将迈兮,遂援翰而写心!后来不久,他说了这样一句话:"以为巢许狷介之士,未达尧心,岂足多慕。"

怎样写山涛

山涛的出名,是因为嵇康。嵇康给他写了《与山巨源绝交书》。但事实证明,山涛是竹林七人中最具有健康人格的人。嵇康写《与山巨源绝交书》的时候,我们无法读出他的内心,因为文字具有太多的蒙蔽性。而山涛是不是这样想:这就是嵇康。但他的内心里一定很不平静。

以前,我也有个朋友,他曾经给我帮助,现在想来,他对我的帮助是高高在上的,有怜悯的意思,但我也很感激他。我也尽力为他做一些事情。友情不是可以炫耀的资本,倒是更像一件易碎的高贵的花瓶,一不小心,失了手就会碎的。当友情薄得只剩下一张纸的时候,干脆就把它撕碎了,虚伪着实让人不舒服。不是不珍惜,是已经不存在了。

在山涛面前,许多现代人都应该惭愧。这个人有点古板、正统,好像与那个时代的张扬的个性极不协调。但留存在他内心里的,一定是他自己的标准,比如,他选贤任能,他推荐嵇康的儿子。嵇康的儿子也如他的山涛伯伯,他身体里流着的是嵇康的血,但是他尊敬他的山涛伯伯,我想。我这样想,是我没有读过《晋史》的好处。

终于散场

那场聚会终于散场了,这是早就注定的事情。

我想到了我自己的无数次散场。儿时的散场,中学的散场,大学的散场,这些散场,有些凄凉,令人难忘。我想,某一天,我们也许会赶同一个场。然后,是现在仍在继续着的,与一些人的散场,一次次地交锋,多少个回合,面对虚伪的笑,越来越多的是尴尬,越来越多的是凉意,这是内心里的散场。这样的散场,散了也就永远地散了。

散场,有些凄凉——曲终人散,孤零零的一个人,立在那里,面对的是一片狼藉。如何收拾,内心里也是一片混乱。谁是最先退出竹林的人,谁又留在了最后,王戎、阮咸、刘伶这几个小混混早就该走了。山涛也走了,他的心不在竹林。阮籍、嵇康、向秀走得有些艰难。广陵散于今绝矣的时候,竹林已经没有了实际意义。

其实,有的散场,是为了去赶另一个场,有些人得到了解脱,有些人却难以释怀。比如,王戎离开竹林,就得到了解脱,阮籍和向秀却难以释怀。山涛不好说。王戎跑得比兔子还快,阮籍和嵇康一步一回头。

　　对面的同事五十多岁了,他对我说,明年我就可以回家了,潇洒、自由了,你还得慢慢地等。真是有些羡慕他,我渴望着早点散了这个场。其实,我是在期待着赶另一个场,一个自由之场,一个真诚之场,一个内心之场。这个时候,连刘伶这个小混混也令我羡慕,更何况嵇康。生性懦弱的我,注定赶场赶得艰难。因此,我想得最多的还是散场,我在内心里一次次企盼:散了吧,散了吧。

　　有些人要去赶场。比如王戎,比如山涛,他们何以急匆匆地,竹林这个场给了他们太多的束缚。而阮籍、向秀却散得无奈,他们被迫散场,被迫赶场,在一个场里自由自在,在另一个场里如履薄冰。嵇康决计不再赶场了,他的一生只有一个场——竹林。

　　七个人散了。

流 浪 史

坐车去远方

车是一种隐喻

与车紧紧联系在一起的,是人流。与车紧紧联系在一起的,是两个词:蜂拥而上,鱼贯而出。这是我后来所经历的场景。我被裹挟在汹涌的人流里,被拥上被推下,后来,我对车产生了惧意。一次,与同学去青岛,在某市火车站挤车,整整一个白天,十来辆火车在我们面前经过,远去,我们都没能挤上去。后来,我们挤散了。天黑的时候,我终于挤上了去青岛的火车。在拥挤的火车上,望着周围那一张张脸,写满的是:因陌生而产生的孤独、因疲惫而失去了表情,以及,内心里的寒意。周围的那些眼睛,一定也是这样冷漠地在我的脸上匆匆扫过。

若干年后,在临沂诗人辰水的诗歌《春夏之交的民工》中,看到了袭遍我全身的温暖:

> 在春夏之交的时候
> 迎春花开遍了山冈
> 在通往北京的铁路线旁
> 有一群民工正走在去北京的路上
> 他们的穿着显得有些不合时宜
> 有的穿着短袄,有的穿着汗衫
> 在他们中间还有一些女人和孩子
> 女人们都默默地低着头跟在男人的后边
> 只有那些孩子们是快乐的
> 他们高兴地追赶着火车
> 他们幸福地敲打着铁轨
> 仿佛这列火车是他们的
> 仿佛他们要坐着火车去北京

这场景,多么像,我所经历者。

我还看到了出口,那些把我们拥出这个世界的车辆:大风吹翻的,意外相撞的,蓄意的、无意的……那是温暖之外的痛。伤口的痛,让那一双双无助的眼睛失去光彩。

在车上,载着一些不可知的命运滑向的是深渊,还是永久的归途?抑或是幸福的开始?我无法知道,一辆车是否对我的生命有着太多的暗示,尽管它把我向这个世界拉近了一步,令我不可知的命运充满了更多的变数。那多像一只手,伸向这个世界的手,紧紧地,好像要抓住什么。那一年,我们去郊游,回来的路上,我把去时坐的车让给了一个老同志。开车的朋友急着要回来处理一些事情,结果路上翻了车,老同志在家里躺了好几个月。我想,是他们的命运把我这个灾星推开了,如果我在这个车上,也许是更为糟糕的结果,想想心里很是后怕。记得更早一些,在上海去往青岛的船上,夜里突然停了电,在漆黑中,整个船舱里一片混乱。我以为那是我走向这个世界的尽头了。幸好,只是小故障。生活里总是有一些在我内心里留下些微印痕的事情发生。比如,一辆车载着我去了远方,我看到了什么,我听到了什么,我做了什么。其实,我想说的是,我心里在想什么。生活总是这样子的,当有新的叶子长出来的时候,就有老一点的叶子要落下来了。

现在,已经记不清第一次坐车时的情形了,大致是有些害怕、紧张,这东西要把我带向哪里,坐上去就能到达我想去的地方吗?我一直怀疑。直至公共汽车在我的小村子前由远而近或由近而远地鸣喇叭时,我才意识到,它真的能把我带走,带向一个更远的地方。那个地方,是我向往的,想象中的,未曾去过的,甚至是想不出什么样子的。令我激动的是,那大约就是远方了。我想到的是,远方,一个我应该去的地方。

我曾经在电影里见到过那漂亮的、干净的、长长的公共汽车。当我在一个小镇上第一次见到公共汽车时,它在我面前一闪而过,我呆立在后面扬起的尘土之中,我的魂魄也被它带走了。其实,我们一直叫它客车。当客车第一次走近小村子时,我有些失望,它不是我见过的那种漂亮的,而是农用五轮改装的,像在电影中见到的国民党军队坐的大闷罐,只是这个是蓝色的。短暂的失望之后,依然是兴奋,它也能带我去远方。

车在小村子前停下来,我上了车。车上的人还不满,是冬天,冷飕飕的。但车里的人们依旧一脸的喜气,毕竟是坐上车了,感觉是不一样的。大家好像都很熟似的,互相点点头,就随便聊了起来,比如一些新鲜的事情,或者今年的棉花、麦子之类;问一问去城里干什么事情:看病的、走亲戚的、买东西的……

车跑得很慢,从一个村子向另一个村子。车上开始有些拥挤,不熟悉的人也多了起来。大家挤在一起,依旧是点头、说话,不时有人插言,话题跑了,有的又回到原先的话题上,有的就顺着跑了的说,那些从大家的嘴里吐出来的人、物、事,好像是大家都清楚的。依旧有人上车,是一对母女,母亲很年轻,小女孩儿很可爱。车停下来,司机看了看,为难地说,上不去了。年轻的母亲也有些为难,犹豫了一会儿,说,要不,我——们——再等等吧。车上的人说,大冷的天,等到什么时候,大家挤挤就上来了。我的旁边是一个抱着孩子的老太太,她看了看我说,小伙子,你向我这边再靠靠,先让孩子上来,坐你腿上,别冻了孩子。我努力地挤了挤,感觉没动半分地方,大家都这样动了动,最后,孩子终于上来了,年轻的母亲也上来了。大家紧紧地挤在一起,动也动不了,大家依旧在说话,挺温暖的样子。

那辆又小又冷的闷罐车一直载着我向某一个不明确的地方奔去。那是一个遥远的旅程,在乡村公路上的颠簸里,向家的方向奔去,还是刚刚从一个叫做家的地方离开。

还要早一些的时候。我说的是我的第一次出门远行。在路上,我躺在行驶的汽车后斗里。天蓝蓝的,秋风很好,但我不觉得。我要去的是一个美丽的海边城市,我将要在那里生活很长的一段日子,我没有丝毫的激动。伤感和孤独一次次地冲刷,已经令我麻木了,大脑里一片空白。我突然萌生出一些怪怪的、悲壮的感觉,我想起了风萧萧兮一去不复返。我极力地想象着家、家人的样子,但一切模糊,头涨得要命。后来,想起那次漫长的远行,我极像一只忧伤的风筝,我担心,家在那头攥着的绳子会突然断掉。第二天,我站在空旷的停车场上,我知道,那辆载我而来的汽车刚走不久,我想目送它回去,但是我晚了。我仿佛听到了自己轻轻地叹了口气,那忧伤的声音穿彻了我的身体。那时候,我不知道我的家在何处,有一辆车,正载着我,从一个陌生的地方奔向另一个陌生的地方。

车,是一种隐喻。载着我从这个世界的某些地方呼啸而来。世界正在我的面前变得模糊不清起来。一些面孔若隐若现,我开始有些眩晕的感觉。

去远方

去远方。一辆隐喻的车载着我一直奔向远方的深处。

小时候,听家里人说邻村有一个人走路特别快,周围村里需要去外地办事情时,都求他去办。他去济南,早晨早一点动身,跑到济南天还不黑,我们这儿到济南有两百多里路呢。我们听了都惊呼:飞毛腿啊!他算是个闯荡世界的人了,因为他经常去远的地方,远得我们没法子想象。那时候,我还是个踌躇满志的少年,正是一个适宜坐车的年龄。在闭塞的小村子里,坐了多少次车,也是一种自豪和谈话的资本。坐车,有出去闯荡世界的意思,一个人出去闯荡一番,肯定会长不少见识的。他见到了许多我们没有见过的事情。比如城市,比如城市里的人,他们怎样说话。城里人都说普通话,我们说的是说话的时候要拐一下弯就可以与城里人说话的那种,但那样子会使人感到非常不舒服。

我最早去过的地方,是我们村子北边十五里地外的桑落墅。那是我见过的一个最有气派的可以称做镇的地方。我觉得那个镇有些怪怪的,恍若隔世。我还觉得那个地方太远,那也是我那时去过的最远的地方。在那么气派的地方走一圈,肯定是不一样的,回来和小伙伴们一说,大家都哑巴嘴。大约是十来岁的时候,我骗了母亲两块钱,一个人骑了四五十里路的车子偷偷进了城,当时小城里街巷纵横,弄得我进了迷宫似的。回到村子里,就觉得自己与以前不一样了。再晚一些时候,骑着车子去了百十里地外的一个地方。然后,开始坐汽车、火车,去青岛、泰安、济南、北京、上海等更远一点的地方。坐在车里,内心总是抑制不住地激动与兴奋。我想,我是不是长大了,我能够去远方了,去那些与我的小村子隔得遥远的地方,我的身上能不能沾上那些大地方的气息,我是不是也变了。记得村子里一个兄弟去了烟台当兵,转业回来后说话老是他的烟台。他从远方带回了什么,他把远方也带回了我们这个小村子。我们几个一块儿去青岛读书的人之中,唯有我不说那种我以为是拐拐弯就算是普通话的话,什么事情我都用家乡话应付,人家听不懂的时候,我就说得慢一点。他们几个在交流时说,每次从青岛回来时,一下车说话就不拐弯了,回青岛时也一样,一上车他们就拐起弯来。我很固执,去远方,我都要带着自己的乡音,那是我的标记,我害怕在去远方的路上不小心把自己弄丢了。因为这个,我尽量少说话,或者不说话。

我愈来愈害怕去远方。远方那么远,我害怕自己无法到达。在小城里工作,离乡下老家有五十来里路,每次回去看望父母,都要下很大的决心,乡下的老家怎么就变成远方了呢。回去后,再回小城也是一样的,想想坐在车上就害怕。几年前,威海的几个同学要我去他们那里玩,一个晚上来好几个电话催,我迟迟不肯动身,最终还是不了了之。单位上因为工作上的事情,要我去外地,我都面有难色,那么远的地方,我想起来就害怕。

太多的想法已为岁月磨蚀干净,远方在不知不觉中变成了我的畏途。我肖牛,但我想,我的骨子里更像一头猪。说到猪,我才意识到,害怕去远方实际上就是害怕失去目前安逸的生活。远方好像是一个巨大而黑暗的陷阱。在那个(我也不知道哪个)地方,我孤独,我可怜,我自卑,就像被遗弃在某一个不为人知的黑暗角落里，我的挣扎只有我自己知道。还是几年前，我一直在暗暗地寻找着去远方的机会。那时候，我对目前我所供职的这个单位满是不屑与厌恶，面对着那一张张陌生而又虚伪的面孔，我看不到在这个单位待下去的丁点希望。于是，我想到了去远方，去一个遥远的、一生也见不到这些人的地方，但最终没有成功。时间不长，我的一个同学去了南方，他给我来了电话，说南方挺好的，要我也去闯荡一番。但那个时候，我的内心好像一下子就老去了一样，已经看不到这个世界的多姿与诱惑。我想着的是目前像猪一样安逸的生活如何才能保持下去。没有一片叶子愿意在寒风中被裹挟着飘来飘去，屋外在风中沙沙作响的叶子让我想到了飘忽不定的命运。远方正像一个陷阱张开着大口，想吞掉我。我裹了裹温暖舒服的被窝，看了看睡得安详的妻子、女儿，她们那么幸福。女儿突然笑了，她一定在梦中梦到了有趣的事情。那一刻，我幸福得流下了眼泪。

　　我早已经过了想去远方的年龄，我有些无奈、有些悲哀地想。去远方多像一个梦境。家庭、生活、现实将我的梦拆解得七零八碎。实际上，我还没有去过远方，远方，多像一个永远不曾去过的地方。内心有多大，远方就有多远。我渐已苍老的心里，已失去了对远方的想念。我知道，在去远方的诱惑中，一定会失去什么，比如目前不好也不坏的生活方式：上班、下班、老婆、孩子、一个月还可以回到乡下去看望一下父母。我把去远方的梦都让给了这些身边的事情。这些，更能诱惑我，并且把我重重地拖住。我极像一只小小的蜗牛，终生都把家牢牢地驮在背上，这是多么美好的事情。有家的地方，就不是远方。我还想起了那些四海飘零的流浪者，他们始终走在去远方的路上，像浮萍一样。他们自诩四海为家，其实，他们忙碌的内心里有着太多的苦楚。他们的幸福，正是对他们身后那个叫做家的地方的无尽想念。而我的幸福，就是在某些无聊的日子里，可以去想想某个叫做远方的地方。

玖

南太行乡村世界

【作者简介】

杨献平，1973年生，河北沙河人，"原生态散文"理念的提出者、概括者和实践者之一。著有《中国的匈奴》（花城出版社）、《巴丹吉林的个人生活》、《南太行乡村生活》、《灰故事：聆听者的黄昏》及合著《原生态散文13家》（百花文艺出版社）、诗集《在西北行走》（合著），主编《她们》及《散文中国》系列书籍。

【写在前面】

我出生的村庄名叫莲花谷，总面积不过三千平方米，人口不过两万。莲花谷不是某一座村庄的具体称谓，而是八个自然村的统一命名。地势是向东平缓，每天旭日是一点点爬起来的，向西高陡，太阳是一截截儿掉下去的，南面是山峰，北面也是山峰，海拔基本相当。

莲花谷及其特点

——文化信仰、人际关系、生态环境、财产观

　　具体说，我出生的村庄名叫莲花谷，是南太行河北××市与××市、山西××县接壤的地方，总面积不过六千平方米，人口不过两万。莲花谷不是某一座村庄的具体称谓，而是八个自然村的统一命名。地势是向东平缓，每天旭日是一点点爬起来的，向西高陡，太阳是一截截儿掉下去的，南面是山峰，北面也是山峰，海拔基本相当。我们的村庄大都面北朝南，或靠西面东。这里面，古代的风水堪舆仍在起作用，人们笃信，住的地方好坏，与主人家族的平安祸福、贫穷丰裕，乃至时运命运，出的人傻俏(聪明)有着必然的关系。

　　莲花谷人普遍认为，先祖所在的坟茔(阴宅)好坏也和后代(活人)居住的房屋一样重要。先祖的坟茔不仅掌控着一家人的身体(健康)、收入、命运、心智、长相和一生的成就，还直接影响到子孙后代的寿命、生活质量、人才(南太行主要指貌相)、智力等等方面。在这方面，人们不惜血本，花再多的钱也心甘情愿，认为是正当的、孝义的，每家每户每个人都必须严格遵循，不得有一丝迟疑和冒犯。许多人家出了事故，或者钱财不旺、人丁稀少，最终怀疑的不是自己的知识、能力与客观条件，而是要请人堪舆一下，是否祖坟和住宅出了什么问题，然后再依照风水先生指点，用一些法术进行破解，或直接翻建房屋、挪动祖坟。

　　这显然是道家文化在南太行的隆重烙印，神鬼之说深入人心，源远流长。不仅是莲花谷，就是整个南太行乃至太行山人群，几乎人人都相信神鬼。神鬼是这里人们最深刻的文化胎记与精神信仰。村庄附近的山坡和田地之间，坟茔东一座西一座，有时候割草或打柴，穿过一片灌木，就会冷不丁出现一座坟茔。——更多的人们相信，清明和农历十月初一是鬼魂回家或者专程在坟头等待后人哭泣思念和供奉财物的日子。祭奠必须在上午进行，早晨也可以，意思是越早越好，中午后必须停止。平时是不可以去的，惊扰了先祖亡灵，轻则招致病灾，重则受到各种奇异惩罚。

　　莲花谷人还相信，佛和道是不可分割，且并行不悖、相得益彰，对于一切害人的邪魔外道，道家的菩萨、天师和震物(如朱砂、桃木做成的弓、柳木做成

的箭、犁铧、镜子以及木匠用的墨斗、铁钉、木锛、锯和柴灰、红布、黑狗血、日光、唾液、黄纸符咒,甚至处子处女的尿液等),以及佛家的佛像、经书、木鱼、袈裟、念珠,甚至印有佛像和佛名称的纸张等等都能起到相应的作用。近些年来,基督教传入,信仰者大多是上了年纪及物质生活不够丰裕的人,还有一些常年患病者。他们口头上似乎摈弃了神鬼迷信,但在关乎家庭利益方面,还是按照阴阳先生所说,修房子要找人堪舆,占卜命运、安葬亡者要问询风水先生。

佛、道在南太行乡村的高密度融合得益于长期的历史实践,当然还有少数统治者极力倡导的政教合一。佛道儒在中国可谓同生共存,"信仰"的半途易辙总是给人一种狐疑之感。以前,村民们吵架爱自己供奉某些邪灵用来整治对方,不管有没有效果,但毕竟得了个心理上的快慰(这种借助邪灵施害于人的方法,可以看出巫术的影响),现在,要是某人信仰了基督而又做下诸如毁坏冤仇家的庄稼及其他坏事,对方就诘问:你不是信着耶稣,你还咋做这样儿的坏事唻?事实也是如此,人们的信仰往往是言行相悖的,其最根本的一点就是:现实生存利益压倒一切,无论任何时候,只要涉及现实利益,就会毅然决然地将信仰放置脑后。

文化信仰是地域之根,是人群的共性与思想品质的首要标志。以上所言,可能是莲花谷及其人群最显著的特征之一。在人际关系上,莲花谷有着极其严格的约定俗成。要是看望患病的长者,农历中带三、五、九数字的日子不能去,必须错开。带的礼品没有明确规定,数量、质量和价钱一般由亲疏远近决定。要是患病的是年少者,比患者辈分大的亲戚一般不去,而是指派家中辈分相当的人去。谁家妇女生孩子了,所有亲戚都去探望(直系亲属会经常去),当地人称"眊"人,有的拿鸡蛋等补品,有的给新生儿买衣服。要是某个亲戚遇到了大的灾祸,身体受伤害,或者病虽小,但持续时间长,亲戚们也都会去眊,除了时间上的严格限制,其他不作明确规定。

若是某村某人生了大病,不管是否同姓同宗,有无亲属关系,比如近年来猖獗的各种癌症,做了手术,或者已经无药可救,亲戚们都会去眊,有关系特别亲近的,还要去陪几天。若是"仇家"生病,遇灾祸,一般不去眊。还背地里"闹高兴",咒对方赶紧死,或者伤得再狠些。要是大家都以为不错的人患了绝症,村里同龄人都会去眊,但不带任何东西,就是去家里坐一会儿,问下病情,说几句安慰话。莲花谷这种看起来比较繁缛的"礼道",极受外人称道。我也觉得,这是莲花谷叫人温暖的风俗人情之一。尤其是亲戚之间的互帮互助和关心体贴,无疑是人性高贵、和谐与温暖部分的体现。它激发的不仅仅是血浓于水的亲情,还有雷撼不动的乡情乃至尊生尊死尊灵的天然品性。

但在现实生存当中,莲花谷的自然资源少之又少,除了山坡的树木,以及后来发现的石英石、含硅矿石之外,几乎没有任何可以大赚一笔的矿产。尽管如此,我小时哗哗作响的河水现在还是演变成弯腰竖耳朵都难以听到的干河沟了。由于地产少,再加上盖屋和砌坟相继占去,还有不断的人口加入(新生儿的比率居高不下),耕地越来越少,以前是一口人可以分到一亩多,现在是二分不到。林坡包产到户后,人人都在自家坡上抢馒头,把原先的茅草和紫荆灌木抛掉,栽上各种果树或者种庄稼。夏天,大雨过后,山上的泥土浩浩荡荡,冲向河谷,以前植被葱绿的山坡上,如今到处都是壕沟。分散各处的石英石被采挖一空后,紧接着又找铁矿,铁矿没有,再后来瞄准含硅的白石头。去年,我在老家亲眼看到,一道山岭都被挖光了,铲车和挖沟机向更深地带掘进。

这种竭泽而渔……或许是通病,没有人考虑后代如何生存,也没有人主动让出自己的一点利益。每年春天,干旱如同噩梦,泥土干裂,树木枯死,就连以前蓬勃自由的野草和灌木,也都难以生长。到初夏,错过了点种时节,才会下一些大雨,虽能赶上秋庄稼的需求,但先天营养不良,粮食及果树大量减产。以 2009 年为例,到农历七月,板栗还没有拇指肚大,柿子基本没有结果,苹果树、枣树上的果实也零星可数——这都与对物质的疯狂渴求与不计后果的资源开发有关。南太行人也没有在经济大潮中躲过如火如荼的盲目追求个人利益,以致对环境大肆破坏的泥淖。

莲花谷乃至所有的南太行人基本都信奉“(钱物)抓到手里才是自己的”(如老人教育小孩说:钱就是放在马路上,装不到自己包里,也不算自己的)、“自己吃饱了才有资格去管别人”(如贫穷的一方讥诮另一方说:是啊,你连自己屁股都顾不住,还有啥资格来俺面前瞎哒哒?)和“笑贫不笑娼”(如乡间某些妇女为达某种目的,主动与掌握权力的人通奸)的世俗生存哲学。在资源面前,争夺的手段堪比黑社会火拼。附近一座海拔一千六百米的山,原名老爷山,传说张三丰在此修行过一段时间,在此期间斩妖除魔,造福乡邻,乡邻感念,修建真武庙宇,并供奉至今,年年正月初五,香客络绎不绝。可这山一半属于本市区,一半属于邻县,为了争夺开发权,双方实际出资者多次聚众打架,到现在仍旧没有打出结果。

是自己的镢子不舍,就是一分钱也要要,不是自己的一个子不动,借人五毛钱也得还回去。这基本是出生于上世纪 50 年代前后那一代人的利益观和实际行为。在莲花谷,除了父母爷奶,除了孝敬的、故意给予的,钱少(一百或者五百左右)可以不还,再多任谁都得还。要是亲戚,借十块也得还,不还可能会导致怨隙,亲戚变仇家,其他乡邻朋友更是如此。如果不还,那肯定是有更大的利益关系或者相好的男女间。"亲兄弟明算账","丑话说在前不算丑,丑事做到后才算丑"是南太行人群利益观及合伙做生意的基本原则。——莲花谷的这些"脾性",大致是最典型的,其中有积极和温暖的,也有冷漠和无知的。引人深思的是,冷漠、无知的往往是钱、财、自然资源等"身外之物",温暖和积极的却是不牵扯现实利益和得失的人性最珍贵的那些品质。这种以"外物"判定(取代)恒定"价值"的倒置式的思维习惯,可能是莲花谷人及谷以外广大人群有史以来的致命弱点。

莲花谷自然村之一：北河沿

　　莲花谷内第一座自然村应是北河沿，坐落在一道河谷的阳面，正面山坡上，长满大片的杨槐树，还有松树。大致是公社时期集体栽种。几十年过去，树木代替岩石，青草超越苔藓。二十余年前，南坡之山，狼群出没，野猪横行。通常，天还没完全黑下来，狼嗥声就擦着耳膜响起了。某日，一个孩子回家晚了，迎面遇到一匹狼，始以为狗，跑过去，低头一看，狼一伸舌头，半张脸就没了。

　　我小时，经常会听到狼夜入村庄，捕猎家禽的消息，闹得人心惶惶。有一年初秋，村里有人鸣锣请客，众人蜂拥而上，坐在红石头粗木桩上一顿吃喝。第二天才知道，那一锅香喷喷的肉，竟然是一匹被土炮炸死的狼。——唯一贯穿全村的一条公路修建于"文革"时期，北到平山县，西南到涉县乃至长治。至今，几座石拱桥的两侧石壁上还写有"大海航行靠舵手""中国共产党万岁""备战备荒为人民""深挖洞，广积粮""打倒美帝国主义野心狼"等口号标语。

　　上个世纪 80 年代中后期，处在南太行摩天岭、北武当山和京娘湖之间的莲花谷石碾子区域，才陆续连通市电。夜晚最先明亮的是石碾子村——石碾子村人陡然趾高气扬起来，见到还在煤油灯下抠抠索索的其他村子的人，骄傲得像刚从母鸡背上下来的公鸡，连牙缝里都洋溢着一股瞧不起。

　　石碾子村闺女找婆家，一听说是山里的，张口就说，那山硌崂儿里连电都没有，吃饭都吃到鼻子里去了，俺不！

　　两年后，人马喧闹，汽车轰鸣。南岔和柳树湾通电工程正式拉开帷幕。可市电还没接通，北河沿就传出两个有意思的事儿。其一，北河沿一个闺女到工地帮忙，天长日久，爱上电力局做职工的一个小伙子。有次，俩人在树林里亲嘴。可亲着亲着，电就通了，而那个小伙子，却再没有出现。那闺女等了两年。出嫁的头一天傍晚，还一个人坐在桥头石墩上，扯着嗓子哭了个天昏地暗。

　　其二，乡里发现铁矿，开办选矿厂。北河沿村一群小伙子终于当上了梦寐以求的"工人"。每天早起晚归。有一段时间，铁粉销得正旺，一天要干十几个小时。小伙子们累得够呛，连媳妇都闹起了意见。某日清晨，几个人骑着车子一路狂飙，半道上突生奇计。撅了根大树枝，扔到低处的高压线上。噼哩啪嚓

冒了一顿火花。

人是轻巧了,第二天早上,抱着媳妇还没睡醒,警察破门而入。——三年后,矿石挖完了,北河沿村的工人们,重新回到村庄。抡锤碎石,扛锄下地,日子一如往常,炊烟下面是灶台,灶台四周堆着粮食和蔬菜。

北河沿有几户残障人家。其一,一口气生了三个痴呆孩子,两男一女。我小时,不敢从他家门前路过,那个女性痴呆者总是坐在门前的石头上,披着一头沾满黑泥的头发,张着眼睛,恶狠狠地看人。几年后,她出嫁,婆家在很远的地方,那个男人长得白白净净,说话很文气。次年春天,生了一个男孩。

另外两家,一家尚有一个健全的女儿,嫁了一个在乡政府当了好多年干部的汉们(男人)。到了婚娶年龄,姐夫出面,给他张罗了一门亲事(这是许多光棍梦想的待遇)。新婚第二天上午,有人问他:咋样啊?他嘿嘿笑,抬起袖子,摸了一把口水和鼻涕,瓮声瓮气说:妈的个×的,俺还没想到,干那事还挺使得慌(累)!半黑夜起来,要不是半黑夜那两包方便面,今儿个恐怕下不来炕了。众人哄笑。

几天后,人又问:(你)一晚上能整几回?他再嘿嘿笑。说,头天晚上干了十二回,第二天晚上十六回。第三天少了,第四天干脆啥也没干。人说,咋不干呢?他说,得劲儿(舒服)是得劲儿,可妈×的就是太使得慌。几年时间,夫妻俩一口气生了三个姑娘和一个儿子。而另一个残障人,却没有他那福分儿,三十好几了还光棍一条。——可巧的是,两家住在同一个院子里。某日,他下地回来,慢吞吞进门,忽然一声大吼,抄了一把剪刀。紧接着,是一阵呜哩哇啦的叫喊。半顿饭工夫,另一个男人一手提着裤腰子跑了出来。随后是他妻子,一边拢着蓬乱的头发,一边去茅房。

消停一段时间。他发现,俩人又开始热火朝天。这一次,他没发火。有人问及,他说,那事能看住啊?人说,那咋办?他说,整呗!反正戳不破,磨不烂。人说,自己的老婆让人睡,多吃亏?他说,谁说俺吃亏?那杂种每来一次,得给俺交五块钱。

除此之外,北河沿村的光棍数量为莲花谷自然村为最多,他们的共同特点是:都没啥生理问题,不傻也不苶(俗语,笨的意思)。或是好偷窃(成性且屡被抓获),或是懒,或是挥霍,或是吊儿郎当、不务正业(其实,在乡村或者说在南太行乡村,偷窃也是一种生存乃至发家致富的手段,只是会偷和不会偷的问题。懒汉是对农民职业道德的严重亵渎。能够挥霍的人,大致出在富裕人家。懒惰和吊儿郎当是对生活和民俗习惯的行为叛逆)。

最典型的,要数张三。姊妹弟兄五个,大哥、大姐结婚早,只剩下他和二哥,每天夜里,躺在老屋土炕上,弟兄俩,俩光棍,夜夜烙肉饼。有一年冬天,下了一场大雪,白茫茫一阵子后,老三半夜醒来,忽然不见了二哥。第二晚还是。老三忍不住狐疑。半个月后,有人议论说,恁二哥和某某大伯家的堂嫂子好上了。

老三一想,那堂哥在煤矿,一年回不了几次家。再说,堂嫂……想了整整一夜,老三判断,流言百分之百确凿不错。半年后,老三又听说:他二哥又和那个堂嫂的亲妹妹好上了。老三再想:姐姐和一个男人那个了,妹妹再给这个男人……这事儿绝对不大可能,即使有,也百年一遇。再三个月,二哥结婚了,嫂子果真就是那个堂嫂的亲妹妹。

此后,以前两人烙饼的土炕突然空旷起来。老三睡不着,看着鼠叫蹦跳的屋顶,想了好多。某些深夜,老三开始满村转悠,四十五码的大脚轻若羽毛。这个窗下停会,那个门上敲敲。村里单身媳妇聚在一起,窃窃说:俺晚上听到啥啥声音,吓得一夜没睡好。有性格暴烈的,说,下次哪个王八羔子再敢糊弄老娘,老娘非拿菜刀剁了他! 还有的谋算说,要不咱往门吊子上拉根电线,只要有声音,就插上电。

老三听了,暗暗吸了口凉气。——数日后,老三开始集中往原先那个堂嫂家跑。一进门,一屁股坐在人家的炕沿边,或者椅子上,扯淡话,说家常,拧怪话,打哑谜。堂嫂说:老三,十二点了。老三说:十二点了?堂嫂说:该回去睡觉了。老三说:这会儿睡觉?还不迟哎。堂嫂说:你鸡巴站起来是一根儿,躺下来一条儿,闲鸡巴的没事干,当然不困,俺困。老三说:那就睡觉吧?堂嫂说:不睡干啥?老三说:能干啥?堂嫂嬉笑说:你鸡巴想干啥?老三说:俺鸡巴想干啥……嫂子你还不知道哎?

此后,老三就一直泡在堂嫂家。冬天,那个堂嫂的三妹妹出嫁,老三站在马路边,看着披红挂花的婚车转了一个弯儿,有人放了一挂鞭炮,进了别人家门。当天晚上,老三买了一瓶衡水老白干……昏睡了两天。醒来后,照常每晚去堂嫂家,到第二天早上才回来。

此后无事,第三年冬天,不知为了啥事,老三和堂嫂恶狠狠地吵了一架。大年初一早上,鞭炮响彻山间,堂嫂和自家男人正在吃饺子,忽见老房子燃起一堆大火。堂嫂一声长嚎,眼睛翻白,仰面瘫在炕上,男人连声怒吼,冲着村庄大骂,叫了亲戚,挑水铲土,好大一阵儿,才把大火扑灭。回到家里,一边洗脸,一边对媳妇说:总共损失了咱他娘的三根丈三长的大梁,还有千把来斤喂猪的麸糠!

莲花谷自然村之二：垴顶山

垴顶山村因地势而得名。远离公路不说，还处在背坡，终年见不到一绺阳光。每天早上，拉开吱呀乱响的木板门，北河沿村人都习惯性地抬头往南边山坡上看一眼。一是要看太阳爬升到哪儿了，二是要看垴顶山村人在干啥。两村人遇到一起，通常会逗逗嘴，北河沿村人对垴顶山村人说：恁都住在背坡上，别说太阳整天照不到屁股，就是脸也白得像那个王八肚儿。垴顶山人听了，脖子红，脸发紫，鼻孔呼扇的粗气吹着火。对北河沿村人说：看恁都晒得像驴球差不多，屁股红罡罡的，哪儿还像个人哩？！

北河沿村人一听，也不恼，咧开嘴巴，哈哈笑一声，说：俺驴球也比恁那王八肚儿好啊！大补！垴顶山人眼睛一瞪，脸色涨红，张张嘴巴，咽回一口唾沫。

垴顶山村总共不过十户人家，一色青石垒砌的房子散落在一面山坳里。四面都是树林。春天的洋槐树开出满山的白花，蜜蜂成堆，鸟雀擦着头皮。即使炎热的夏季，也到处吹着清爽之风。

夏天，人都说，垴顶山算是个避暑胜地，比空调还舒服。

老人们说，1939年，日本鬼子开进莲花谷，第一个遭殃的是垴顶山。年轻人兔子一样向高处的山崖跑，找个洞窟躲起来。眼看鬼子就要进村了，一个耳聋的老人死活不肯走。儿子急得直跺脚，老人大着嗓门说：鬼子也是人，看他们还能把恁爹的鸡巴咬掉不成！

儿子干号一声，还没转身，就不见了人影。鬼子冲进村子，把老人拖出来，用不怎么流利的汉语问：八路地，窑洞（存放着八路军的粮食、弹药和布匹）地，在哪里？老人耳聋听不清，盯着鬼子的脸，反问：洋桶（铁皮做的桶）？没有！小日本再问，老人仍旧反问。鬼子急了，抽出马刀，"八嘎"一声，老人的脑袋就被砍了下来。趴在高处的儿子看到：鲜血喷起老高，老爹的身子像根硬木桩，扑腾倒在地上。鬼子一无所获，骑了高头大马，冲向北河沿村。

北河沿村早就人去村空，鬼子抓了一些家禽，点着柴堆，吃喝了一顿，沿着巨大的河滩，向山西方向开进。——确信鬼子走远了，儿子才放声大哭，从山上跑下来，捡起老人血淋淋的脑袋，擦掉尘土，放在脖子上，然后哭号着埋进自家祖坟。还有一年，石友三的部队从垴顶山经过，据老人们讲，那当兵的就像一群老公鸡，耷拉着脑袋，脚跟儿贴着地面走。——解放战争时期，垴顶山村出了解放军连长。可他的爹娘在村里老受那些自以为能耐的人欺负。解放后，部队专门派人来，在北河沿村召开群众大会，对那些无故欺负军属的村人进行了严厉批评和警告，自此，爹娘再没人敢打骂。现在人说起来，也还对那时候的优抚政策赞叹不已。

上个世纪 80 年代初期和中期，我十多岁，不管上学还是走亲戚，打柴、防水浇地还是捉蝎子，每天都要从垴顶山下路过，也时常听到这村子发生的稀奇事儿。其一，北河沿村一位妇女，婚后连生三个闺女，还堕了两次胎。

某夜，垴顶山村一赵姓光棍家门吱呀而开，随后传来窸窸窣窣的声音，凌晨，门再次吱呀而开。朦胧晨光中，妇女矮矬的身子像是一块快速翻滚的红石头，不一会儿，又一声开门声，一切悄无声息。

一年后，北河沿村果真生了一个儿子。那个光棍既高兴又难过。有人开玩笑说，拿着种子不当回事，咋乱播吧。光棍嘿嘿一笑，说，谁叫咱家没（mo）地呢？其二，还是这光棍。有一门补鞋的手艺，不论冬天夏天，每日背着钉鞋机，走村串户，叮叮当当，也能挣一些钱。有一年冬天，光棍到十三里外的乡政府大门口一待就是一个冬天。

村人说，这家伙今年可挣到钱了。谁知，话音还没落，就听那光棍哎呀一声，头包白纱布，耳边还流着血，扑通一声躺在了自家床上。人问这是咋回事。光棍不吭声。后来听说，光棍在某村补鞋，和一个妇女好上了。村人说，好上了就好上了呗，光棍找女人，一点也不过分。这个人的话还没完，那个人接口说：要是你老婆，你该咋的？

那人闭了嘴巴。

其三，1999 年，我的未婚妻一个人回到我的石碾子老家。与几个小侄女玩的时候，遇到一个个子只有一米四的娘们儿（村里已婚妇女的俗称），脸蛋长得很好看，说话也很伶俐。几天后，未婚妻发现，这人也智障，只要一吓唬，就像兔子一样，眨眼间，就沿着山路跑了个无影无踪。

在南太行生活十七年，真正到垴顶山村，印象中只有两次。一次，同学哥哥结婚，我们这些孩子拿了一幅画轴去祝贺，吃了一顿猪肉炖粉条，就大呼小叫跑了回来。第二次是去南山接打柴迟回的父亲，夜幕之中，森林幽深，狼嚎之声犹在耳畔。我吓了一身冷汗，不顾一切地冲到垴顶山村，找了一个亮光，才站稳了身子。

2005 年，我带妻儿回家，串亲戚回来的路上，遇到一个半痴呆的男人，戴着一顶油亮的灰色鸭舌帽，满脸黑垢，走路东倒西歪，嘴巴嘟囔不停。母亲对我说，这人也是垴顶山村的，爹娘死了以后，兄弟姐妹谁也不管，今儿个给这个干半天活，吃顿饭，明天给那个帮个手，蹭盒烟。

现在,垴顶山村人大都认识到了高居山阴的不好和不便处,一家家,先后在对面阳坡修了房子,陆续搬了下来。但还有人在老村住,都是些老人,每天冒出的青烟,像是一条条飞天的青蛇,从山坡升到山顶,再升到空中,消失不见。

我依稀记得,到西北之后,娘托人给我找过一个对象,但没成功。那女子我好像见过,眼睛挺大,皮肤很白,说起话来慢声细气,特别招人待见(喜欢的意思)。我问母亲,到底是人家不愿意给我当媳妇呢,还是咱没下工夫?母亲说,肯定是人家看不上你呗!

莲花谷自然村之三:羯羊圈

从北河沿村北,爬上一道山坡,再翻过去,下了山岭,迎面一道阴森森的小山沟。一座矮小的石庙中,站着一尊泥塑神胎,至今不知道供奉的是哪路神仙。每次路过,我都不敢往里看。庙旁边,还有一座坟地,孤零零地,不知埋着谁家的先人。再旁边有一棵柿子树,早年间,有一个人在这里上吊死了。

每次非要路过的时候,我就绕道走,心神仓皇地飞奔到草冈上,觉得自己像是在逃避追杀。回头再看,总觉得那里有一股说不清楚的气息,巨大的黑色线团一样,在山坳里低低缠绕。——山沟外,是层层旱地。每年秋天,松鼠成群,野猪满地。后来,为实现脱贫致富,栽了些苹果树,但没几年,就被虫子们咬死了。村人锯了枯树,不过一年,就都化成了灰烬。

沿着沟边的山路向东不过1华里,就是羯羊圈村了。这村子似乎没有多少人家,有几户,我也不大熟悉。我小的时候,有一户人家栽种杏子树——树冠很大,每年五月,成熟的杏子金黄金黄,在绿叶之间,像是一颗颗的铃铛。有一些傍晚,我和弟弟前后策应,他趴在村边看有没有人,我爬到树上,往书包里猛塞。

几乎每次,我们都能满载而归。有一次被主人发现了,我急忙向下爬,拉了弟弟,沿着侧面的山坡跑到另一道山沟,躲在一大片树林子里。主人搜寻了半天,也没找见。回到家里,掀开衣服一看,肚子上划了一个5寸长的血口子。

羯羊圈村的田地大都在河谷两侧,阳坡上还有些旱地。村子下方,有一座石头砌起来的羊圈,每年秋末,好远就嗅到一股浓郁的臊味,十几只公羊在上百只母羊群中,公然宣淫,忙得不可开交。

爷爷说,羯羊圈村以前不在这里,在后面的山沟里,两边都是大山,只有一条小路进出。深得连自己都看不到自己的脸。躲日本鬼子那年代,羯羊圈人一个人都没死。直到解放以后,村人嫌山沟里种地、走路、串亲戚都不方便,先是一家搬到这里,再见年,其他人也相跟着搬来。

至于羯羊圈的名字由来,爷爷说,羯羊圈以前叫里沟,后因这村人好养山羊,山羊臊味大,慢慢地,就被叫成羯羊圈。

羯羊圈人在高高的鸡冠寨根上,修了大片田地,栽了上千棵苹果树,因地势险要,很少有人去偷,但与之相对的是,运输也只能靠担子挑,架子背。

上小学五年级的时候，第一次听说胃穿孔这种疾病——老师也拿这个病例教育我们说：不要老是咬铅笔头。那位患者就是羯羊圈的，死时不到四十岁。妻子后来嫁给了自己的小叔子。这在当时，也算新鲜事，按照乡人说法，要是没钱没势，找老婆很难。哥哥去世了，嫂子嫁给弟弟也合情合理。

平时，没啥事，我们也都很少去羯羊圈。倒是羯羊圈人时常从我家门前路过，其中一个男人，有一次跟父亲闲聊说，等长大了，把他的闺女给我做媳妇。

二十岁那年春天，我刚刚回家，夜里，有人在窗外喊话，最开始那三声，我没敢答应(乡人说，鬼怪喊人名字人就会死。甄别方法是，喊过三声，人喊人的声音会越来越大，鬼怪则相反)。我一骨碌爬起，开门，是本家一个堂伯，低沉着嗓子对我说，那个……那个谁回来了，起来去帮个忙吧。我一想，知道他说的"那个谁"就是同村一个同龄人兼同学和堂兄弟，前天上午，他乘班车从市区回家，行至中途，正在行驶的车辆忽然爆炸，同车死了二十一个人。他可能最严重，连根骨头都没找回来。

当天午夜，我和许多人抬了棺材，上了一道岭，最终，我才知道，埋他的地方，就是当年我替父亲放羊的那片山坡根下，一色的红色碎石头，旁边长了一棵柏树，不论春夏秋冬，都像是一面绿扇子，在时光当中随风而动。

2003年，我再次路过羯羊圈村。几十年过去了，除了几座新房子，羯羊圈村还是老样子。不见了很多熟悉的面孔，也多了一些陌生的身影。我记得，羯羊圈早年有一个人参军到新疆。同年冬天，家里给他说了一个对象。

可能是实在太高兴了，四年兵，回来六次。村人纷纷议论说：这样当兵的肯定不是好兵！临退伍的那年冬天，女方家人群起反对，他得到消息，假也没请，就跑了回来。早上，女方父母和哥嫂还在被窝里等着公鸡打鸣，忽听院外一阵叫喊，屏息一听，原来是他。

闹腾了一个早上，未来岳母和未婚妻不仅把他让进了房间，中午还给他包了顿饺子吃。再后来，无论家人再怎么反对，未婚妻意志坚定，雷打不动。家人无法，只能遂了俩人心愿。一阵鞭炮锣鼓，披红挂花，俩人就真成了夫妻。许多年后，生养了两个女儿，虽说不大如意，但日子一天比一天好。

莲花谷自然村之四:奶头山

　　奶头山村懒散地堆在北河沿以南巨大的河沟一边,背后是一道起伏的峡谷,尽头的山势渐次隆起,至头部,分别突起两峰,壁立千仞,一色褐红,有土的山崖上长着各种茅草及灌木,正头顶一棵树,远看,活像一面旗帜。

　　西边那座叫茶壶山,传说上有仙茶,人采了泡水喝,可医治百病,长生不老。石壁半腰上,还有一窟石桌、石炕、石墩等一应俱全的石洞。据说,明朝道教名人张三丰在这里修行多年;抗日战争时期,我军某位高级将领也在此指挥作战。东边那座名奶头山(奶头山村也因此得名),据说是蛇窝,夏天,雨过天晴,从附近的山上看,奶头山下一片明亮,人说,那是蛇集体出洞晒太阳。

　　位于峡谷终端的奶头山村,大约二十多户人家,房子大都相距很远。其中一个家族姓朱,另一个家族姓刘。从人口上说,刘姓家族占绝对优势。这在大都以一姓独自成村的南太行来说,多少有些例外。但更例外的是,村里的某个人喜欢打官司告状,本来再平常不过,可是胆敢状告国营企业,这在石碾子村上,至少是个顶稀罕的事儿。

　　说起来,这个人也不是土生土长的奶头山村人,据说是小时候从河南滑县逃荒过来,走到这里,正好有一户人家没儿子,两口子商量了一下,就把他留了下来。

　　改姓刘,在很多时候只是一个说法,要想长久留住,就得把别人的"根"扎在自己田里,给他娶老婆,再生一堆孩子,这是最好的绊脚石和栓心桩。等他长到婚娶年龄,老两口紧锣密鼓,在附近村里给他张罗了一个媳妇。有媳妇儿不愁孙子,一转眼工夫,就有了三个孙子。这一来,倒是不用担心他跑了,但随之而来的问题是,这小子根本不喜欢后爹后娘,言语不和不说,还经常吵闹,闹着闹着,就成了仇人一样。后爹后娘气愤不过,后爹撒手人寰。后娘虽然心气大些,但也难以咽下这口恶气。为图耳根清净,自个儿卷了行李铺盖,又跑到了从前的房子,住了下来。

　　老房子距离村庄更远,具体位置在奶头山的半山腰,步行到村里起码也得小半晌。那些年,奶头山山高林密,野狼成群,野猪嚣张。为防不测,老人便用粗大的木条把门窗封了个密不透风。几乎每个黑夜,只要往窗户看,就有两只或者四只绿幽幽的眼睛。

　　老人知道人都会死,还不到六十岁,就请了木匠,做了一口黑棺材,摆在土炕

上，一旁照常摆着被褥和生活用品。有人来这里打柴或者锯木头，到她家喝水，老人就会说：等自己快不行了，就把门一封，往棺材里一躺，啥都不用麻烦人。

上个世纪80年代末期，忽然听说，这老人的前夫是烈士，新婚第三天，男人就扛枪打鬼子去了。全国解放后，才收到一块"烈士"和"军属"标牌。这时候，老人才改嫁给本村的一个光棍，但过了生育年龄，只好收养了一个逃荒的外地小子当儿子。

再后来，老人被送到养老院。村人都说，别看这人一辈子苦，但老来有福气。可不到一年，村里的妇女主任就对老人养子说，接到乡里通知，恁娘在敬老院老犯作风问题。你去看看，说说她，改改（那毛病）。

养子鼻子一哼，脸颊一扭，硬着嗓子说，俺早就和那老婆子恩断义绝了，谁愿意看谁去看，反正俺是不去。村干部再说，养子起身，提了一把镰刀，头也不回地往山上走去。又过了几年，有消息说，老人死了——人死如灯灭，一了百了，养子把老妇人生前留下的李子树、苹果树看管起来，每年摘果子卖钱。趁了个冬天，又请人帮忙，拆了老妇人的房子，把有用的木头和家什搬进了自己家。

也就是养子，首开石碾子村周围村庄百十年来，个人诉"公家"的先河。至于他为什么要和国营林场打官司，很多人不甚了了。总是看到他隔三岔五地往市里跑，每一次都不空着手，不是背着干核桃，就是柿牛子（柿子加工品），还有山楂和苹果。可官司打了十来年，还是没个结果。他毫不气馁，法院判他输，他再接着告。一直打到现在，一次也没赢过。

此外，奶头山还出了个医生，以前干个体，现在还干。我十五岁那年夏天，患了带状疱疹（俗名蛇缠腰，自胸前开始，从腋下蔓延。村人说，若是两边到后脊梁骨合拢，人就会没命）。晚上，火烧的疼痛叫我哭爹喊娘，满地打滚，一晚上吃了十一片去疼片。第二天一大早，母亲带着我去他诊所。听说我吃了那么多去疼片。一边打药瓶，一边说，你小子命大，吃了那么多还活着！

拿着他开的药，回到家里，一顿猛吃，还是疼，疱疹一刻不停，照常且快速蔓延，疼得彻夜睡不着，那水泡就跟毒针扎一样。母亲看我疼得吃不住劲儿，就带我到石碾子村卫生所。一个老医生看了看我，切了脉，开了一个药方，主要成分是硫黄、蜈蚣、碘酒，一再叮嘱母亲说，要逆方向涂在疱疹上才能有效。不过一天，疼痛消失，至今，我的胸前和腋下，还若隐若现地留着一串疱疹破裂后的痕迹。

2003年回去，蓦然发现，奶头山村显然成了基督教徒集散地。每周一、三、五、六、七，一所简陋的房子里总会传出合唱和背诵之声，从参差不齐的窗缝，越过尘土弥漫的街道，在堆满磐石的河谷里跌宕。